国家古籍整理出版专项经费资助项目

二程集

章培恒 安平秋 马樟根 主编

郭齐 导读

曾枣庄 审阅

中华文史名著精选精译精注·全民阅读版

凤凰出版社

图书在版编目（CIP）数据

二程集 / 郭齐导读. -- 南京 : 凤凰出版社, 2020.8
（中华文史名著精选精译精注 : 全民阅读版 / 章培恒, 安平秋, 马樟根主编）
ISBN 978-7-5506-3162-5

Ⅰ. ①二… Ⅱ. ①郭… Ⅲ. ①古典文学一作品综合集一中国一北宋 Ⅳ. ①I214.411

中国版本图书馆CIP数据核字(2020)第063096号

书　　名	二程集
导　　读	郭　齐
责任编辑	崔广洲
书籍设计	徐　慧
出版发行	凤凰出版社(原江苏古籍出版社) 发行部电话025-83223462
出版社地址	南京市中央路165号,邮编:210009
出版社网址	http://www.fhcbs.com
照　　排	凤凰零距离数字印前中心
印　　刷	苏州市越洋印刷有限公司 苏州市吴中区南官渡路20号　邮编:215104
开　　本	880毫米×1230毫米　1/32
印　　张	11.125
字　　数	229千字
版　　次	2020年8月第1版　2020年8月第1次印刷
标准书号	ISBN 978-7-5506-3162-5
定　　价	55.00元 (本书凡印装错误可向承印厂调换,电话:0512-68180638)

目录

导读

一

在中国哲学史上，产生于北宋时期的宋明理学，以其庞大精深的理论体系和对后世巨大而深远的影响，被视为继先秦以后的第二座高峰。世称“二程”的程颢、程颐兄弟，就是宋明理学的奠基人。

二程出身于北宋的一个官僚世家。高祖程羽早年是宋太祖的将领，宋太宗即位之前，曾亲自选拔他为幕僚，他还向宋真宗传授过经学。后来，程羽官至兵部侍郎，赠太子少师。曾祖程希振，曾任虞部员外郎。祖父程遹，赠官开府仪同三司、吏部尚书。父亲程珦于仁宗天圣年间补官，当过黄州黄陂等县县尉，历任大理寺丞、知县、知州等，以反对王安石变法著名。晚年以太中大夫的官职退休，封永年县开国伯，食邑九百户。就在黄陂的官舍里，二程兄弟先后诞生了。

程颢(1032—1085),字伯淳,洛阳(今河南洛阳)人,世称明道先生。他从几岁起就能读诗书,十岁就能写诗赋,聪明过人。十五六岁时,曾向大儒周敦颐学习,受到较大影响。宋仁宗嘉祐二年(1057)进士及第,次年,当上了鄠县的主簿。

程颢从小饱读儒家经典,深受其思想的熏陶。他在嘉祐五年所作的《游鄠山诗》中,鲜明地表现出"富贵在天"的宿命论思想及对宋王朝统治的赞美。他不信佛,不信神,程颐在《明道先生行状》中记载了有关的事迹。但实际上,程颢早年确实受到过佛道二教的影响,《行状》说他"出入于老、释者几十年"。

嘉祐六年,调上元主簿,随即代理县事。他不顾富民的反对,设法改变田税不均的现象。公事之余,研读《周易》及《春秋》。英宗治平二年(1065),任晋城县令,重视教育和民间组织的建设,做了一些便民的事情。治平四年,担任著作佐郎,随即随父亲程珦前往成都。

神宗熙宁初,王安石新法颁行。程颢任农田水利使,又授予太子中允、监察御史里行。他不赞成王安石的新法及新学,连续上疏,表示异议。如《论十事劄子》,提出十条主张,来对抗新法。在《谏新法疏》《再上疏》等奏议中,他明确地反对新法,坚决要求改弦易辙。与此相反,程颢对新法反对派吕公著和司马光推崇备至,在给他们的送行诗中,甚至把他们比喻为龙,赞美他们"再为苍生起","深意在苍生"。与文彦博、富弼等人也过从甚密。由于反对变法,程颢被罢为权发遣京西路,同提点刑狱,签书镇宁军节度判官事。熙宁四年(1071)底,罢官回到洛阳。

据范祖禹说,程颢"居洛阳殆十余年,与弟伊川先生讲学于家,化行乡党”。在这期间，程颢主要致力于读书讲学，先后授学于游酢、谢良佐、杨时、刘绚等众多门人，为“洛学”的形成打下了基础。与此同时，又相继当过一些闲官，如监西京洛河竹木务，太常丞，知扶沟县等。在扶沟县，程颢平息盗贼，调节谷价，拒绝向朝廷使者贡物，传为美谈。

神宗元丰二年(1079)，除判武学。六年，监汝州酒税。八年，改承议郎，召为宗正寺丞。六月十五日，程颢因病去世，享年五十四。

程颐(1033—1107)，字正叔，程颢的弟弟，世称伊川先生。程颐早年随父亲在任所读书，关心天下事。仁宗皇祐二年(1050)，年仅十八岁的程颐就写了《上仁宗皇帝书》，议论形势，切中时弊，并提出了实行王道，以仁义治天下的政治主张。

嘉祐元年，程颐随父亲进京，入国子监学习。他的试卷《颜子所好何学论》对“学圣人之道”的问题作了深入系统的阐发，使直讲胡瑗惊叹不已。吕希哲首先拜他为师，接着四方儒生从学者越来越多。为此，他的门人把他看作是“闻道”较早的人。嘉祐四年，赐进士出身。

英宗治平二年，撰写《代彭思永上英宗皇帝论濮王典礼疏》，借“濮议”阐述他的伦理思想。又作长达数千言的《为家君应诏上英宗皇帝书》，提出了系统的治国方略，并作了详细论述。四年，上《为家君上神宗皇帝论薄葬书》，力谏厚葬英宗。神宗元丰二年，为太皇太后葬事，又撰《上富郑公书》《答富公小简》《代富弼上神宗皇帝论永昭陵疏》。以上这些，表明程颐虽然没有进入仕途，但却关心时事，有济世的抱负。对王安石的新法，程颐基本上持反对态度，这体现在作于熙宁八年的《代吕公著应诏上神宗皇帝书》等奏议中。

与此同时,程颐主要还是致力于读书论道讲学方面的活动。他和理学家张载常通信往来,探讨学术上的分歧。居住洛阳期间,常常和程颢一道找大儒邵雍论学。元丰初,吕大忠、吕大临、吕大钧三兄弟前来拜访。在颍昌,常与韩维同游。元丰五年,程颐写信给文彦博,要求拨地给他作讲习之所。在所拨给的庄园中,他创办了伊皋书院(即伊川书院),并先后在其中著书讲学达二十余年,使"洛学"学派影响遍及全国。程颢死后,程颐撰写了《明道先生行状》,并通过作书求铭等宣扬他的事迹。

哲宗即位后,吕公著、韩绛、司马光等新法反对派执政,上疏推荐程颐,授予汝州团练推官,西京国子监教授,程颐都推辞了。元祐元年(1086),又授予秘书省校书郎,再辞免。哲宗召他上殿,当面授官,任西京国子监教授。这样,五十四岁的程颐才算正式踏入仕途。就在这一年,诏令以通直郎充崇政殿说书,差看详国子监条制,兼权判登闻鼓院,又派他主持司马光的丧事。

程颐入仕以后,以天下为己任,议论纵横,无所顾忌,很快就得罪了不少官僚。元祐二年,因孔文仲奏弹,罢职主管西京国子监。于是他连上数状,请求退休归田。直到元祐五年,因父亲死,才得以辞去官职。七年,丧期满,授予左通直郎、直秘阁,权判西京国子监,随即许主管西京嵩山崇福宫。这时的程颐,已经无意仕途,盼望回归乡里,继续做他的学术活动。可是,他没有想到,等待他的却是凄凉的境遇。

绍圣三年(1096),新法反对派下台,被称为奸党,程颐也在奸党之列。次年,下诏毁掉入仕以来任命文字,贬放到涪州(今属重庆),由当地管制。就在这种艰难的条件下,程颐完成了他的代表作《周易程氏传》。元符三年(1100),徽宗即位,移至峡州(今属湖北)。随即恢复宣德郎,回到洛阳。不久,又恢复通直郎,权判西京国子监。程颐虽然遭到贬谪,从游从学的人还是日渐增多。张绎、孟厚、罗从彦、尹焞、谢良佐等都先后来到了洛阳。

崇宁二年(1103),程颐再次遭到打击。有旨追毁入仕以来任命文字,命令官府审查其著述,甚至罢免了他的儿子程端彦鄢陵县尉的官职。九月,被列入元祐奸党,名刻石碑。十一月,又责成河南府追查,驱逐学徒。这样,程颐迁回了伊皋书院。崇宁三年,重定党人姓名,由蔡京书写刻石。五年,因为彗星出现,宋徽宗为消除灾变,才下令毁掉元祐党人碑。蔡京罢相,大赦天下,取消党禁,程颐才恢复宣义郎退休。这时的程颐,身患风痹症,已是风烛残年了。

然而元祐党祸并没有结束。徽宗大观元年(1107),蔡京重任宰相,随即有诏,“元祐学术及异议人”不能总管一路和作监司。九月十七日,程颐在党祸中死去。由于怕受牵连,门人弟子没有人敢送葬,写祭文的只有张绎、范域、孟厚、尹焞四人。后来,又有邵溥借着夜幕的掩护前往吊祭。

二

二程一生或没做过大官,或做官时间很短,在政治上可以说没有什么建树。他们的大部分时间和精力,是用于著书立说、传授学徒。他们的学生来自全国四十多个府、州、县，最远的来自福建、浙江、江西，其中比较有名的就有近百人。“洛学”曾一度成为风靡全国的学派，而二程本人，也形成了一整套哲学思想、道德伦理思想、政治思想。

二程哲学的基本性质，是唯心主义一元论。其中程颢倾向于主观唯心主义，而程颐倾向于客观唯心主义。

作为二程哲学以至整个宋明理学基石的，是“理”，也叫作“天理”。“理”的本质，就是世间万事万物之所以是这样的道理。它没有形体，属于“形而上”；它独一无二，永恒存在，不生不灭，不加不减。这样一个高悬在宇宙之上的“理”作为不同的表现形态，含义是丰富的。在自然界，它是事物变化生灭的基因；在社会历史领域，它是封建道德伦理的规范；在人身上，它是人的本性；它还有其他一些具体含义。但不论怎样，“理”的基本性质是一致的，即一个独立于物质世界之外的绝对精神实体。“天”和“道”，有时也是“理”的同义语，二程说：“天者，理也。”“理便是天道也。”不过，“天”和“道”也都各自还有一些其他的含义。

与“理”这个精神实体相对立的，是“气”与“物”。在张载那里，作为最高范畴的“气”，是一种独立于意识之外的物质实体。二程对此加以改造，纳入自己的哲学体系。当“气”与“理”相对待的时候，其属性也是物质的。它有形体，属于“形而下”；它是造成万物的始基材料；它有阴有阳，有生有灭，有聚有散。至于“物”，当然也都是物质性的。

那么，“理”与“气”“物”的关系如何呢？二程明确指出，“有理则有气，有气则有数”，“有理而后有象，有象而后有数”。这里“象”指事物的形状象貌，属于物质。显然，“理”先“气”后、“理”先“象”后，即精神第一性，物质第二性，精神决定物质。这就是二程对哲学基本问题的回答。

站在“理”这块基石上，二程论证了这个绝对精神实体如何产生出万事万物。他们认为，“理”首先派生出“气”这个中间环节，然后由“气”生成万物。关于“理”怎样生出“气”，二程的论述还比较粗疏。他们只是说：“所以阴阳者是道也，阴阳，气也。气是形而下者，道是形而上者。形而上者则是密也。”这里“道”是“理”的同义语，“密”指万物的根源。“理”支配“气”，“气”生于“理”，这一点是清楚的。

“气”又是怎样生成万事万物的呢？二程认为，“气”是阴阳的矛盾统一体，这个矛盾统一体的运动变化，是产生万物的内在原因。“阴阳之交相摩轧，八方之气相推荡，雷霆以动之，风雨以润之，日月运行，寒暑相推，而成造化之功”。万物形成的方式，是阴阳之气的“细缊交感”。这是一个渐变的过程，开始，“阴阳始交，则艰屯未能通畅”，最后，“天地阴阳之气相交而和，则万物生成”。这种过程，叫作“气化”。万物的产生，还可以通过“形化”的形式。“万物之始，皆气化；既形，然后以形相禅，有形化”。这样，通过阴阳之气的矛盾运动，世间万物就被神奇地创造出来了。日月寒暑，雷电云雨，陨石麒麟，凡人圣人，宇宙间的一切，都得到了论证。这些，构成了二程以“理”为基石的宇宙生成论，即唯心主义宇宙观。

二程是世界可知论者，如何认识世界的本原，是他们哲学体系中的另一半内容。在二程那里，认识世界就是认识“理”，即“穷理”。而“穷理”的根本途径是“格物致知”，也就是通过接触事物而达到对“理”的认识。二程认为，本体的“理”和具体事物之“理”是一般和个别的关系，即所谓“理一分殊”。因此，通过接触个别事物，可以认识本体“理”。要做到这样，必须经过从“积习”到“贯通”“觉悟”的过程。在这个过程中，除了亲自去“格物”，获取直接经验外，也要重视间接经验，这就是“学”。圣人也需要学，一般人通过学，也可以成为圣人。

通过“格物”所获得的知识，二程称作“闻见之知”。此外，还有一种“不假闻见”的“德性之知”。这种知识，通过内心体验就能获得。不论是“闻见之知”，还是“德性之知”，都是认识主体本来所具有的。但由于外界事物的破坏干扰，对这些知识的认识模糊了，因此需要通过“格物”来重新诱发和唤起对固有知识的清醒认识。很明显，这整个认识过程，最终不过是“理”自身的运动，是本体“理”自己对自己的确认。通过“格物致知”到“穷理”，只不过完成了“理”的自我回归。

获得了对“理”的认识，还有一个如何“行”的问题。二程很重视“用”，称自己的学问是“实”，以别于释氏的“虚”。因此，他们强调“力行”，“行之笃”。但他们明确肯定知先行后，也同样鲜明地体现了认识论上的唯心主义和形而上学。归根到底，他们所说的“行”，也还是那个无所不在、无所不能的“理”的展现。

如果说“理”是二程哲学的基石，那么，“性”则是二程观察社会历史的出发点和归宿，是他们的道德论、伦理论、政治论的核心。

首先，二程从“理”出发，构建了他们的人性论。他们认为，人的本性是天赋予的，是“理”的复制。本体“理”是“一”，人的本性是“殊”，因此“性”就是“理”。既然如此，“性”当然就善而无恶。善的内容，主要包含仁、义、礼、智、信。“心”也是正的、善的，“心”也就是“性”。

人的本性原是静止的，不偏不倚，无过不及。由于外界事物的激发，内心开始活动，从而产生出喜怒哀乐等情绪，这就是“情”。“情”又视其是否符合“理”而分为“和”与“不和”。人应该涵养自己的“性”，抑制自己的“情”，这样才是顺应天理。

那么人的本性中有无恶呢？二程吸取张载“天地之性”和“气质之性”的观点，用“性”二元论来回答这个问题。人除了体现“理”的“天命之性”，还有由于气禀的不同而决定的“气质之性”。他们认为，人集天地之灵气而生，但所禀受的气是不同的。“气有清浊，禀其清者为贤，禀其浊者为愚”。这就是人性中恶的来源。人的才能也由气禀决定，“气清则才善，气浊则才恶”。

人的本性具备之后，受外界事物的影响或通过后天的努力，可以加以改变。一是善的本性可能被外物所“迁”所“蔽”，不加涵养之功，就不能做到善；二是恶的本性经过努力也可以改变。他们否定了孔子“上智与下愚不移”的观点，指出下愚“使肯学时，亦有可移之理”。不但可移，甚至圣人也可以“学而至”。

人的本性如此，抑恶扬善的问题很自然地就提出来了，这就是所谓“存天理，灭人欲”。

在人类社会中，“天理”的体现就是一整套封建道德规范和行为准则，也就是“礼”。二程说，“视听言动，非理不为，即是礼。礼即是理也”。什么是“人欲”呢？人的各种欲望，凡是不合“天理”的，都是“人欲”，“非礼处便是私意”，甚至包括人们维持生存的物质需要。这样，凡是合乎封建礼法制度的，都是“天理”，反之，则一概被斥之为“人欲”。妇女再嫁，被认为是不贞、失节，当然是“私欲”。二程认为，妇女应该从一而终，就是饿死，也不能失节。“饿死事极小，失节事极大”，这血淋淋的天条，不知吞噬过多少妇女的生命！

围绕着“存天理，灭人欲”，二程进一步提出了一整套修身养性的理论。首先，态度上要做到“信”“诚”“敬”，就是虔诚地信仰封建伦常，诚实无欺，真实无妄，专心致志。具体的要求是“克己复礼”，非礼勿视听言动。方法上，要“自明而诚”，通过“尽心知性”，明白其所以然，才能至诚而持久。二程讲“集义”，就是要去掉修养的盲目性。要“向里”，注重内心自我反省；但也要“方外”，言谈举止容仪都要合乎规范。要“操存闲邪”，牢固树立和保持善，防止外界事物的诱惑。要“涵泳存养”，终日熏陶于封建礼法之中，养心，养志，养气。要持之以恒，不能急于求成。要付诸实施，见于“践履”，等等。这些理论，无疑是套在人们身上的枷锁。

在整个封建政治制度中，“天理”又体现在上下、尊卑、贵贱等关系上。在二程看来，阴阳、上下、尊卑、贵贱都是天然产生、永久存在的，这样，就把封建等级制度和上下关系普遍化、绝对化、永恒化了。这个关系中，最尊贵的是君。君是“天子”，“君德即天德，君道即天道”，君就是天。他拥有土地、财富、人民、天下的一切。而公侯、臣民是卑下的，理应处于从属地位。公侯臣民之中，又有若干不同的上下、尊卑、贵贱的关系，存在着森严的等级。就是在家庭内部，子从父，妻从夫，弟从兄，也有不可超越的等级限制。这些，二程都认为是“天理”，竭尽全力去维护它。同时，他们对“末世”的“礼崩乐坏”痛心疾首，多次上书皇帝，表达了他们的政治理想，提出了实施的方案。

二程心目中的理想社会，是远古时期由尧、舜、禹那样的圣人治理的社会。在这种社会中，从君主到平民，人人都循“理”而行，以己及人，推己及人；在家庭中，父慈，子孝，弟悌，妻从；在整个国家中，君主要关心臣民，臣民要竭尽忠诚；不仅要把国家治理好，而且要把仁政推行到四方遐迩、夷狄之邦，使天下成为乐土。这就是“修身—齐家—治国—平天下”的“王道”，是二程的最高政治理想。他们在上奏中，论述为君之道，论述“王道”和“霸道”，论述养贤。他们也提出过一些具体的方案，其中最根本的，是“立志”“责任”“求贤”。就是君主要有“致天下于三代”的坚定不移的志向，谨慎选择合适的人担任宰相，选拔天下德才兼备的士人担任各级官职。十分明显，在二程的政治思想中，始终是以修己治人为根本的，“性”字仍是其核心，因为这正是“理”的体现。他们就是这样自始至终把“理”贯穿到各个角落，由此奠定了自己在理学史上的地位。

三

二程是宋明理学的奠基人。程颢说：“吾学虽有所受，天理二字却是自家体贴出来。”程颐对此作了进一步发挥，从而使“理”成为宋明理学的基石。可以说，宋明理学到了“洛学”的阶段，才算真正有了完整的形态。到了南宋，朱熹集理学之大成。宋以后，理学成为后期封建社会的统治思想，二程的地位也越来越高。宋宁宗时，沿袭孔子例，录用二程后人。宋理宗诏以二程从祀朝廷，入孔庙，封程颢为河南伯，程颐为伊阳伯。元文宗诏封程颢为豫国公，程颐为洛国公。《宋史》专立《道学传》，二程以封建卫道士的身份载入了史册。

从其思想来看，二程哲学属于唯心主义，但其中也不乏合理成分。例如，他们的“理”和“道”有时也指事物的规律，这时主张顺理、循理，客观上就具有唯物论的合理性。在“气”生成“物”的过程中，二程的论述充满生气，他们看到矛盾的对立统一推动事物运动变化，这种运动变化是普遍的和绝对的；认识到物极必反，革故为新；接触到个别和一般、绝对和相对、知和行等等范畴。这些都具有辩证法的因素，值得认真总结。当然，也正是在这些地方，表现出二程哲学的自我矛盾和不严密性。至于他们的道德伦理思想、政治思想，其主体部分是维护封建统治的糟粕。这些思想影响中国封建社会后期长达几百年，禁锢人们的思想，“以理杀人”，给人民带来了深重的灾难，无疑应该坚决扬弃。

作为思想家，二程还具有丰富的经学思想和教育思想。程颐的《周易程氏传》，在《易》学史上占有极为重要的位置。由二程倡导，《大学》《中庸》《论语》《孟子》被抬高到等同于六经的地位，直至取而代之。在教育方面，二程从教育思想到具体方法都有不少论述，其中有的对后世影响较大，应予以很好清理。

二程留下的著作共有六种:《河南程氏遗书》二十五卷、《外书》十二卷、《粹言》二卷,是门人弟子记录的二程语录;《河南程氏文集》是二程的诗文集,包括程颢诗文四卷,程颐诗文八卷;《河南程氏经说》八卷,是二程(主要是程颐)解释儒家经典的话;《周易程氏传》四卷,是程颐对《周易》的注释。这些著作在明清时合刊为《二程全书》,这里译注的二程文,就是从《全书》中选取的。其中程颢文九篇,选自《河南程氏文集》;语录三十则,选自《河南程氏遗书》和《外书》。程颐文十五篇,选自《河南程氏文集》;《周易程氏传》二十八条,《河南程氏经说》五条,都选自原书;语录八十四则,选自《河南程氏遗书》。从《文集》中选出的文章,都按原来的顺序排列,不再注明卷页。《易传》《经说》和语录,则在每条正文之后标明出处,以便查找。

郭　齐(四川大学古籍整理研究所)

程颢

上殿劄子

劄(zhá)子是官员向皇帝上呈的奏章之一,上殿面呈的称为上殿劄子。这篇劄子是程颢作监察御史里行时所进呈的,当作于宋神宗熙宁元年(1068)。文中论述了作君主的道理,指出君主治理天下,必先确定心志,而确定心志的方法是起用老成有德的贤者,朝夕开导规劝,以达到潜移默化的效果。本文体现了作者以治人治性为本的社会政治思想。

臣伏谓君道之大,在乎稽古正学,明善恶之归,辨忠邪之分,晓然趋道之正[①]。故在乎君志先定,君志定而天下之治成矣。所谓定志者,一心诚意,择善而固执之也。夫义理不先尽[②],则多听而易惑;志意不先定,则守善而或移。惟在以圣人之训为必当从,先王之治为必可法[③],不为后世驳杂之政所牵制,不为流俗因循之论所迁惑,自知极于明,信道极于笃,任贤勿贰,去邪勿疑,必期致世如三代之隆而后已也[④]。

然而天下之事,患常生于忽微[⑤],而志亦戒乎

渐习。是故古之人君，虽出入从容闲燕[6]，必有诵训箴谏之臣[7]，左右前后无非正人，所以成其德业。伏愿陛下礼命老成贤儒，不必劳以职事，俾日亲便座[8]，讲论道义，以辅养圣德；又择天下贤俊，使得陪侍法从[9]，朝夕延见，开陈善道，讲磨治体，以广闻听。如是，则圣智益明，王猷允塞矣[10]。

今四海靡靡，日入偷薄，末俗哓哓[11]，无复廉耻，盖亦朝廷尊德乐道之风未孚，而笃诚忠厚之教尚郁也[12]。惟陛下稽圣人之训，法先王之治，一心诚意，体乾刚健而力行之[13]，则天下幸甚！

---

① 道：指儒家思想体系和政治理想。 ② 义理：宋明理学中指儒家经义和事物的名理。 ③ 先王：指尧、舜、禹等上古贤明的君主。 ④ 三代：夏、商、周，是儒家理想中的盛世。 ⑤ 忽微："忽"和"微"都是古代极小的度量单位名，这里意指细微。 ⑥ 燕（yān）：休息。 ⑦ 诵：述说。训：解释。箴（zhēn）：告诫。谏：规劝。 ⑧ 便座：随便的、非正规的座位。 ⑨ 法从：依法随从。 ⑩ 猷（yóu）：谋画。允：的确。塞：充实。"王猷允塞"语出《诗·大雅·常武》，这里套用，意思是王道盛大。 ⑪ 哓哓（xiāo）：吵吵嚷嚷，这里指嚣张。 ⑫ 郁（yù）：郁结，不畅通。 ⑬ 乾：指天。

翻译

我认为为君之道的大要，在于考察历史，学得其正，明白善恶的旨趣，辨别忠诚和奸邪的不同，清醒地奔向正道。因此要求君主首先要确定心志，君主的心志既定，天下的治理就成功了。所谓确定心志，就是要专心诚意，选择善道而牢牢把握它。对于义理不先透彻了解，就会多方听信而容易迷惑；心志不先确定，则坚持善道有时就会动摇。关键在于坚信圣人的教诲必定应当遵从，先王的治国方法必定值得效法，不被后代驳杂不纯的政治所牵制，不被世俗因循的言论所动摇迷惑，对自己的了解十分明白，信仰圣人之道十分忠实，任用贤人不要有二心，驱除奸邪不要迟疑，一定要使天下达到像三代那样的隆盛才算达到目的。

然而天下的事情，祸患常常产生于细微之处，而心志也要警惕被流俗浸染。因此，古代的君主即使是起居出入闲散休息之时，也必定有开导规劝的臣子，左右前后全是正人君子，所以能成就他的道德和事业。愿陛下以礼任命老成有德的学者，不必用事务烦劳他们，使他们每天在便座亲近皇上，议论道义，来辅助培养皇上的品德；又选择天下的贤人俊杰，使他们能陪伴侍从，朝夕引见，阐述好的道理，讲求切磋治国的体要，以便增广见闻。像这样，皇上的智慧就会更加英明，王道就会更加盛大了。

现在天下风气颓靡，日益趋于轻薄，衰败的习俗大肆嚣张，不再有廉耻，大概也是由于朝廷尊崇道德、乐于行道的风气还没有使人信服，而诚实忠厚的教化还没有通行。望陛下考察圣人的教诲，效法先王的治理，专心诚意，体会上天刚强的本性而努力去做，则天下幸运之极！

请修学校尊师儒取士劄子

这篇劄子作于神宗熙宁元年(1068),当时程颢任监察御史里行。程颢认为,要治理好国家,根本在于“正风俗,得贤才”,而要端正风俗,得到人才,关键在于教育。因此他在劄子中提出了办好各级各类学校,尊重教师,培训师资,举荐学员,选取士人,管理好公卿大夫子弟等一整套实施方案。这些,体现了程颢的教育思想,其中也不无可取之处。当然,作者的最终目的,还是为维护封建统治服务的。

臣伏谓治天下以正风俗、得贤才为本。宋兴百余年,而教化未大醇[①],人情未尽美,士人微谦退之节,乡闾无廉耻之行[②],刑虽繁而奸不止,官虽冗而材不足者,此盖学校之不修,师儒之不尊,无以风劝养励之使然耳。窃以去圣久远,师道不立,儒者之学几于废熄,惟朝廷崇尚教育之,则不日而复。古者一道德以同俗,苟师学不正,则道德何从而一?方今人执私见,家为异说,支离经训,无复统一,道之不明不行,乃在于此。

臣谓宜先礼命近侍贤儒，各以类举，及百执事、方岳、州县之吏[3]，悉心推访。凡有明先王之道，德业充备，足为师表者，其次有笃志好学，材良行修者，皆以名闻。其高蹈之士，朝廷当厚礼延聘，其余命州县敦遣，萃于京师，馆之宽闲之宇，丰其廪饩[4]，恤其家之有无，以大臣之贤典领其事，俾群儒朝夕相与，讲明正学。其道必本于人伦，明乎物理。其教自小学洒扫应对以往[5]，修其孝悌忠信，周旋礼乐。其所以诱掖激厉、渐摩成就之道，皆有节序。其要在于择善修身，至于化成天下，自乡人而可至于圣人之道。其学行皆中于是者为成德。

又其次取材识明达，可进于善者，使日受其业，稍久则举其贤杰以备高任。择其学业大明、德义可尊者，为太学之师[6]，次以分教天下之学，始自藩府[7]，至于列郡[8]。择士之愿学、民之俊秀者入学，皆优其廪给而蠲其身役[9]。凡其有父母骨肉之养者，亦通其优游往来，以察其行。其大不率教者，斥之从役。

渐自太学及州郡之学，择其道业之成，可为人师者，使教于县之学，如州郡之制。异日则十室之乡达于党遂[10]，皆当修其庠序之制[11]，为之立师，学者以次而察焉。县令每岁与学之师以乡饮之礼会其乡老[12]，学者众推经明行修、材能可任之士，升于州之学，以观其实。学荒行亏者罢归，而罪其吏与师；其升于州而当者，复其家之役。郡守又岁与学之师行乡饮酒之礼，大会郡士，以经义、性行、材能三物宾兴其士于太学[13]，太学又聚而教之。其学不明、行不修与材之下者罢归，以为郡守学师之罪。升于太学者，亦听其以时还乡里，复来于学。

太学岁论其贤者能者于朝，谓之选士。朝廷问之经以考其言，试之职以观其材，然后辨论其等差而命之秩[14]。凡处郡县之学与太学者，皆满三岁，然后得充荐。其自州郡升于太学者，一岁而后荐。其有学行超卓、众所信服者，虽不处于学，或处学而未久，亦得备数论荐。

凡选士之法，皆以性行端洁，居家孝悌，有廉耻礼逊，通明学业，晓达治道者。在州县之学，则先使其乡里长老，次及学众推之。在太学者，先使其同党[15]，次及博士推之[16]。其学之师与州县之长，无或专其私。苟不以实，其怀奸罔上者[17]，师长皆除其仕籍，终身不齿；失者亦夺官二等，勿以赦及去职论。州县之长，莅事未满半岁者[18]，皆不荐士。师皆取学者成否之分数为之赏罚。

凡公卿大夫之子弟皆入学，在京师者入太学，在外者各入其所在州之学，谓之国子。其有当补荫者[19]，并如旧制，惟不选于学者，不授以职。每岁诸路别言一路国子之秀者升于太学[20]，其升而不当者，罪其监司与州郡之师[21]。太学岁论国子之有学行材能者于朝，其在学宾兴考试之法，皆如选士。

国子自入学，中外通及七年，或太学五年。年及三十以上，所学不成者，辨而为二等。上者所授以筦库之任[22]，自非其后学业修进，中于论选，则不复使亲民政。其下者罢归之。虽岁满，愿留学者亦听。其在外学七岁而不中升选者，皆论致太学而考察之，为二等之法。国子之大不率教者，亦斥罢之。凡有职任之人，其学业材行应荐者，诸路及近侍以闻，处之太学，其论试亦如选士之法，取其贤能而进用之。凡国子之有官者，中选则增其秩。

臣谓既一以道德仁义教养之，又专以行实材

学升进，去其声律小碎、糊名誊录一切无义理之弊㉓，不数年间，学者靡然丕变矣㉔。岂惟得士浸广，天下风俗将日入醇正，王化之本也。臣谓帝王之道，莫尚于此。愿陛下特留宸意㉕，为万世行之。

---

① 醇(chún)：纯正。 ② 乡：一万二千五百家。闾(lǘ)：二十五家。这里泛指民间。 ③ 方岳：方，方伯；岳，四岳；都是古代一方诸侯之长。这里指独当一面的地方大员。 ④ 廪饩(xì)：官府供给的粮食。 ⑤ 小学：对少年儿童实施初等教育的学校。西周开始设置。 ⑥ 太学：历代的国家最高学府。宋代太学始设于仁宗时。 ⑦ 藩(fān)府：府，古代行政区划。宋代大州升为府，其级别高于州。因为这些大州地位重要，相当于唐代的藩镇，所以称藩府。 ⑧ 列郡(jùn)：各郡，宋代实指各州。 ⑨ 蠲(juān)：免除。 ⑩ 党：五百家。遂：远郊之外的一种行政区划。 ⑪ 庠(xiáng)序：都是古代地方学校，泛指学校。 ⑫ 乡饮：即乡饮酒，古代乡学的一种礼仪。学业成，向上级推荐成绩优异者，设宴送行，饮酒酬酢，都有一定的仪式。 ⑬ 宾兴：周朝礼仪，由乡小学举荐成绩优异者，待以宾客之礼，送入国学。后来也泛指以礼推荐学业优秀的士人到高一级学校。 ⑭ 秩：官吏的职位或级别。 ⑮ 同党：同乡。 ⑯ 博士：学官名，太学的教师。 ⑰ 罔(wǎng)：欺骗。 ⑱ 莅(lì)：到。 ⑲ 补荫(yìn)：封建时代由于父祖有功而给予子孙入学或任官的权

利。 ⑳ 路：宋代行政区划，上属中央，下领府、州、军、县等。 ㉑ 监司：指各路转运使司、提点刑狱司、提举常平司等负有监察各级官员责任的机构。 ㉒ 筦（guǎn）：同“管”。 ㉓ 糊名：又称“封弥”，密封试卷卷头的姓名、籍贯等，防止作弊。誊录：试卷由书手抄成副本，再送考官评阅，以防辨认考生笔迹而作弊。 ㉔ 丕（pī）：大。 ㉕ 宸（chén）：帝王住处，代指帝王。

翻译

我认为治理天下以端正风俗、获得人才为根本。宋朝开国百余年，而教化没有完全纯正，人情没有尽善尽美，士人没有谦让的节操，民间没有懂得廉耻的行为，刑罚虽然繁多而奸邪不能杜绝，官员虽然冗杂而人才不足，其原因恐怕是学校没有办好，教师、儒士没有得到尊重，无法教化劝导、培养鞭策百姓而使其这样做。我认为离开圣人久远，师道不立，儒家的学问几乎等于废弃，只要朝廷崇尚而加以教育，则用不了多久就恢复了。古时候统一道德来整齐风俗，如果教师的学问不正，那么道德从哪里统一？当今人人固执私见，家家创立异说，经典的解释支离破碎，没有统一的见解，道不能阐扬和实行，原因就在于此。

我认为应该先有礼貌地吩咐亲近侍从中的贤明儒者，各自举荐像他们一样的人，命令文武官员、地方大员和州县的官吏，悉心查访，凡是有懂得先王之道，道德完善，足以为人师表的人，其次有志向坚定，喜好学问，才能优良，品行端正的人，都把他们的名字上报。那些隐居的士人，朝廷应当以优厚的礼遇聘请，其余的命令州县督促遣送，集中在京城，让他们居住在宽敞清静的屋子里，为他们提供充裕的口粮，对他们家里的困难给予救济，用大臣中贤明的人主管有关的事务，让这些儒者朝夕相处，研讨合于正道的学问。他们的学问必须以人伦为根本，能够揭示事物的道理。教学内容从小学的洒扫应对开始，培养学员孝悌忠信的品德，使他们言行举止合于礼乐规范。用来诱导激励、熏陶成就的办法，都有一定的轻重缓急。学习的要点在于选择善的行为，自我修养，以至于感化天下，从乡里人可以到达圣人之道。那些学业品行都合乎以上几方面的人算是完成了道德学问。

又其次选取有才能有见识，明白通达，可以达到善道的人，让他们每天接受教育，久一点就举荐其中的贤人俊杰准备担任要职。选择那些学业十分优秀、道德品质值得尊敬的人，担任太学的教师，其余的人让他们分别在全国各地的学校里执教，从府一级开始，直到各郡。选择士人中愿意学习、百姓中优秀的人入学，都提供优厚的待遇，免除本人的劳役。凡是那些供养父母骨肉的人，也允许他们随意往来，以便考察他们的品行。那些完全不服从教管的人，开除出学校，让他们服徭役。

渐渐从太学和州郡学校，选择那些道德学业已经成就、可以为人师表的人，让他们在县级学校执教，依照州郡学校的制度。再往后，从十户人家的乡村到更大的区域，都应该建立起学校的制度，为他们设立教师，学习的人依次加以考察。县令每年和学校教师用乡饮酒礼会集当地年高望重的人，学生中众人推举通晓经典，行为端正，有才能，可以任用的士人，升入州学，以便观察他们的实际才德。学业荒废、品行不正的人退回去，追究当地官吏和教师的责任；升入州学而合格的人，免除他家里的徭役。郡守又每年和学校的教师举行乡饮酒的礼仪，广泛会集郡中的人士，根据经义、性行、才能三个方面以礼推荐合格的士人到太学，太学又集中起来教育他们。那些学业不通晓、品行不端正和才能低下的人退回去，把这作为郡守和学校教师的过失。升到太学的人，也听任他们按时回乡，再回到学校。

太学每年推荐有德有才的人到朝廷，叫作选士。朝廷考问他们经术来考察他们的言谈，试着让他们担任职务来观察他们的才能，然后评定出不同的等级，任命一定的职位。凡是郡县学校和太学的学生，都必须满三年，然后可以被推荐。从州郡升到太学的人，一年以后可以被推荐。有学业品行高超卓越、众人信服的人，虽然不在学校，或者在学校不久，也可以列入推荐的人选。

凡是选士的办法，都要举荐性行端正高洁，在家孝悌，有廉耻礼让之心，通晓学业，懂得治国之道的人。在州县学校，就先让当地乡里的长辈老人推举，其次由全体学生推举。在太学的人，先让他们的同乡推举，其次由博士推举。学校教师和州县的长官，不得徇私。如果不如实举荐，那些心怀奸诈，欺骗朝廷的人，教师长官都开除他们的公职，终身不录用。失误的人也降官两级，不按赦免和离职论处。州县的长官，到任没满半年的人，都不能推荐士人。教师都按学生学成与否的比例进行赏罚。

凡是公卿大夫的子弟都要入学，在京城的人入太学，在外的人各自进入所在州的学校，叫作国子。其中有应当荫补的人，一律按原有制度处理，只是不从学校选取的人，不授予官职。每年各路另外推荐一路国子中优秀的人升入太学，升入太学而不合格的，追究当地监司和州郡学校的教师的过失。太学每年把国子中学业品行优秀、有才能的人推荐给朝廷，在学校以礼举荐和考试的办法，都和选士相同。

国子从入学开始，内外总计必须满七年，或者太学满五年。年龄三十岁以上，所学不成的人，分为两等。上等的人可以授予管理仓库之类的工作，如果不是以后学业进步，合于选拔的条件，就不再让他们担任州县官。下等的人遣回。虽然学满规定年限，愿意继续留在学校的人也听其便。在外地学校七年，不符合升学选拔条件的人，都送到太学考察他们，实行分为二等的办法。国子中完全不服从管教的人，也开除他们。凡是有职务的人，他的学业才能品行符合荐举条件的人，各路及亲近侍从上报，把他们安置在太学，推选考试也按照选士的办法，选取那些有德有才的人，加以重用。凡是国子中有官职的人，被选中就提升他们的职位和品级。

我认为既一律用道德仁义教养士人，又专门按照行实才学提拔晋升他们，去除那些琐碎的声律小技、糊名誊录等一切不合理的弊病，用不了几年，治学者就会一下子大变了。岂止得到的士人渐渐增多,天下的风俗将一天天变得纯正,这是实行王道的根本。我认为帝王之道,没有什么比这更重要。愿陛下特别留心,为千秋万代实行它。

论王霸劄子

这篇劄子作于宋神宗熙宁二年（1069），当时程颢任监察御史里行。文中论述了“王道”和“霸道”两种根本对立的政治主张，提出君主要以王者之心，用仁义治天下，近君子，远小人，致一不二，勇于革新，才能达到天下大治。程颢反对“新法”，这些议论主要是针对王安石的。

臣伏谓得天理之正，极人伦之至者[①]，尧舜之道也[②]；用其私心，依仁义之偏者，霸者之事也[③]。王道如砥[④]，本乎人情，出乎礼义，若履大路而行，无复回曲。霸者崎岖反侧于曲径之中，而卒不可与入尧舜之道。故诚心而王则王矣，假之而霸则霸矣，二者其道不同，在审其初而已。《易》所谓“差若毫厘，缪以千里”者[⑤]，其初不可不审也。故治天下者，必先立其志，正志先立，则邪说不能移，异端不能惑，故力进于道而莫之御也。苟以霸者之心而求王道之成，是衒石以为玉也。故仲尼之徒无道桓、文之事[⑥]，而曾西耻比管仲者[⑦]，义所不由也，况下于霸者哉！

陛下躬尧舜之资，处尧舜之位，必以尧舜之心自任，然后为能充其道。汉、唐之君，有可称者，论其人则非先王之学，考其时则皆驳杂之政，乃以一曲之见，幸致小康。其创法垂统，非可继于后世者，皆不足为也。然欲行仁政而不素讲其具，使其道大明而后行，则或出或入，终莫有所至也。

夫事有大小，有先后。察其小，忽其大，先其所后，后其所先，皆不可以适治。且志不可慢，时不可失。惟陛下稽先圣之言，察人事之理，知尧舜之道备于己，反身而诚之，推之以及四海，择同心一德之臣，与之共成天下之务。《书》所谓“尹躬暨汤，咸有一德”[8]，又曰“一哉王心”[9]，言致一而后可以有为也。古者三公不必备[10]，惟其人，诚以谓不得其人而居之，则不若阙之之愈也[11]。盖小人之事，君子所不能同，岂圣贤之事，而庸人可参之哉？欲为圣贤之事，而使庸人参之，则其命乱矣。既任君子之谋，而又入小人之议，则聪明不专而志意惑矣[12]。今将救千古深锢之弊，为生民长久之计，非夫极听览之明，尽正邪之辨，致一而不二，其能胜之乎？

或谓人君举动，不可不慎，易于更张，则为害

大矣。臣独以为不然。所谓更张者，顾理所当耳。其动皆稽古，质义而行[13]，则为慎莫大焉，岂若因循苟简，卒致败乱者哉？自古以来，何尝有师圣人之言，法先王之治，将大有为而返成祸患者乎？愿陛下奋天锡之勇智，体乾刚而独断，霈然不疑[14]，则万世幸甚！

---

① 天理：指先于物质世界而存在的精神。人伦：人与人之间的正当关系和行为准则。 ② 尧、舜：儒家理想中的上古“圣王”。 ③ 霸者：用武力权势治天下的人。 ④ 砥(dǐ)：磨刀石。这里比喻平坦。⑤“差若”二句：见《易纬·通卦验》。“缪”：同“谬”。 ⑥ 仲尼：孔子之字。桓：齐桓公，春秋时齐国君主。文：晋文公，春秋时晋国君主。他们都属“春秋五霸”之列。《孟子·梁惠王上》：“仲尼之徒无道桓文之事者。” ⑦ 曾西：即曾申，字子西，春秋时鲁(今属山东)人，孔子弟子曾参的儿子。管仲：名夷吾，字仲，齐国的宰相，曾帮助齐桓公成就霸业。“曾西耻比管仲”，事见《孟子·公孙丑上》。⑧“尹躬”二句：见《尚书·咸有一德》。 ⑨“一哉王心”：出处同上。 ⑩ 三公：古时候辅助国君掌握军政大权的三名最高官员，其内容有各种说法。 ⑪ 阙：同“缺”。 ⑫ 聪明：指耳朵和眼睛。⑬ 质：就正。 ⑭ 霈(pèi)然：自信的样子。

翻译

我认为符合正确的天理，完全体现了人伦的，是尧舜的王道；用自己的私心，依据歪曲的仁义的，是霸者的事。王道像磨石一样平坦，本于人情，出于礼义，好比在大路上行走，没有往复曲折。霸者崎岖辗转于弯曲的小路中，而最终不可能走上尧舜的道路。因此真心实行王道就成为王，假借仁义之名来图霸业就成为霸，二者的道路不同，在于最初就十分审慎而已。《易》经所谓"差如毫厘，谬以千里"，是说一件事的开头不可不审慎。因此治理天下的人，必须首先立定志向。事先立定了正确的志向，那么邪说就不能动摇，异端就不能迷惑，因此就能努力在正道上迈进，而没有谁能阻挡。如果用霸者的心来谋求王道的完成，这等于是把石头炫耀为玉。因此孔子的门徒没有人提及齐桓公、晋文公争霸的事，而曾西也耻于与管仲相比，是因为不合于义，何况还不如霸者呢！

陛下自身具有尧舜的资质，处在尧舜的地位，必须以尧舜之心自任，然后才能充分实行尧舜之道。汉、唐的君主，确有可以称道的地方，但谈到他们本人却不是学先王之道，考察他们的时代则都是驳杂不纯的政治，乃是以片面的见解，侥幸地带来小康。他们创立的法度，留下的传统，不是可以被后世继承的，都不值得去做。但想实行仁政而不早早研究实行的方法，使其道理一清二楚然后再实施，就会有时对有时错，终究是做不成什么事的。

凡事有大小，有先后。看到小的，忽略大的，应当后做的而先做，应当先做的却后做，都不能把国家治理好。而且意志不可怠惰，时机不可丧失。望陛下考察古代圣人的言论，看清人事的道理，明白尧舜之道具备于自身，自我反省而做到心诚，并把这种诚心推广到天下，选择同心同德的臣子，和他们一起成就天下的事业。《尚书》所谓“伊尹和商汤，都有专一的美德”，又说“王者之心真专一啊”，是说做到专一而后可以有所作为。古时候三公不必齐备，只看人选怎么样，确实是认为没得到合适的人而让他居于此位，倒不如空着这个位置为好。小人的事情，君子不能同样去做，哪有圣贤的事情，而庸人可以参与呢？想做圣贤的事，而让庸人参与，那么朝廷的政令就乱了。既用君子的谋划，而又采纳小人的建议，那么视听就不专一而心志就迷惑了。现在要医治千年深沉顽固的弊病，为人民作长远的打算，不做到耳目极其聪明，邪正彻底分清，专一不二，能胜任吗？

有人说君主的举动，不可不慎重，轻易改革，为害就大了。我恰恰认为不是这样。所谓改革，看理所应当罢了。举动都取法古人，按照义理而行，没有比这更慎重的了，哪像因循苟简，最终导致失败祸乱的人呢？自古以来，哪里有过师法圣人的言论，效法先王的治国方法，将要大有作为却反成祸患的呢？愿陛下振奋上天赐予的勇气和智慧，体会天的刚强而独断，自信而不疑惑，那就是万世最大的幸运了！

论十事劄子

这是程颢的一篇著名的奏议，作于宋神宗熙宁二年(1069)。作者批判了墨守成规和完全抛弃先王法度两种倾向，提出要完整地而不是片面地理解“王道”，即既要继承古代圣贤治理天下之道，又要根据实际需要随时加以改革变通。又从师傅、六官、经界、乡党、贡士、兵役、民食、四民、山泽、分数十个方面，比较具体地论述了“王道”的主要内容，较全面地反映了作者的政治思想。

臣窃谓圣人创法，皆本诸人情，极乎物理，虽二帝三王不无随时因革[①]，踵事增损之制，然至乎为治之大原，牧民之要道，则前圣后圣，岂不同条而共贯哉？盖无古今，无治乱，如生民之理有穷，则圣王之法可改。后世能尽其道则大治，或用其偏则小康，此历代彰灼著明之效也。苟或徒知泥古，而不能施之于今，姑欲循名而遂废其实，此则陋儒之见，何足以论治道哉！

然倘谓今人之情皆已异于古，先王之迹不可复于今，趣便目前[②]，不务高远，则亦恐非大有为

之论，而未足以济当今之极弊也。谓如衣服饮食宫室器用之类，苟便于今而有法度者，岂亦遽当改革哉？惟其天理之不可易，人所赖以生，非有古今之异，圣人之所必为者，固可概举，然行之有先后，用之有缓速。若夫裁成运动[3]，周旋曲当[4]，则在朝廷讲求设施如何耳。

古者自天子达于庶人，必须师友以成就其德业[5]，故舜、禹、文、武之圣，亦皆有所从学。今师傅之职不修[6]，友臣之义未著，所以尊德乐善之风未成于天下。此非有古今之异者也。

王者必奉天建官，故天地四时之职[7]，历二帝三王未之或改，所以百度修而万化理也。至唐，犹仅存其略[8]，当其治时，尚得纲纪小正。今官秩淆乱，职业废弛，太平之治所以未至。此亦非有古今之异也。

天生蒸民，立之君使司牧之，必制其恒产[9]，使之厚生，则经界不可不正，井地不可不均[10]，此为治之大本也。唐尚能有口分授田之制[11]，今则荡然无法，富者跨州县而莫之止，贫者流离饿殍而莫之恤[12]。幸民虽多，而衣食不足者，盖无纪极[13]。生齿日益繁，而不为之制，则衣食日蹙[14]，转死日多，此乃治乱之机也，岂可不渐图其制之之道哉？ 此亦非有古今之异者也。

古者政教始乎乡里[15]，其法起于比闾族党、州乡酂遂[16]，以相联属统治，故民相安而亲睦，刑法鲜犯，廉耻易格。 此亦人情之所自然，行之则效，亦非有古今之异者也。

庠序之教，先王所以明人伦，化成天下。 今师学废而道德不一，乡射亡而礼义不兴[17]，贡士不本于乡里而行实不修，秀民不养于学校而人材多废。 此较然之事，亦非有古今之异者也。

古者府史胥徒受禄公上[18]，而兵农未始判也。今骄兵耗匮，国力亦已极矣。 臣谓禁卫之外，不渐归之于农，则将贻深虑；府史胥徒之役，毒遍天下，不更其制，则未免大患。 此亦至明之理，非有古今之异者也。

古者民必有九年之食，无三年之食者，以为国非其国。 臣观天下耕之者少，食之者众，地力不尽，人功不勤，虽富室强宗，鲜有余积，况其贫弱者乎？ 或一州一县有年岁之凶，即盗贼纵横，饥羸满路。 如不幸有方三二千里之灾，或连年之欠，则未知朝廷以何道处之，则其患不可胜言矣。

岂可曰昔何久不至是，因以幸为可恃也哉？固宜渐从古制，均田务农，公私交为储粟之法，以为之备。此亦无古今之异者也。

古者四民各有常职，而农者十居八九，故衣食易给，而民无所苦困。今京师浮民，数逾百万，游手不可赀度[19]。观其穷蹙辛苦，孤贫疾病，变诈巧伪，以自求生，而常不足以生。日益岁滋，久将若何！事已穷极，非圣人能变而通之，则无以免患，岂可谓无可奈何而已哉？此在酌古变今，均多恤寡，渐为之业，以救之耳。此亦非有古今之异者也。

圣人奉天理物之道，在乎六府[20]，六府之任，治于五官[21]，山虞泽衡[22]，各有常禁，故万物阜丰，而财用不乏。今五官不修，六府不治，用之无节，取之不时，岂惟物失其性。材木所资，天下皆已童赭[23]，斧斤焚荡[24]，尚且侵寻不禁[25]；而川泽渔猎之繁，暴殄天物[26]，亦已耗竭，则将若之何！此乃穷弊之极矣。惟修虞衡之职，使将养之，则有变通长久之势。此亦非有古今之异者也。

古者冠婚丧祭[27]，车服器用，等差分别[28]，莫不敢逾僭，故财用易给，而民有恒心。今礼制未

修，奢靡相尚，卿大夫之家莫能中礼[29]，而商贩之类或逾王公。礼制不足以检饬人情[30]，名数不足以旌别贵贱[31]。既无定分，则奸诈攘夺，人人求厌其欲而后已，岂有止息者哉？此争乱之道也。则先王之法，岂得不讲求而损益之哉？此亦非有古今之异者也。

此十者特其端绪耳，臣特论其大端，以为三代之法有必可施行之验。如其纲条度数[32]、施为注措之道[33]，则审行之，必也稽之经训而合，施之人情而宜。此晓然之定理，岂徒若迂疏无用之说哉？惟圣明裁择。

---

① 二帝：唐尧、虞舜。三王：夏禹、商汤、周文王。 ② 趣(cù)：急促，急于。 ③ 裁成：剪裁成就，斟酌损益。运动：运转，意指灵活运用。 ④ 周旋：进退回旋。曲当：委曲变通，无不适当。 ⑤ 须：依赖。 ⑥ 师傅：太师、太傅或少师、少傅的合称，这些都是辅导皇帝或皇太子的高级官员。 ⑦ 天地四时之职：指天、地、春、夏、秋、冬六官。 ⑧ 仅：接近于。 ⑨ 恒产：不动产，如土地、房屋等。 ⑩ 井地：即井田，相传古代奴隶社会的一种土地制度。把方圆九百亩的土地划为九等分，正中为公田，周围八分为私田。因形如井字而得名。这里指土地。 ⑪ 口分授田：计人口多少授予田地。

⑫ 殍(piǎo):饿死的人。 ⑬ 纪极:极限。 ⑭ 蹙(cù):紧迫。 ⑮ 里:二十五家为里。 ⑯ 比:五家。酂(zàn):一百家。遂:五县为一遂。以上都是古代的居住制度和户口编制法,见《周礼·地官》。 ⑰ 乡射:古代一种用比射箭选士的制度。 ⑱ 府史胥(xū)徒:古时候在行政机关里管理文书杂务的人员。 ⑲ 赀(zī):计算。 ⑳ 六府:水、火、金、木、土、谷。见《尚书·大禹谟》。 ㉑ 五官:金、木、水、火、土五行之官,见《左传》昭公二十九年。 ㉒ 虞、衡:古代管理山林水泽的官。见《周礼·大宰》。 ㉓ 童:秃。赭(zhě):红褐色,指现出泥土的颜色。 ㉔ 斤:斧一类伐木工具。 ㉕ 侵寻:逐渐发展。 ㉖ 暴殄(tiǎn)天物:残害灭绝天生之物。 ㉗ 冠(guàn):古时候男子二十岁行成人礼,结发戴帽,叫冠。 ㉘ 分(fèn):名分。 ㉙ 卿:古代高级官名。大夫:古代官名,位于卿之下。 ㉚ 检:检束。饬(chì):整顿。 ㉛ 名数:指衣服车马之类。古代各种等级的人使用这些东西的名目、数量都有不同的规定。 ㉜ 纲条:纲目。度数:法度。 ㉝ 注措:安排处置。

翻译

我认为圣人创立法度,都本于人情,顺应事理,虽然二帝三王不无按时代的需要沿袭或改革,随事情的变化而增加或减少的制度,但至于治理国家的根本原则,统治人民的主要方法,则前圣后圣,难道不是同条共贯吗?无论古今,无论治乱,如果养育人民的办法用尽了,那么圣人和先王的法度可以改变。后代能完全实行先王之道就天下大治，只采用它的某个方面也可以达到小康，这是历代显著明白的效验。如果只知道拘泥古制，而不能施行于今天，姑且想承袭空名而便抛弃其实质，这就是浅陋书生的见识，怎么可以谈论治世之道呢！

然而倘若说今天的人情都已经不同于古代，先王的事迹不可以重现在今天，急于贪图眼前的方便，不去追求远大的目标，那也恐怕不是大有作为的看法，不足以救治当今极端严重的弊病。比如衣服饮食宫室器用之类，如果便于今天而又有法度的，难道也应该马上改革吗？那些按照天理不可改变，人所赖以生存，没有古今的区别，圣人所必须做的，固然可以大概列举，然而做起来有先后，用起来有缓急。至于斟酌损益，灵活运用，进退回旋，无不适当，则在于朝廷讲求部署如何了。

古时候从天子到平民，必须依靠老师和朋友来成就他们的道德事业，所以舜、禹、周文王、武王这样的圣人，也都有辅导他们的人。当今师傅的职务不完善，把臣子当朋友的正确行为没得到发扬，所以推崇道德、乐于向善的风气没有在天下形成。这是没有古今差别的事。

王者必须按照天意建立官职，因此天地春夏秋冬六官的职务，经历二帝三王一点也没有改变，所以各种制度健全而万事有条不紊。到唐代，还保存了它的大略，当唐朝未乱的时候，还能使法度比较正常。当今官员俸禄混乱，职务废弛，因此太平的治世没有到来。这也没有古今的差别。

天生万民，为他们设立君主，让他统治人民，必定为人民制办固定的产业，让他们生活充裕，那么田界不可不规范，土地不可不平均，这是实行治理的根本。唐代还能有口分授田的制度，今天这样的法制荡然无存，富人土地跨越州县而没有谁来制止，穷人流离饿死而没有谁来抚恤。幸运的百姓虽多，而衣食不足的人，恐怕不计其数。人口日益众多，而不建立一定的制度，则衣食日见短缺，流离死亡的人日见增多。这是治乱的关键，怎么可以不逐渐谋求解决它的办法呢？这也是没有古今差别的事情。

古时候政治和教化始于地方基层，有关法度兴起于比闾族党、州乡酇遂，以便互相连结统属管理，因此人民互相安处而亲近和睦，刑法少犯，廉耻心容易具有。这也是人情的自然，实行就见效，也是没有古今差别的事。

学校的教育，先王用来讲明人伦，教化天下。当今教育荒废因而道德不齐，乡射礼不行因而礼义不兴，举荐士人不从基层因而被荐者行为不正，优秀的人不培养于学校因而人材多废。这是明明白白的事，也是没有古今差别的。

古时候府史胥徒向政府领取俸禄，而兵农没有分别。今天养骄悍之兵，耗费国家钱粮，国力也已经到了极限。我认为除了禁卫军之外，不逐渐让军队回到农业上，就将会留下深深的忧虑；府史胥徒的差役，毒遍天下，不改变其制度，就不能免除大害。这也是非常明白的道理，并没有古今的差别。

古时候百姓必须有九年的粮食，如果没有三年的粮食，便被认为国不成其为国。我看现今天下耕作的人少，吃饭的人多，地力不充分利用，人们不勤勉工作，即使富裕之家、强盛之族，少有剩余积蓄，何况那些贫穷无力的人呢？有时一州一县年成不好，便会盗贼纵横，饥民满路。如果不幸有方圆两三千里的灾害，或者连年欠收，则不知朝廷用什么办法来对付，那祸害就没法说了。怎么可以说从前为什么很久没有到这种地步，因此侥幸认为可以依赖呢？确实应该逐渐依从古制，平均土地，发展农业，公私双方都制定出储备粮食的办法，来作为灾荒的准备。这也是没有古今差别的事情。

古时候士、农、工、商各有固定的职业，而农民占十分之八九，因此衣食容易供给，而百姓没有困苦。现在京城不耕而食的人，数量超过百万，游手好闲者不可计数。看他们窘迫辛苦，孤独贫穷而有疾病，诈骗取巧，来自我谋生，却常常不能维持生活。天天增长，年年加多，天长日久将怎么办！事情已经难办到了极点，不是圣上能够变通，就无法免除祸患。怎么可以说无可奈何就算了呢？这在于斟酌古代，改革今制，平均多的，抚恤少的，逐步为他们安排职业，来拯救他们罢了。这也是没有古今差别的事。

圣人按天意管理万物之道，在于六府，六府的事务，由五官治理，山有虞水有衡，各有一定的禁令，因此万物丰盛，而财用不缺。现在五官不设，六府得不到治理，用起来没有节制，索取不按时节，岂止万物失去了本性。木材是日常需用的物品，而天下都已是童山秃岭，砍伐焚烧，还在继续而得不到禁止；而江河湖泽捕鱼打猎之频繁，大量糟踏天生之物，出产也已经耗尽，又将怎么办！这已是困乏破败之极了。只有恢复虞衡的官职，让他们将养山林水泽，才有变通长久的形势。这也是没有古今差别的事。

古时候冠婚丧祭，车辆服饰器用，不同等级、不同名分都有差别，没有敢超越本分的，因此财用容易供给，而人民有持久不变的心。现在礼制不兴，竞相崇尚奢侈浪费，卿大夫之家没有谁能合于礼法，而商贩之类有的超过王公。礼制不足以制约人情，衣服车马的规定不足以区别贵贱。既无固定的名分，便奸诈抢夺，人人都谋求满足自己的欲望而后已，哪里有止息的呢？这是造成纷争混乱的道路。那么先王的法度，怎么能不讲求而加以增减呢？这也是没有古今差别的事。

这十件事只是一些头绪，我只论述其主要方面，用它作为三代的法度有必定可以施行的证明。至于具体的纲目法度，施行处置的办法，则应当审慎地去做，必须考之于经典的训示而符合，施之于人情而适宜。这是明明白白的定理，哪里只像迂腐粗疏无用的说教呢？望皇上定夺选择。

谏新法疏

这篇奏疏作于宋神宗熙宁三年(1070)。当时,宋神宗采纳王安石的建议,全面推行变法。“青苗法”,就是王安石的新法之一,其主要内容是民户于夏秋未熟之前可以向官府借钱,以救青黄不接之急,秋收后偿还。在实施中,还有许多具体规定。实行“青苗法”的本意,是为了抑制兼并,防止富户乘人之危,因而一度得到广大农民的欢迎。但在执行过程中,也产生了不少弊病,由此招来了众多的非议。程颢从总体上是不赞成新法的,曾经多次上言,反对变法,本文就是其中之一。文中坚决要求取消预支的青苗钱的利息及撤消各路主管变法的官员,表明了作者对新法的态度。

臣近累上言,乞罢预俵青苗钱利息及汰去提举官事①,朝夕以觊②,未蒙施行。臣窃谓,明者见于未形,智者防于未乱。况今日事理显白易知,若不因机亟决③,持之愈坚,必贻后悔。悔而后改,则为害已多。盖安危之本在乎人情,治乱之机系乎事始。众心睽乖则有言不信④,万邦协

和则所为必成[5]，固不可以威力取强，语言必胜。而近日所闻，尤为未便。伏见制置条例司疏驳大臣之奏[6]，举劾不奉行之官，徒使中外物情愈致惊骇[7]。是乃举一偏而尽沮公议[8]，因小事而先失众心。权其轻重，未见其可。

臣窃谓，陛下固已烛见事体[9]，究知是非，在圣心非吝改张，由柄臣尚持固必[10]。是致舆情大郁[11]，众论益谨[12]，若欲遂行，必难终济。伏望陛下奋神明之威断，审成败之先机[13]，与其遂一失而废百为，孰若沛大恩而新众志[14]，外汰使人之扰，亟推去息之仁？况粜籴之法兼行[15]，则储蓄之资自广，在朝廷未失于举措，使议论何名而沸腾？伏乞检会臣所上言[16]，早赐施行，则天下幸甚！

---

① 俵(biào)：散发。青苗钱：按照“青苗法”的有关规定向官府借贷的钱。借青苗钱必须交纳一定的利息，程颢反对这样做，主张不收利息。提举官：指各路主管青苗法的官员。 ② 觊(jì)：希望。 ③ 亟(jí)：急迫。 ④ 睽(kuí)：不合。乖：违背。 ⑤ 万邦：指全国各地。 ⑥ 制置条例司：即制置三司条例司，熙宁二年设置，是主持变法的机关。疏驳：逐条反驳。 ⑦ 中外：指朝廷内外。物情：人情。 ⑧ 沮(jǔ)：阻止。 ⑨ 烛：照耀，引申为察见。 ⑩ 柄臣：把

握权柄的大臣，指王安石。固：固执。必：武断。《论语·子罕》："毋意，毋必，毋固，毋我。" ⑪ 舆情：民情。 ⑫ 讙（huān）：喧哗。 ⑬ 机：迹象，征兆。 ⑭ 沛：同"霈"，雨水充盛的样子。这里作动词用，意为降下充盛的……。 ⑮ 粜籴之法：粜籴（tiào dí）：卖出和买进粮食。官府在丰收和缺粮时买进卖出粮食，来调节百姓的需求。这是古代常平仓的办法。 ⑯ 检会：查考。

翻译

我最近累次上书，请求取消预先发放的青苗钱的利息以及撤销提举官一事，朝夕期待，没有得到施行。我认为，聪明的人预见于事态形成之前，明智的人防备于变乱到来之先。何况今天事理明白易知，如果不趁机赶紧决策，更加固执地坚持原来的作法，必定留下后悔。悔悟了才来改，那么为害就多了。安危的根本在于人心的向背，治乱的关键在于事情的开头。众心背离则说的话没人相信，全国协调则做的事必定成功，决不可用权势占强，用口舌求胜。但近日所听到的，尤其不妥当。我看到制置条例司逐条驳斥大臣的奏章，弹劾不奉行新法的官员，只能使朝廷内外人心更加惊恐。这是抓住片面的道理而完全不顾公论，因小事而先失人心。权衡轻重，看不出好在哪里。

我认为，陛下本来已经洞察了事体，弄清了是非，在陛下的本心不是吝惜改弦更张，而是由于掌权的大臣仍然坚持固执武断的态度。这就导致民情大受压抑，群众更加议论纷纷，如果想马上实行，最终必然难以成功。望陛下振奋神奇英明的威风和决断，看清成败的前兆。与其成全一次错误而放弃各种作为，哪里比得上降下盛大的恩泽而使众志一新，外除使者的骚扰，立刻推行去掉利息的仁政？况且丰收时买进粮食，欠收时卖出粮食的办法同时实行，那么储蓄的钱财自然充裕，既然朝廷的处置没有失误，众人的议论又怎么会沸腾？请审查我上陈的意见，及早加以施行，那就是天下最大的幸运！

答横渠张子厚先生书

这是程颢给张载的回信，写于宋仁宗嘉祐四年(1059)。张载(1020—1077)，字子厚，世称横渠先生，凤翔郿县(今陕西眉县)横渠镇人，北宋哲学家，理学创始人之一。这封回信被程朱派理学家称为《定性书》，当作论述性理的重要文献。回信的中心是论“定性”，定性就是定心，不动心。作者不同意张载把物我、内外相分离，认为“与其非外而是内，不若内外之两忘”，即要达到物我无间，内外如一，无心无情，无私无欲的境界。当然，人不可能没有情，心也不可能不动。在程颢看来，人的情只能是万物本有之情而不是私情，心之动只能是顺应万物的自然运动而不是私欲的萌发。他所说的顺物，实际上就是顺应支配万物的“天理”。所谓定性，就是“存天理，灭人欲”。在论述性理的同时，也表现出明显的佛、道二家清静无为思想的影响。

承教，谕以“定性未能不动，犹累于外物”[①]，此贤者虑之熟矣[②]，尚何俟小子之言[③]？然尝思之矣，敢贡其说于左右[④]。

所谓定者，动亦定，静亦定，无将迎[5]，无内外。苟以外物为外，牵己而从之，是以己性为有内外也。且以性为随物于外，则当其在外时，何者为在内？是有意于绝外诱，而不知性之无内外也。既以内外为二本[6]，则又乌可遽语定哉[7]？

夫天地之常[8]，以其心普万物而无心[9]；圣人之常，以其情顺万事而无情[10]。故君子之学，莫若廓然而大公[11]，物来而顺应。《易》曰："贞吉悔亡。憧憧往来，朋从尔思。[12]"苟规规于外诱之除[13]，将见灭于东而生于西也，非惟日之不足，顾其端无穷[14]，不可得而除也。

人之情各有所蔽[15]，故不能适道，大率患在于自私而用智。自私则不能以有为为应迹，用智则不能以明觉为自然。今以恶外物之心，而求照无物之地[16]，是反鉴而索照也[17]。《易》曰："艮其背，不获其身，行其庭，不见其人。[18]"孟氏亦曰："所恶于智者，为其凿也。[19]"与其非外而是内，不若内外之两忘也。两忘则澄然无事矣[20]。无事则定，定则明，明则尚何应物之为累哉？

圣人之喜，以物之当喜；圣人之怒，以物之当怒。是圣人之喜怒不系于心而系于物也。是则圣

人岂不应于物哉？乌得以从外者为非，而更求在内者为是也？今以自私用智之喜怒，而视圣人喜怒之正，为如何哉？夫人之情易发而难制者㉑，惟怒为甚。第能于怒时遽忘其怒㉒，而观理之是非，亦可见外诱之不足恶，而于道亦思过半矣。

心之精微，口不能宣，加之素拙于文辞，又吏事匆匆，未能精虑，当否伫报㉓。然举其大要，亦当近之矣。道近求远，古人所非，惟聪明裁之！

---

①“定性”二句：这是张载的原话。外物：自身以外的事物。 ②贤者：这里是对对方的尊称。 ③俟（sì）：等待。小子：自我谦称。 ④敢：谦词。左右：敬词，指对方。 ⑤将：送。语本《庄子·应帝王》。庄子原意是圣人之心像镜子，能照出一切，而自身不动，物来不迎，物去不送。 ⑥本：本原。 ⑦乌：何，哪里。 ⑧常：恒久不变的状态。 ⑨普：普遍，这里指普遍存在。程颢认为，天地自身既非主体，也非客体，天地就是万物，万物之心就是天地之心。 ⑩“圣人”二句：程颢认为，圣人和天地一样，不分物我内外，万物的感情就是圣人的感情，此外再没有自己专门的感情。 ⑪廓然：广大的样子，这里指胸怀宽广。 ⑫“贞吉”数句：见《周易·咸卦》九四爻辞。贞：正而无我。悔：灾祸。亡：无。憧憧（chōng）：往来不定，指心意纷乱。朋：同类，这里指同类的事，即自己关心的事。不关心的事就不入思虑，就不是“廓然大公”，所以必须定性。尔：你。

⑬ 规规:浅陋拘泥的样子。 ⑭ 顾:而且。 ⑮ 蔽:掩盖,遮蔽。人的天性本来是善的,私欲掩盖了这种善,所以发出的感情就有不善之处。 ⑯ 无物之地:指物我内外不分的境况。 ⑰ 鉴:镜子。索:求。 ⑱“艮其背”以下:见《周易·艮卦》卦辞。艮(gèn):止。艮其背:停止在背面,即背向万事万物而达到无所见、无所欲的境界。获:看见。背向一切,连自身也看不见了,即所谓无我。庭:院子。在院子里行走,人与人虽然相隔很近,但背向而行,也就看不见,不接触了。 ⑲ 孟氏:即孟子,名轲,字子舆,战国时邹(今山东邹县)人,传孔子之学,被称为“亚圣”。引文见《孟子·离娄下》。凿:穿凿,不自然。 ⑳ 澄然无事:淡漠无为。 ㉑ 夫(fú):语助词。㉒ 第:只要。 ㉓ 伫(zhù):期待。报:回答。

翻译

承蒙你教诲,告诉我“定性不能不动,还是要受外物牵制”,这个问题你考虑得很成熟了,又何必让我来谈论?但曾经思考过这个问题,斗胆向你献上自己的看法。

所谓定,动也定,静也定,没有送迎,没有内外。如果把外物当作外面的东西,牵着自己去随从它,这是认为自己的心有内外。而且认为心随着事物处于外面,那么当它在外的时候,什么东西是在内的?这是有意去杜绝外物的诱惑,却不知道心没有内外。既然把内外看作两个本原,又怎么可以一下子谈到定呢?

天地的常态,是因为它的心遍存于万物,因而没有心;圣人的常态，是因为他的情顺应万事，因而没有情。因此君子治学，不如胸怀广阔而大公无私，事物来到眼前就顺应它。《周易》说："正而无私则吉利，没有灾祸。心意往来不定，就只有自己关心的事进入你的思虑。"如果只拘泥于消除外物的诱惑，将会看到消灭于东而产生于西，不仅没有那么多的时间，而且其头绪无穷，不可能得以消除。

人的感情各有被遮蔽之处，因此不能达到道，大约毛病在于自私和用心计。自私便不能把有所作为看作是顺应事物，用心计便不能把明白醒悟看得很自然。现在用厌恶外物的心，而想要观察理解无物之处，这是把镜子反过来而希望照见东西。《周易》说："背对一切，不见自身，走在庭中，不见一人。"孟子也说："讨厌用心计的原因，是因为它牵强不自然。"与其否定外而肯定内，不如内外两忘。两忘就淡漠无为了。无为就定，定就明白，明白则还有什么应接事物的负担呢？

圣人的喜悦，因为万物应当喜悦；圣人发怒，因为万物应当发怒。这就是圣人的喜怒不在于心而在于物。这样圣人难道不是顺应于万物吗？怎么能认为顺应外物的是错，而再去寻求在内的作为对呢？现在拿自私用心计的喜怒，来比一比圣人正确的喜怒，又怎么样呢？人情中容易激发而难于控制的，只有怒为最厉害。只要能在发怒时很快忘掉怒，而辨析道理的是非，也可以看到外物的诱惑不必厌恶，而对于道也就明白一大半了。

心的精深微妙，言语不能形容，加上我历来不善文辞，而且公事匆忙，没能精细思考，正确与否，我期待着你的回答。但举其主要之点，也当接近事理了。道在身边而到远处去寻求，是古人所批评的，望明察斟酌。

南庙试九叙惟歌论

这是程颢的一份试卷。南庙当是考试的地点，试题是《九叙惟歌论》。作者以《尚书》中"九叙惟歌"这句话为中心，以其理学思想为基础而加以发挥，全面阐述了他对实行"王道"，治理天下，达到理想社会的总体构想。

论曰：民，受天地之中而生者也[①]。水、火、金、木、土、谷，民所赖而生者也。树之君，使修举其所赖而养之者也。修之有道，行之有节，上焉天顺之，下焉民乐之。正德焉，利用焉，厚生焉，此其所以秉统持正而制天下之命者也[②]。在《书》禹之《谟》曰："九功惟叙，九叙惟歌。"[③]其指言乎是也。舜、禹明其道，圣也，后世不及焉，功也，万世所利焉。宜其事有次叙，而民歌乐之也。

噫！舜之君，禹之臣，其歌之之民日闻其道，日被其泽，其见而知之，或言或歌可矣。今去圣久远，逾数千祀[④]，然可覆而举之者，何也？得非一于道乎？道之大原在于经，经为道，其发

明天地之秘，形容圣人之心一也。然当推本夫明其次、著其迹者言之[5]。在《洪范》之九章[6]，一曰五行[7]，次二曰五事[8]，统之以大中[9]，终之以福极[10]。圣人之道，其见于是乎！

盖五行者，天之道也；五事者，人之道也。修人事而致天道[11]，此王者所以治也。五事修，五行叙，则其生材也美焉，阜焉[12]，民居其中，享其利而安焉，岂非皇极之道用而致乎[13]？五材之生，天也，非人也；五事之修，人也，非天也。虽然，五事正，则五材自然得其性矣[14]。是则天之道亦王者之所为也。王者既修五事而致五材，则又举正德之教而率之，明利用之源而阜之，开厚生之道而养之。五行协于上，六府利于下[15]，三事举于中[16]。修焉，其功之叙也；和焉，其德之行也。如是，则民浩浩然[17]，于于然[18]，欢娱于下而歌颂其政矣。

或曰，子之言五行然矣，然六府之兼乎谷，何也？答曰，五行，气也；五材，形也。君之所致者气也，民之所用者形也。五气既叙[19]，五材既丰，民并用焉。然谷者，民之所生也，不可一日无之，此六府所以兼谷也。要其本[20]，则五气之生而已，夫何惑焉？

窃原《春秋》之文[21]，求圣人之志，火之书者十一，大水之书者七，不雨之书者九，大旱之书者二，无麦苗、大无麦禾之书者各一。盖言五行失其序，则六府失其宜。物失其宜，则尚何次叙之有乎！民失其所，则尚何歌咏之有乎！可以见圣人之心重时政而谨民事，勤勤乎如是也。

由是言之，则舜之德其至也。地平天成矣[22]，万世永赖矣，其民陶其教，遂其生，九功之德皆歌之矣。“戒之用休，董之用威，劝之以九歌，俾勿坏”[23]，其终之之道也。道是而已矣。

或问，行于后者当何如？曰，五事，本也，谨而明之。六府，外也，时而治之。教之以德，节之以政。古之五正各司其方[24]，可复也；周之六官各主其事[25]，可用也。此其略也，其道则具于经矣。推而明之，勤而修之，是亦舜之政也，夫何远哉？顾力行何如尔。谨论。

---

① 中：程颢认为，天地阴阳二气感应融和而生成万物。既不是阴，也不是阳，而是阴阳和谐的结合，所以叫“中”。 ② 统：大统，即帝位。

③《书》:《尚书》。禹之《谟》:《大禹谟》,《尚书》篇名。九功:九事,指水、火、金、木、土、谷和正德、利用、厚生。叙:次序。引文说九事有序,人民将歌颂之。 ④ 祀:年。 ⑤ 著:标明,显示。迹:踪迹。⑥《洪范》:《尚书》篇名。九章:即“九畴”,传说禹治天下的九类大法。 ⑦ 五行:水、火、木、金、土五种构成万物,人赖以生存的基本物质。 ⑧ 五事:貌(态度)、言(言语)、视(观察问题)、听(听取意见)、思(思考问题),五个方面都有一定的要求。 ⑨ 大中:指“九畴”的第五个方面“皇极”(见下)。 ⑩ 福极:即五福六极,是“九畴”的第九个方面。五福指寿、富、康宁、攸好德(喜好道德)、考终命(长寿善终)。六极指凶短折(短命)、疾、忧、贫、恶、弱。极:惩罚,指上天的惩罚。 ⑪ 致:获得,这里意指符合。 ⑫ 阜(fù):丰盛。⑬ 皇极:帝王治理天下的准则。一说:皇,大;极,中。“皇极”即伟大中正的帝王之道。 ⑭ 得其性:指按本性生长发育。 ⑮ 六府:五行和谷。 ⑯ 三事:即上面说的正德、利用、厚生。 ⑰ 浩浩:水流广大,这里意为心情舒畅。 ⑱ 于于然:悠然自得的样子。 ⑲ 五气:五行之气。 ⑳ 要:推究。 ㉑ 原:查考。《春秋》:现存我国最早的编年体史书,记载春秋时期鲁国的历史,相传曾经孔子修订,是儒家经典之一。 ㉒ 地平天成:水土治理好叫“地平”,五行有次序叫“天成”。用以比喻万事安排很妥帖。 ㉓“戒之”以下数句:见《尚书·大禹谟》。戒:同“诫”。休:美。董:督促。劝:勉励。九歌:歌颂九功的歌。 ㉔ 五正:木正、火正、金正、水正、土正,据说是商代负责有关方面事务的长官。 ㉕ 六官:天、地、春、夏、秋、冬之官,据说是周代的官制。

翻译

论：人民，是禀受天地中和之气而生成的。水、火、金、木、土、谷，是人民所赖以生存的东西。为他们树立君主，是要使他管理好人民所依赖的这六种东西而养育他们。管起来有方法，做起来有节制，上而天顺从，下而人民乐意。使道德端正，使物尽其用，使生活充裕，这就是君主用以执掌政权、坚持正道而主宰天下命运的途径。《尚书·大禹谟》篇中说："九件事有次序，有次序就值得歌颂。"大概就是指这个而言。舜、禹明白这个道理，他们的圣明后世望尘莫及，他们的功绩使万代受益无穷。他们行事有次序，人民欢乐地歌颂他们是应该的。

啊！舜这样的君主，禹这样的臣子，那些歌颂他们的人民天天听说他们的道理，天天领受他们的恩惠，他们见到并了解这些道理和恩惠，或者称说，或者歌唱，那是很自然的。现在离开圣人久远，超越数千年，但可以重新论述它，为什么呢？难道不是统一于道吗？道的根本写在经书中，经书就是道，它揭示天地的奥秘，表现圣人之心是一致的。但应当推究那些能够弄清它的次序、显示它的思路的地方来说。在《洪范》的九法中，第一叫五行，其次叫五事，用至大中正的帝王之道统摄，以五福六极告终。圣人之道，大概见于此吧！

五行，是天道；五事，是人道。办好人事而符合天道，这就是王者治理天下的办法。五事办好，五行有次序，那些天地生成的财富就会又美好，又丰富，人民处在其中，享受其利益而安宁，难道不是实行至大中正的帝王之道而带来的吗？五种财富的生成，在天，不在人；五件事情的办好，在人，不在天。虽然这样，五件事情端正，则五种财富自然能保持它的本性而顺利生成长育。这样看来，上天之道也是王者所做的。王者既办好五件事而得到五种财富，便又兴办端正道德的教化而引导人民，弄清合理使用财富的源泉而丰富它，广开改善生活的途径而养育人民。五行协调于上，六府有利于下，三件事兴办于中。六府搞好了，那就是办事有次序；三事和谐了，那就是恩德已推行。像这样，则人民心情舒畅，悠然自得，欢娱于下而歌颂王者的德政了。

有人说，你说五行是对了，但六府包括谷，为什么？答道，五行，是无形的气；五材，是有形的财富。君主所招致的是无形的气，人民所使用的是有形的财富。五气有次序了，五种财富丰富了，人民同时使用它们。但谷，是人民赖以生存的，不可以一天没有它，这就是六府所以包括谷的原因。究其根本，只不过五气所生而已，又有什么疑惑的呢？

我查考《春秋》的文字，探求圣人的本意，其中记载火灾的有十一次，记载大水有七次，记载不下雨有七次，记载大旱有两次，记载无麦苗、大无麦苗各一次。意思是说五行失掉次序，则六府也不能正常生成。万物不能正常生成，还有什么次序！人民失所，还有什么歌咏的呢！可见圣人的心重视当时的政治而对民事很谨慎，像这样勤勤恳恳。

由此而言，舜的恩德太大了。天地万事安排妥帖了，千年万代永久有依靠了，人民熏陶于教化之中，能够顺利地生存发展，都将歌颂“九功”的恩德了。“用美好的事物告诫他们，用严厉的态度督促他们，用九歌来勉励他们，使政治不败坏”，就是最终实现善政的道路。帝王之道，如此而已。

有人问，施行于后世应当怎么办？答：五事是根本，认真地弄清它。六府是外面的事，按时治理它。用道德教育人民，用行政手段节制人民。古代的五正各自管理一个方面，可以恢复；周朝的六官各自主管一定的事务，可以沿用。这是事情的大略，至于具体的道理和方法则全在经书中了。把这些道理和方法加以推广发扬，勤勤恳恳地去做好，这也是舜的德政，又有什么遥远呢？就看如何努力实行罢了。谨论。

程邵公墓志

这是熙宁元年(1068)程颢为他的儿子程邵公所作的墓志。墓志是记录死者生平事迹的文字,一般刻在石上埋入墓中。程颢在墓志中记述了他的儿子天性如何完美,具有"孝友信让之性";视听言动如何守礼,是"老于学者之所难能";对一个五岁的孩子,期以继承"斯文"的重任;悲痛他的死,"不特以父子之亲";甚至用赞叹的口气描述他"生五年,而人不见其有喜怒好欲";这一切,充分体现了程颢根深蒂固的封建道德伦理意识。即使自己的亲生儿子,他也是用封建伦理道德这把铁的尺子去衡量他,评价他,造就他,把一个纯真烂漫的孩子刻画成了一个木头人。对孩子的死,他用阴阳交感化生万物来解释,认为这是天理,没法改变,也不应该说什么,确实是用天理取代了父子之情。尽管如此,作者寓悲哀于平静中,引而不发,还是流露了深藏于内心的哀痛,读来令人伤感。

邵公,广平程颢之次子也[①],生于治平始元仲秋之四日[②],死于熙宁首禩仲夏之十四日[③]。越三日,藏之于伊阳县神阴乡祖茔之东[④]。邵公,其幼

名也；端悫[5]，其名也。

生而有奇质，未满岁，而温粹端重之态完然可爱。聪明日发，而才厚淳美之气益备。其始言也，或授之以诗，率未三四过，即已成诵矣，久亦不复忘去。虽警悟俊颖，若照彻内外，而出之从容，故敏于见知，而安于言动。坐立必庄谨，不妄瞻视，未尝有戏慢之色。孝友信让之性，盖出于自然。与人言则温然，及其有所不为，则确乎其守也。大凡其心有所许，后虽以百事诱迫，终不复移矣。日视群儿相与狎弄欢笑跳梁于前[6]，泊乎如不闻知。虽有喜相侵暴者，亦莫之敢侮。盖厥生五年[7]，而人不见其有喜怒好欲。是岂特异于常儿哉，皆老于学者之所难能也，而吾儿之资乃成于生之初。呜呼！使其降年之永[8]，则吾不知其所至也。吾弟颐亦以斯文为己任[9]，尝意是儿当世吾兄弟之学[10]。今则已矣，则吾之恸，亦不特以父子之亲也。

夫动静者阴阳之本，况五气交运，则益参差不齐矣[11]。赋生之类，宜其杂揉者众，而精一者间或值焉。以其间值之难，则其数或不能长[12]，亦宜矣。吾儿其得气之精一而数之局者欤[13]？天理然

矣，吾何言哉！

以其葬日之迫，刊刻之不暇也，惟砂书于砖⑭，以志其圹⑮。

---

① 广平：即今河北广平。程颢五世以上长期居住河北，这里自称广平人，是指祖籍。 ② 治平：宋英宗年号，即 1064—1067 年。始元：元年。仲秋：古代四季所含三个月分别用孟、仲、季表示，仲秋就是农历秋八月。 ③ 禩(sì)：同“祀”，年。首禩：元年。仲夏：农历夏五月。 ④ 藏：葬。伊阳：今河南汝阳。茔(yíng)：坟。 ⑤ 悫(què)：诚实。 ⑥ 狎(xiá)：亲近而不庄重。跳梁：蹦跳。 ⑦ 厥(jué)：其。 ⑧ 降年：指天降之年，即寿命。永：长。 ⑨ 斯文：指礼乐教化。 ⑩ 世：继承。 ⑪ 参差(cēn cī)：不整齐的样子。 ⑫ 数：气数，寿命。 ⑬ 局：局限。 ⑭ 砂：朱砂，矿物，红色或棕红色，可作颜料。 ⑮ 圹(kuàng)：墓穴。

翻译

邵公，广平程颢的第二个儿子，生于治平元年八月四日，死于熙宁元年五月十四日。过了三天，葬在伊阳县神阴乡祖坟之东。邵公，是他的小名；端悫，是他的正名。

生而有奇异的资质，还没满周岁，温和纯正、端庄持重的神态就已完美可爱。聪明日益发展，而正直忠厚、淳朴美好的气质更加完备。开始说话之后，有时用诗教他，都不过三四遍，就已经成诵了，很久也不再忘掉。虽然机警聪明、英俊颖悟，如洞察内外，而表现出来却很从容，因此见识敏捷，而言行安分。坐立必定庄重严谨，不乱观看，从未有戏谑轻慢的表情。孝顺友爱诚信谦让的天性，大概是出于自然。与人说话则和和气气，遇到他不愿做的事，则坚守不移。大凡他心里认定了的，后来虽然用各种方法引诱逼迫，始终不再动摇了。每天看着孩子们互相亲昵戏弄欢笑蹦跳于面前，他却静静地就像没有听到看到一样。就是有喜欢侵凌打骂别人的人，也没有谁敢欺侮。他出生五年，人们不见他有喜怒爱好嗜欲。这岂止不同于普通小孩，就是老于学问的人也很难做到这些，而我儿的天资却成于出生之初。唉！假使他寿命长久，我不知道他能达到什么程度。我弟弟程颐也以礼乐教化为己任，曾经认为这孩子将继承我们兄弟的学问。现在却死了，我的悲恸，也不只因为父子的亲情。

动静是阴阳的根本，何况五行之气交相运转，就更加参差不齐了。上天赋予生命的人类，其本质当然会杂糅的多，而精粹专一的间或碰到。就因为间或碰到，很难出现，则他的气数或者不能长久，也是应该的了。我儿大概就是得到精粹专一之气而气数有限的人吧？天理这样了，我还说什么呢！

因为孩子下葬日期紧迫，刻碑来不及了，只用朱砂书写在砖上，来作为墓志。

邵尧夫先生墓志铭

这篇墓志铭是神宗熙宁十年(1077)程颢为邵雍作的。邵雍(1011—1077),字尧夫,谥康节,也称百源先生,共城(今河南辉县市)人,北宋大理学家,象数学派创始人。程颢写这篇墓志铭,对墓主生平事迹的叙述极为简单,而着重在记述邵雍的治学精神、品行和师传,对他给予了很高评价。这也鲜明地体现了理学家的行文风格。

熙宁丁巳孟秋癸丑①,尧夫先生疾终于家。洛之人吊哭者相属于途②,其尤亲且旧者,又聚谋其所以葬。先生之子泣以告曰:“昔先人有言,志于墓者,必以属吾伯淳。”噫!先生知我者,以是命我,我何可辞?

谨按:邵本姬姓,系出召公③,故世为燕人④。大王父令进,以军职逮事艺祖⑤,始家衡漳⑥。祖德新,父古,皆隐德不仕⑦。母李氏,其继杨氏。先生之幼,从父徙共城,晚迁河南⑧,葬其亲于伊川⑨,遂为河南人。先生生于祥符辛亥⑩,至是盖六十七年矣。雍,先生之名,而尧夫其字也。娶

王氏，伯温、仲良，其二子也。

先生之官，初举遗逸，试将作监主簿[11]，后又以为颍州团练推官[12]，辞疾不赴。

先生始学于百原[13]，坚苦刻厉，冬不炉，夏不扇，夜不就席者数年，卫人贤之[14]。先生叹曰："昔人尚友于古，而吾未尝及四方，遽可已乎？"于是走吴适楚[15]，过齐、鲁[16]，客梁、晋[17]，久之而归，曰："道其在是矣。"盖始有定居之意。

先生少时，自雄其材，慷慨有大志。既学，力慕高远，谓先王之事为可必致。及其学益老，德益邵，玩心高明，观于天地之运化，阴阳之消长，以达乎万物之变，然后颓然其顺，浩然其归。在洛几三十年，始至，蓬荜环堵不蔽风雨，躬爨以养其父母，居之裕如。讲学于家，未尝强以语人，而就问者日众，乡里化之，远近尊之。士人之道洛者，有不之公府，而必之先生之庐。

先生德气粹然，望之可知其贤，然不事表暴，不设防畛[18]。正而不谅，通而不汙，清明坦夷，洞彻中外。接人无贵贱亲疏之间，群居燕饮，笑语终日，不取甚异于人，顾吾所乐何如耳。病畏寒暑，常以春秋时行游城中，士大夫家听其车音，倒屣迎致[19]，虽儿童奴隶，皆知欢喜尊奉。其与人言，必依于孝弟忠信，乐道人之善，而未尝及其恶，故贤者悦其德，不贤者服其化。所以厚风俗、成人材者，先生之功多矣。

昔七十子学于仲尼，其传可见者，惟曾子所以告子思，而子思所以授孟子者耳。其余门人，各以其材之所宜为学，虽同尊圣人，所因而入者，门户则众矣。况后此千余岁，师道不立[20]，学者莫知其从来。独先生之学为有传也。先生得之于李挺之[21]，挺之得之于穆伯长[22]，推其源流，远有端绪。今穆、李之言及其行事，概可见矣。而先生淳一不杂，汪洋浩大，乃其听自得者多矣。然而名其学者，岂所谓门户之众，各有所因而入者欤？语成德者，昔难其居。若先生之道，就所至而论之，可谓安且成矣。

先生有书六十二卷[23]，命曰《皇极经世》[24]；古律诗二千篇，题曰《击壤集》。先生之葬，附于先茔，实其终之年孟冬丁酉也。铭曰：

呜呼先生，志豪力雄。阔步长趋，凌高厉空。探幽索隐，曲畅旁通。在古或难，先生从容。有《问》有《观》[25]，以饫以丰。天不慭遗，

哲人之凶[26]。鸣皋在南[27]，伊流在东[28]。有宁一宫，先生所终。

---

① 熙宁丁巳孟秋癸丑：熙宁十年七月五日。 ② 洛：指今洛阳。 ③ 召(shào)公：姓姬，名奭，周武王时的大臣，助武王灭商，封于燕，为燕国始祖。 ④ 燕(yān)：指今北京、河北、辽宁一带。 ⑤ 艺祖：开国帝王。这里指宋太祖赵匡胤。 ⑥ 衡漳：地名，在今河北南部。 ⑦ 隐德：隐蔽自己的道德。 ⑧ 河南：指今河南洛阳。 ⑨ 伊川：地名，指今河南伊河流域。 ⑩ 祥符：即大中祥符，宋真宗年号，1008—1016。辛亥是大中祥符四年。 ⑪ 将作监：官署名，掌管土木营造等事。主簿，掌管文书的官吏。 ⑫ 颍州：今属安徽。团练推官：团练使的下属官吏，负责刑狱等事。 ⑬ 百原：即百源，又称百泉，在今河南辉县市苏门山下，因泉水众多而得名。 ⑭ 卫：本古国名，在今河南境内。 ⑮ 吴：古吴国之地，包括今江苏、上海大部分及安徽、浙江的一部分。楚：古楚国之地，包括以今湖北为中心的长江中下游广大地区。 ⑯ 齐：古齐国之地，在今山东省境内。鲁：古鲁国之地，在今山东省南部。 ⑰ 梁：古梁国(即魏国)之地，在今河南省境内。晋：古晋国之地，主要包括今山西省，以及河北、河南、陕西的一部分。 ⑱ 暴(pù)：暴露。畛(zhěn)：界限，区分。 ⑲ 屣(xǐ)：鞋。古人家居脱鞋席地而坐；倒屣，形容急于迎客，把鞋子穿倒。 ⑳ 师道：指老师的地位作用和尊师风尚。 ㉑ 李挺之：即李之才(？—1045)，字挺之，青州北海(今属山东)人，精于《易》学。 ㉒ 穆伯长：即穆修(979—1032)，字伯长，郓州汶阳(今山东汶上县)

人，文学家。 ㉓ 六十二卷：应作“十二卷”，见下句注。 ㉔《皇极经世》：邵雍著，共十二卷，其中最重要的是《观物内篇》和《观物外篇》。书中以《周易》六十四卦的推演来阐述理学思想，具有浓厚的神秘主义和宿命论色彩。 ㉕《问》：指邵雍所作《渔樵对问》。《观》：指《皇极经世》中的《观物篇》。 ㉖ 哲人：具有超凡智慧的人。 ㉗ 鸣皋：即鸣皋山，在河南嵩县东北。 ㉘ 伊流：即伊河，洛河的支流，在河南省西部。

翻译

熙宁十年七月五日，尧夫先生在家中病故。洛阳人前往吊丧哭灵的一路上络绎不绝，其中特别亲近和交往深的人，又聚在一起商议他的葬事。先生的儿子哭着告诉我说：“以前我父亲曾经说过，写墓志铭的人，必须委托我伯淳先生。”啊！先生是了解我的人，把这件事交给我，我怎么可以推辞？

谨按：邵氏出自姬姓，他的世系是从召公传下来的，因此世世代代都是燕地人。曾祖父邵令进，在太祖手下担任军职，开始定居在衡漳。祖父邵德新，父亲邵古，都没有做官。母亲李氏，继母杨氏。先生年幼的时候，随父亲迁徙到共城，晚年又迁到河南，把他的父母葬在伊川，于是成为河南人。先生出生于大中祥符四年，到去世已经六十七年了。雍，是先生的名字，尧夫是他的字。先生娶王氏为妻，邵伯温、邵仲良，是他的两个儿子。

先生做官，最初以隐逸的身份被举荐，试任将作监主簿，后来又任命他为颍州团练推官，推辞有病，没有上任。

先生最初在百原治学，坚毅刻苦，自我勉励，冬天不烤火，夏天不扇扇，晚上不上床，这样过了好几年，卫地的人都把他看作贤人。先生却感叹道："以前的人还可以和古人做朋友，而我却没有到过四方，难道可以就这么算了吗？"于是前往吴、楚，游历齐、鲁，客居梁、晋，过了很久才回来，说："道恐怕在这里了。"才开始有定居的意思。

先生年少的时候，自认为有杰出的才能，慷慨激昂，有大志向。开始治学以后，一心追求远大目标，认为先王的事业一定可以在今天实现。到他的学问更加精深，道德更加完善时，就潜心钻研宇宙的奥秘，观察天地的运动变化，阴阳的消长，以便通晓万物变化的道理，然后豁然顺畅，一往无前地达到对理的最终认识。在洛阳将近三十年，刚到的时候，简陋的茅屋土墙，甚至不能遮蔽风雨，亲自做饭来养活父母，而他居住在这里心安理得。在家里讲学，从来没有把自己的学问强迫灌输给别人，但前来向他请教的人日益增多，乡里风俗因之改观，远近的人都尊敬他。士人经过洛阳，有的人不到官府，但必定要到先生家。

先生道德气质纯粹，一看就知道是贤人，但不喜欢张扬自己，也不与人隔绝。为人正直，但不固执呆板，性情通达，但不同流合污，清白坦荡，表里明彻。接触人没有贵贱亲疏的界限，和大家聚在一起设宴饮酒，笑语终日，不追求和别人有很大不同，只看自己怎样能够尽兴。因为有病，怕冷怕热，常常在春秋季节在城里走动，士大夫家里听到先生车子的声音，迫不及待地把他迎接到家中，就是儿童奴仆，也都知道欢欢喜喜地尊敬侍奉。先生和人谈话，必定遵从孝悌忠信的道理，乐于称道别人的长处，从不谈到别人的短处，因此有道德的人崇尚他的品德，没有道德的人服从他的教化。之所以能够使风俗淳厚，造就人才，先生的功劳太多了。

昔日七十弟子向孔子学习，他们传述孔子之道，可以见到的，只有曾子传给子思，子思传给孟子的学问。其余的人，各自按照自己的资质所适合的去学，虽然同样是尊崇孔子，但各人借以登堂入室的门户却很多了。何况此后一千多年，师道没有树立起来，做学问的人不知道所学的东西是从哪里传下来的。只有先生的学问有所传承。先生继承了李之才的学问，李之才则是继承了穆修的学问，推究它的源流，可以说源远流长。现在穆修、李之才的言论和他们的行事，大概可以见到了。而先生的学问纯粹不杂，汪洋浩大，其中他自己体会到的极多。然而评价先生的学问，哪里是所谓门户众多，各自有所凭借而进入殿堂的呢？谈到成就了道德的人，历来认为要保持它很难。像先生的学问，就其所达到的高度而言，可以说是既已经成就，又能坚守不移了。

先生有著作六十二卷，命名为《皇极经世》；有古诗律诗两千首，题名为《击壤集》。先生下葬，附葬在先人的墓地中，日期是先生去世这一年的十月二十日。铭文如下：

啊，尧夫先生！你志气豪放，才力强雄。你阔步长驱，高迈太空。你探索隐秘，融会贯通。古人也许难于做到，在先生却优游从容。《渔樵问对》《观物篇》，滋润后人，功德无穷。老天何不留下你啊，哲人竟已寿终。鸣皋山在墓之南，伊河在墓之东。先生安息吧，在这宁静的地宫。

语录

二程的语录全面记录了他们对宇宙、人生、社会政治、学术、教育等各个方面的论述，是研究二程思想的极为重要的材料。现存三种语录中，《河南程氏遗书》（以下简称《遗书》）最为重要。《河南程氏外书》（以下简称《外书》）资料来源较杂，可靠性稍差；《河南程氏粹言》（以下简称《粹言》）只是用文言对语录的改写，没有新的来源。但这两种书也都有参考价值。《遗书》中，卷十一至卷十四是程颢的语录，卷一至卷十以及《外书》中标明"明道先生""明""淳""伯淳"等字的条目也是他的语录。《粹言》及《遗书》《外书》中"二先生语"部分，也收有程颢的话，但不易分辨。这里译注的语录，主要取自《遗书》。

伯淳先生尝语韩持国曰①："如说妄说幻为不好底性②，则请别寻一个好底性来，换了此不好底性著③！道即性也④，若道外寻性，性外寻道，便不是。圣贤论天德⑤，盖谓自家元是天然完全自足之物⑥，若无所污坏，即当直而行之；若小有污坏，即敬以治之⑦，使复如旧。所以能使如旧者，

盖为自家本质元是完足之物。若合修治而修治之[8]，是义也[9]；若不消修治而不修治，亦是义也。故常简易明白而易行。禅学者总是强生事[10]，至如山河大地之说[11]，是他山河大地，又干你何事[12]？至如孔子，道如日星之明，犹患门人未能尽晓，故曰'予欲无言'。如颜子[13]，则便默识，其他未免疑问，故曰：'小子何述？'[14]又曰：'天何言哉？四时行焉，百物生焉。'[15]可谓明白矣。若能于此言上看得破，便信是会禅也[16]。非是未寻得，盖实是无去处说。此理本无二故也[17]。"

（《遗书》卷一）

---

① 伯淳：程颢的字。韩持国：韩维(1017—1098)，字持国，颍昌(治今河南许昌)人，宋代名臣，曾任宰相。 ② 底：的。性：人性。 ③ 著：语助词。以上说人性本是好的，而且性只有一个，不可能找一个好的性来换不好的性。 ④ 道：即"理"。理学家认为人性就是"理"。 ⑤ 天德：指人的天性。 ⑥ 元：同"原"。 ⑦ 敬：理学家修养方法之一，意为专一。 ⑧ 合：应当。 ⑨ 义：言行合乎一定的准则叫义。 ⑩ 禅学者：指佛教中的禅宗。 ⑪ 山河大地之说：禅宗认为"山河大地皆是见病"，无需注重这些外在的东西，内心顿悟就可以成佛。 ⑫"是他"二句：禅宗常用语，程颢借用来批评禅

宗顿悟理论也是“强生事”。因为人性就是天理，不仅与外界事物无关，也无需悟与不悟。 ⑬ 颜子：颜回（前 521—前 490），字子渊，春秋末鲁（今属山东）人，孔子门人中最贤者，后世称为“复圣”。 ⑭ 小子：弟子，子贡自称。这是孔子弟子子贡的问话，原话是“子如不言，则小子何述焉？” ⑮“天何言”以下数句：见《论语·阳货》。孔子怕门人不能理解万物顺其自然而无需人为造作，所以提示说“我想什么也不说”。还是有人不懂，于是更明白地举出天无言而一切都按天的安排运行的例子。 ⑯ 信：真。会：领悟。 ⑰ 理本无二：“理”只有一个。一切都是“理”的运动，此外再无别的，连“说”也是“理”的体现，所以说“无去处说”。

翻译

伯淳先生曾经告诉韩持国说：“如果说妄说幻是不好的性，那么请另找一个好的性来，换了这个不好的性！道就是性，如果道外找性，性外找道，就不对了。圣贤讲天德，也就是说自己原是天然的完全自足的东西，如果无所玷污损坏，就应当照着做下去；如果小有污损，就认真严肃地修治它，使它还原为本来的样子。之所以能使它跟原来一样，就是因为自己本质原来是完满的东西。如果该修治而修治它，这是义；如果不需修治而不修治，也是义。因此，圣人所讲天德一直简易明白而容易实行。禅学者总是人为地生事，比如山河大地的说法，山河大地是他山河大地，又关你什么事？至于孔子，其道像太阳星星那样明白，还怕门人不能完全理解这一点，因此提示说‘我想不说话’。像颜子，就默默地记住了，其他人不免疑惑询问，所以说：‘你不说话，弟子传述什么？’孔子又说：‘天说了什么呢？四季在那里更替，万物在那里生长。’可以说是明白了。如果能在这些话上看得透彻，便真是悟到禅理了。不是没寻到地方说，而实是道没有可说之处。这是因为理本来就没有两个。”

“忠信所以进德”①，“终日乾乾”②，君子当终日对越在天也③。盖“上天之载，无声无臭”④，其体则谓之易⑤，其理则谓之道⑥，其用则谓之神⑦，其命于人则谓之性，率性则谓之道，修道则谓之教。孟子去其中又发挥出浩然之气⑧，可谓尽矣。故说神“如在其上，如在其左右”，大小大事而只曰“诚之不可揜如此夫！⑨”彻上彻下，不过如此。形而上为道，形而下为器⑩。须著如此说⑪：器亦道，道亦器，但得道在；不系今与后、己与人⑫。（《遗书》卷一）

---

① 忠信：忠实真诚，孔子伦理思想，是道德学问的基础。“忠信所以进德”：见《周易·乾卦》文言。 ② 乾乾：自强不息。“终日乾乾”：

见《周易·乾卦》文言。 ③ 对越：对扬，报答发扬。在天：在天之灵，这里指天。对越在天：见《诗经·周颂·清庙》。 ④“上天”二句：出《诗经·大雅·文王》。载：事。臭（xiù）：气味。 ⑤ 体：本体。易：变易，运动变化。这句说天的本体称为“易”，也即意味着天的本体是不断运动变化的。 ⑥ 道：义同“理”。 ⑦ 用：功用。神：支配万物变幻莫测。这句说天的功用称为“神”，因为它支配着万物变幻莫测。 ⑧ 浩然之气：孟子提出的一种主观精神状态，即由内心逐步积累道义而成的“至大至刚”的“天地正气”。 ⑨“如在”“诚之”二句：见《礼记·中庸》。大小：多少。揜（yǎn）：遮蔽。 ⑩“形而上”二句：见《周易·系辞上》。形而上：无形体者。形而下：有形体者。器：有形的事物。 ⑪ 著：助词。 ⑫“器亦道”以下数句：是说器和道紧密相连，互相依存，但道是永恒不变的，而器是暂时的、有变化的。

翻译

《易经》说：“忠实真诚是提高道德修养的基础”，“终日自强不息”，君子应当终日报答上天和发扬其精神。因为“上天的事，无声无味”，它的本体叫作易，它的道理叫作道，它的功用叫作神，赋予人则叫作性，顺从本性叫作道，修身养性使合于道叫作教。孟子在其中又发挥出浩然之气，可以说是完备了。因此说神明“如在你头上，如在你左右”，多少大事，却只说“真诚不可掩蔽就像这样！”彻头彻尾，不过如此。无形体的是道，有形体的是器。须要这样说：器也是道，道也是器，只要有道在；不拘于今日和往后，自己和别人。

"生之谓性"[①]，性即气，气即性，生之谓也[②]。人生气禀[③]，理有善恶，然不是性中元有此两物相对而生也。有自幼而善，有自幼而恶，（后稷之克岐克嶷[④]，子越椒始生[⑤]，人知其必灭若敖氏之类[⑥]。）是气禀有然也。善固性也，然恶亦不可不谓之性也。盖"生之谓性""人生而静"以上不容说[⑦]，才说性时，便已不是性也。凡人说性，只是说"继之者善"也[⑧]，孟子言人性善是也。夫所谓"继之者善"也者，犹水流而就下也。皆水也，有流而至海，终无所污，此何烦人力之为也？有流而未远，固已渐浊；有出而甚远，方有所浊；有浊之多者，有浊之少者。清浊虽不同，然不可以浊者不为水也。如此，则人不可以不加澄治之功。故用力敏勇则疾清，用力缓怠则迟清。及其清也，则却只是元初水也。亦不是将清来换却浊，亦不是取出浊来置在一隅也。水之清，则性善之谓也，故不是善与恶在性中为两物相

对，各自出来。此理，天命也；顺而循之，则道也；循此而修之，各得其分，则教也。自天命以至于教，我无加损焉，此舜有天下而不与焉者也⑨。（《遗书》卷一）

---

①“生之谓性”：这是告子的话，见《孟子·告子上》。生：出生，这里指与生俱来。 ②“性即气”三句：程颢认为人有“天命之性”，有“气质之性”。这里“性”即指气质之性，“气”指气质。他认为告子所说的“性”是指气质之性。 ③气禀：人对天地之气的禀受。禀气的情况不同，是气质之性善或恶的根源。 ④括号内是自注。后稷（jì）：周的先祖，别姓姬，名弃，号后稷。岐：有知觉。嶷（yí）：能识别。指后稷生来聪慧。 ⑤子越椒：即斗椒，字子越，春秋时楚国人，曾任司马、令尹。 ⑥若敖氏：春秋楚大夫熊仪被命名若敖，子孙为若敖氏。斗椒初生，令尹子文就预言他会使若敖氏灭亡，后果如所言。 ⑦“人生而静”：《礼记·乐记》：“人生而静，天之性也。”程颢认为性与生俱来，出生之前则无法言说。 ⑧“继之者善”：语出《周易·系辞》。原意是道生万物，继道之后维护万物正常运转的是善行。这里指人们说性是指后天而言，不是指初生“以上”。 ⑨与：参与。不与：不把自己算在内，意即不居功。

翻译

“与生俱来的叫作性”，性就是气质，气质就是性，这就是“生”的含义。人生来对气的禀受，理当有善恶，但不是性中原来有这两种东西相对而生。有从小就善的，有从小就恶的，（后稷的能知能识，子越椒初生，有人知道他必然使若敖氏灭亡之类。）这是对气的禀受不同而造成这种情况。善固然是性，但恶也不可不叫作性。“生之谓性”“人生而静”以上没法说，才说性时，便已经不是性了。凡是人们说性，只是说“继续它的是善”，孟子说人性善就是这样。所谓“继之者善”，就像水流而向下。都是水，有流到大海，始终无所污染的，这又何必费人力去做呢？有流得不远，就已经渐渐浑浊的；有流出很远，才有所污浊的；有浑浊得多的，有浑浊得少的。清浊虽然不同，但不能认为浑浊的不是水。这样，人们不可以不加以澄清的功夫。因而用力迅速有力就早清，用力缓慢怠惰就晚清。等到它清亮了，便又只是原来的水了。也不是拿清的来换掉浊的，也不是取出浊的来放在一边。水的清，就是指性善，因此不是善和恶在性中作为两个东西相对，各自出来。这个理，是天赋予的；顺从而遵循它，就是道；照这样去修养，各得其本分，就是教。从天命到教，我们对它没有增加和减少，这就是舜拥有天下而自己不居功的缘故。

天下善恶皆天理，谓之恶者非本恶，但或过或

不及便如此，如杨、墨之类[1]。（《遗书》卷二上）

① 杨：杨朱，战国初魏国（今山西境）人，属道家学派。墨：墨翟（dí），约前468—前376，鲁国（今山东境）人，春秋战国之际的思想家，墨家学派创始人。

翻译

天下善恶都是天理，称作恶的不是本来就恶，只要或者过分或者不及就会这样，比如杨朱、墨翟之类。

尝喻以心知天[1]，犹居京师往长安，但知出西门便可到长安[2]，此犹是言作两处。若要诚实，只在京师，便是到长安，更不可别求长安。只心便是天，尽之便知性，知性便知天。当处便认取[3]，更不可外求。（《遗书》卷二上）

① 天：这里是"理"的同义语。 ② 出西门：北宋首都汴京（今河南开封）在长安（今陕西西安）东面，所以说出西门可到长安。 ③ 取：助词。

翻译

曾经比喻用心认识天，就像住在京城前往长安，只知道出西门就可以到长安，这还是说成两处。如果要诚实，只在京城，就是到长安，再不可另外去找长安。心就是天，彻底反省内心就知道性，知道性就知道天。本处就可以认识到，再不可向外寻求。

“穷理尽性以至于命”[①]**，三事一时并了**[②]**，元无次序，不可将穷理作知之事。若实穷得理，即性、命亦可了。（《遗书》卷二上）**

① “穷理”一句：语出《周易·说卦》。命：天命，天赋予的使命。

② 了：明白。

翻译

“穷尽地认识理、性以至于天命”，三件事同时一起认识，原无次序，不可仅仅把认识理当成知识的事。如果确实彻底认识了理，那么人性和天命也可以认识到。

言体天地之化，已剩一“体”字。只此便是天地之化[1]，不可对此个别有天地。（《遗书》卷二上）

① 此：指体会天地之化的活动。程颢认为人的思维活动本身就是天地运动变化的内容之一。

翻译

说体会天地的变化，已经多了一个“体”字。只“体会”就是天地的变化，不可对这个另有天地。

医书言手足痿痹为不仁[1]，此言最善名状。仁者以天地万物为一体，莫非己也。认得为己，何所不至？若不有诸己，自不与己相干。如手足不仁，气已不贯，皆不属己。故“博施济众”，乃圣之功用。仁至难言，故止曰“己欲立而立人，己欲达而达人，能近取譬，可谓仁之方也”[2]。欲令如是观仁，可以得仁之体。（《遗书》卷二上）

① 痿(wěi):萎缩。痹(bì):麻痹。仁:孔子提出的最高精神境界,一切善的品德的概括,中心是“爱人”。 ②“己欲立”数句:见《论语·雍也》。

翻译

医书说手脚痿缩麻痹是不仁,这个话最善于形容。仁者以天地万物为一体,莫非是自己。能认识到天地万物就是自己,还有什么不能认识?不存在于自己,自然不和自己相干。比如手脚痿缩麻痹,气已经不贯通,都不属于自己。所以“广泛施与帮助众人”,是圣人的作用。仁很难表述,所以孔子只说“自己想立身而使人立身,自己想显达而使人显达,能够将心比己,可以说是仁的方法了”。如果这样看仁,可以得知仁的本质。

学者须先识仁,仁者浑然与物同体,义、礼、知、信皆仁也[①]。识得此理,以诚、敬存之而已[②],不须防检,不须穷索。若心懈则有防,心苟不懈,何防之有?理有未得,故须穷索。存久自明,安待穷索?此道与物无对[③],大不足以名之。天地之用,皆我之用,孟子言“万物皆备于

我”[4]，须反身而诚，乃为大乐。若反身未诚，则犹是二物有对[5]，以己合彼，终未有之，又安得乐？《订顽》意思[6]，乃备言此体。以此意存之，更有何事？“必有事焉而勿正，心勿忘，勿助长”[7]，未尝致纤毫之力，此其存之之道。若存得，便合有得。盖良知良能元不丧失[8]，以昔日习心未除，却须存习此心，久则可夺旧习。此理至约，惟患不能守。既能体之而乐，也不患不能守也。（《遗书》卷二上）

---

① 礼：封建等级制的社会和道德规范及其制度。知：即“智”，智慧，识别是非的能力。信：信用。仁、义、礼、知、信就是所谓“五常”。
② 诚：真诚。敬：专一。都是理学家修养方法。 ③ 无对：没有能与之相比拟的。 ④“万物皆备于我”：见《孟子·尽心上》。万物皆备于我，指天地万物与人自身浑然一体的精神境界，即不分主观客观。 ⑤ 二物有对：指内外、物我相割裂。 ⑥《订顽》：张载所著《西铭》的原名。 ⑦“必有事”数句：见《孟子·公孙丑上》。事：福。正：正心，把心放在这方面。孟子的意思是说，行仁义必有善报，但不可存着追求善报的心，只要做到既不忘记这一点，又不急于求成就行了。 ⑧ 良知良能：不思而知叫良知，不学而能叫良能。

翻译

治学者必须先认识仁，仁者浑然和万物一体，义、礼、知、信都是仁。认识到这个道理，用诚、敬来保持它而已，不需要防范，不需要苦苦求索。如内心松懈就需要防范，心如果不松懈，何必防范？道理有没懂得的，因此需要苦苦探寻。保持久了自然明了，哪里需要苦苦探寻？这个道和万物没有对立关系，大不足以称呼它。天地的功用，都是人自身的功用。孟子说“万物都具备在我身上”，反省自身并做到诚，才是最大的快乐。如果反省自身没做到诚，就还是两个东西相割裂，拿自己去将就外界事物，始终没有拥有它，又怎么能快乐？《订顽》的意思，就是详细论说这个道理。按这样的意思保持仁，还有什么问题？“必有福在其中而不要刻意追求，心不忘，不助长”，没有用丝毫的气力，这就是保持仁的方法。如果能保持，就会有所收获。因为良知良能本来没有丧失，由于往日习俗之心没有扫除，就需要保持巩固仁心，久了就可以打掉旧的习气。这个道理很简单，只怕不能坚持。既然能够体会它而感到快乐，也不怕不能坚持了。

死生存亡皆知所从来，胸中莹然无疑[①]**，止此理尔。孔子言“未知生，焉知死”**[②]**，盖略言之，死之事即生是也，更无别理。**（《遗书》卷二上）

① 莹(yíng)然：光亮透明的样子。 ②“未知生”二句：见《论语·先进》。

翻译

死生存亡都知道它的来由，胸中亮堂堂地没有疑惑，只是这个理罢了。孔子说“不知道生，怎么知道死”，简单地说，死的事就是生，再没有别的道理。

事有善有恶，皆天理也。天理中物[①]，须有美恶，盖“物之不齐，物之情也”[②]。但当察之，不可自入于恶，流于一物。（《遗书》卷二上）

---

① 中(zhòng)：赋予。 ②“物之不齐”二句：见《孟子·滕文公上》。

翻译

事物有善有恶，都是天理。天理赋予事物，应当有美恶，因为“事物之不同，是事物的本性”。但应当看清道理，不可自己堕入

“恶”，流于“恶”的一类事物。

学者不必远求，近取诸身，只明人理，敬而已矣，便是约处。《易》之《乾卦》言圣人之学[1]，《坤卦》言贤人之学，惟言“敬以直内，义以方外，敬义立而德不孤”[2]。至于圣人，亦止如是，更无别途。穿凿系累，自非道理。故有道有理，天人一也，更不分别。浩然之气，乃吾气也，养而不害，则塞乎天地；一为私心所蔽，则欿然而馁[3]，却甚小也。“思无邪”[4]，“无不敬”[5]，只此二句循而行之，安得有差？有差者，皆由不敬不正也。（《遗书》卷二上）

---

①《易》：这里指《周易》，古代占卜算卦之书，儒家经典之一。《乾卦》和下文《坤卦》都是书中卦名。 ②“敬以直内”数句：见《周易·坤卦》文言。方：纠正。 ③“浩然之气”：语出《孟子·公孙丑上》。欿（kǎn）然：不满足貌。馁（něi）：失掉勇气。 ④“思无邪”：见《论语·为政》。 ⑤“无不敬”：见《礼记·曲礼》。

翻译

治学者不必远求，就近取之于自身，只要明白做人的道理，做到敬而已，就是简要之处。《周易》的《乾卦》说圣人的学问，《坤卦》说贤人的学问，只说“用敬使内心正直，用义规范行为，敬和义确立了，德行就不孤立”。至于圣人，也只是这样，再无别的途径。穿凿附会，自然不成道理。因此有道有理，天和人一体，不再分别。浩然之气，是自身的气，培养而不损害，便充塞于天地；一被私心所遮蔽，就内心空虚而失掉勇气，却很弱小了。“思无邪”，“无不敬”，只这两句遵循而实行它，怎么能有差错？有差错的，都是因为不敬不正。

道，一本也。或谓以心包诚[①]，不若以诚包心；以至诚参天地，不若以至诚体人物。是二本也。知不二本，便是笃恭而天下平之道。（《遗书》卷十一）

---

① 或：指张载。

翻译

道，一个本原。有人说用心包括诚，不如用诚包括心；用至诚探究天地，不如用至诚体会人和事物。这是两个本原了。知道没有两个本原，就是忠实恭敬而天下太平的途径。

“形而上者谓之道，形而下者谓之器。”[①]若如或者以清虚一大为天道[②]，此乃以器言，而非道也。（《遗书》卷十一）

---

①“形而上”二句：见《周易·系辞上》。 ②或者：指张载。清虚：即太虚，张载说“太虚即气”。一大：张载《正蒙》说气“大且一而已”，一大就是气。《正蒙·太和》：“由太虚有天之名，由气化有道之名。”

翻译

“无形体者叫作道，有形体者叫作器。”如果像有的人那样把气看作天和道，这是用器来解释道，而不是真的道了。

《系辞》曰[①]：“形而上者谓之道，形而下者

谓之器。”又曰：“立天之道曰阴与阳，立地之道曰柔与刚，立人之道曰仁与义。”[2]又曰：“一阴一阳之谓道。”[3]阴阳亦形而下者也[4]，而曰道者，惟此语截得上下最分明，元来只此是道，要在人默而识之也。（《遗书》卷十一）

---

①《系辞》：即《系辞传》，通论《周易》的文字，分上下两篇，相传孔子所作。　②“立天”三句：见《周易·说卦》。　③“一阴一阳之谓道”：见《周易·系辞》。　④阴阳亦形而下者：阴阳二气有形体，所以属形而下。

翻译

《系辞》说：“无形体者叫作道，有形体者叫作器。”又说：“天之为天的道理叫阴和阳，地之为地的道理叫柔和刚，人之为人的道理叫仁和义。”又说：“一阴一阳叫作道。”阴阳也是有形体者，而称为道的原因，在于只有这个话把形而上、形而下分得最清楚，原来只这个就是道，关键在人心领神会。

“天地之大德曰生”，“天地絪缊，万物化醇”[1]，“生之谓性”[2]（告子此言是，而谓犬之性

犹牛之性，牛之性犹人之性，则非也[3]），万物之生意最可观，此“元者善之长”也[4]，斯所谓仁也。人与天地一物也，而人特自小之，何耶？（《遗书》卷十一）

---

①“天地之大德”以下数句：均见《周易·系辞》。生：指生成万物。细缊（yīn yūn）：即“氤氲”，烟气很盛的样子。这里指天地阴阳之气交感融和。醇（chún）：纯粹。②“生之谓性”：见《孟子·告子上》。③括号内是自注。告子：即告不害，战国时人，与孟子同时。主张性无善恶，与孟子辩难。④“元者善之长”：见《周易·乾卦》文言。元：始，引申为诞生、生成。古人认为善莫大于生，所以说“元者善之长”。

翻译

“天地的最大功德叫生”，“天地之气氤氲融合，万物变化而精粹”，“生叫作性”（告子这话对，但说狗的本性像牛的本性，牛的本性像人的本性，则不对），万物的生机最可观，这就是“元是善中之长”，这就是所谓仁。人和天地是同一个东西，而人偏偏自己小看自己，为什么呢？

天地万物之理，无独必有对，皆自然而然，非有安排也。每中夜以思，不知手之舞之，足之蹈之也。（《遗书》卷十一）

翻译

天地万物之理，没有单独存在的，而必有对立物，都是自然而然，并非有所安排。每当半夜思考这个问题，不觉手舞足蹈。

冬寒夏暑，阴阳也；所以运动变化者，神也①。神无方，故易无体②。若如或者别立一天③，谓人不可以包天，则有方矣④，是二本也。（《遗书》卷十一）

① 神：指“理”的神奇支配作用。 ② 方：方位。体：体制。这句说支配万物的“理”无处不在，没有一定的方位，所以它的运动变化没有一定的大小规模。 ③ 或者：指张载。 ④ 有方：这句说如果像张载那样主张物质决定精神，那么“理”就被限定在事物中，就有方位。

翻译

冬冷夏热，是阴阳交替；支配它的运动变化的，是神。神没有一定的方位，因此易没有一定的体制。如果像有的人那样另立一个天，说人不可以包括天，就有方位了，还是两个本原。

“中”之理至矣[1]：独阴不生，独阳不生，偏则为禽兽，为夷狄[2]，中则为人。中则不偏，常则不易。惟“中”不足以尽之，故曰“中庸”[3]。（《遗书》卷十一）

---

① 中：儒家哲学思想，有中正、中和、不偏不倚等含义。 ② 夷狄：指少数民族。儒家从偏见出发，极端鄙视他们，与禽兽相提并论。 ③ 庸：有平常、常道等含义。

翻译

“中”的道理太正确了：独阴不生，独阳不生，偏了就成为禽兽，成为夷狄，中就成为人。中就不偏，常就不变。只是“中”不足以囊括事理，因此叫“中庸”。

万物莫不有对，一阴一阳，一善一恶，阳长则阴消，善增则恶减。斯理也，推之其远乎？人只要知此耳。（《遗书》卷十一）

翻译

万物无不有对立面，一阴一阳，一善一恶，阳长则阴消，善增则恶减。这个道理，类推起来还远吗？人只要知道这个就行了。

《诗》曰[①]："天生蒸民，有物有则。民之秉彝，好是懿德。"[②]"故有物必有则，民之秉彝也，故好是懿德"[③]。万物皆有理，顺之则易，逆之则难。各循其理，何劳于己力哉？（《遗书》卷十一）

①《诗》：指《诗经》，我国最早的诗歌总集，相传经孔子删定，儒家经典之一。　②"天生"四句：见《诗经·大雅·烝民》。蒸：同"烝"(zhēng)，众多。彝(yí)：常规。懿(yì)：美好。　③"故有物"三句：见《孟子·告子上》。

翻译

《诗经》说:"天生万民,有事物就有法则。人们遵守常规,喜好这种美德。""因此有事物必定有法则,人们遵守常规,所以喜好这种美德"。万物都有理,顺理就容易,背理就难。各顺其理,哪里需要费自己的力气呢?

以己及物,仁也;推己及物,恕也("违道不远"是也①)。忠恕一以贯之②。忠者天理,恕者人道。忠者无妄,恕者所以行乎忠也。忠者体,恕者用,大本达道也。此与"违道不远"异者,动以天尔。(《遗书》卷十一)

---

① 括号内是自注。"违道不远":《礼记·中庸》:"忠恕违道不远。"意思是做到忠恕,也就基本上合乎道了。 ② 忠恕一以贯之:语本《论语·里仁》。

翻译

舍己为人,是仁;将心比心,是恕("忠恕违道不远"就是这个意思)。忠与恕贯穿着一个道理。忠是天理,恕是人道。忠就没有不诚实，恕是用以实行忠。忠是实体，恕是功用，二者的根本都是要达到道。这和“违道不远”的不同之处，不过顺天而动罢了。

大凡出义则入利，出利则入义。天下之事，惟义利而已。（《遗书》卷十一）

翻译

大凡不合乎义就陷入利，跳出了利就合乎义。天下之事，只有义利而已。

礼者，理也，文也[①]。理者，实也，本也；文者，华也[②]，末也。理是一物，文是一物。文过则奢，实过则俭。奢自文所生，俭自实所出。（《遗书》卷十一）

---

① 文：花纹，指礼仪制度等礼的表面形式。 ② 华：花，比喻外表、形式。

翻译

礼，就是理，就是文。理，是实质，是根本；文，是形式，是末节。理是一个东西，文是一个东西。过分追求形式就奢侈，过分注重实质就简略。奢侈从形式产生，简略从实质生出。

以物待物，不以己待物，则无我也。“圣人制行不以己”[①]，言则是矣，而理似未尽于此言。夫天之生物也，有长有短，有大有小。君子得其大矣，安可使小者亦大乎？天理如此，岂可逆哉？以天下之大，万物之多，用一心而处之，必得其要，斯可矣。然则古人处事，岂不优乎[②]！（《遗书》卷十一）

---

① “圣人”一句：语本《礼记·表记》。制行：制定道德行为规范。

② 优：优游，胜任而有余力。

翻译

以事物的标准对待事物，不以自己的标准对待事物，就无我了。“圣人制定法则不以自己的标准”，话倒是对了，但在这句话中道理好像还没有完全说清楚。天生万物，有长有短，有大有小。君子得到其中大的了，怎么能使小的也变大呢？天理如此，怎么可以违背呢？天下之大，万物之多，用同一颗心对待它们，必定得其要领，这就可以了。那么古人处事，难道不是游刃有余吗！

服牛乘马[①]，皆因其性而为之。胡不乘牛而服马乎[②]？理之所不可。（《遗书》卷十一）

---

① 服：使用。　② 胡：何，怎么。

翻译

使牛乘马，都是顺着它们的本性来做的。怎么不乘牛而使马呢？情理所不允许。

天者，理也。神者，妙万物而为言者也。帝者，以主宰事而名。（《遗书》卷十一）

翻译

天，就是理。神，是就使万物奇妙变化来说的。帝，是因主宰万事而得名。

学只要鞭辟近里[1]，著己而已，故“切问而近思”，则“仁在其中矣”[2]。“言忠信，行笃敬，虽蛮貊之邦行矣。言不忠信，行不笃敬，虽州里，行乎哉？立则见其参于前也，在舆则见其倚于衡也，夫然后行”[3]。只此是学。质美者明得尽，查滓便浑化[4]，却与天地同体。其次惟庄敬持养，及其至则一也。（《遗书》卷十一）

---

① 鞭辟：当时洛中方言，意为鞭策，督促。《朱子语类》卷四五《论语》二七：“鞭辟如何？曰：此是洛中语，一处说作鞭约。大抵是要鞭督向里去，今人皆不是鞭督向里，心都向外。” ②“切问”二句：见《论语·子张》。切（qiè）：贴近，指发问不是不着边际。 ③“言忠信”以下数句：见《论语·卫灵公》。貊（mò）：古代称东北方少数民族。蛮貊：泛指未开化的地区。州里：古代行政区划，这里指很近很小的范围。其：指忠信笃敬。参：当，对着。舆（yú）：车。衡：车前的横木。④ 查：同“渣”。

翻译

学习只是要督促自己注重内心，落实到自身而已。所以“切实地提问，多思考眼前的问题”，就“仁在其中了”。“言语真实可信，行为忠实专一，虽然在蛮貊之地也行得通。言语不真实可信，行为不忠实专一，就是在本乡本土，行得通吗？站着就看见‘忠信笃敬’立在面前，在车上就看见‘忠信笃敬’靠在车前横木上，只有这样才能行得通”。这就是学问。资质好的人理解得透彻，渣滓就消融了，便和天地一体。资质稍次的人只要严肃谨慎地坚持修养，也可以达到同样的境界。

至诚可以赞天地之化育，则可以与天、地参①。赞者，参赞之义，“先天而天弗违，后天而奉天时”②之谓也，非谓赞助。只有一个诚，何助之有？（《遗书》卷十一）

---

① 参（sān）：同“叁（三）”。古人把天、地、人并称为“三才”。

② “先天”二句：见《周易·乾卦》文言。

翻译

至诚可以参与天地的造化哺育，便可以和天、地并列为三。赞，是参与的意思，“先于天而天不违背，后于天而遵循天时”，就是指的这个，不是说赞助。只有一个诚，有什么赞助？

或问明道先生：“如何斯可谓之恕？”[①]先生曰：“充扩得去则为恕。”“心如何是充扩得去底气象？”曰：“天地变化，草木蕃。”[②]“充扩不去时如何？”曰：“天地闭，贤人隐。”[③]（《河南程氏外书》卷十二）

① 恕：儒家伦理思想，即所谓“推己及人”。 ②“天地”二句：见《周易·坤卦》文言。蕃（fán）：繁衍，逐渐增多。 ③“天地闭”二句：见《周易·坤卦》文言。

翻译

有人问明道先生：“怎样就可以叫作恕？”先生说：“扩充开去就是恕。”“心扩充开去是怎样的景象？”说：“天地变化，草木繁衍。”“扩充不开时怎么样？”说：“天地闭塞，贤人隐没。”

明道尝曰：“吾学虽有所受，‘天理’二字却是自家体贴出来。”（《河南程氏外书》卷十二）

翻译

明道先生曾经说过："我的学问虽然有所继承，'天理'二字却是自己体会出来的。"

程颐

上仁宗皇帝书

这篇上书作于宋仁宗皇祐二年(1050),当时程颐年仅十八岁。上书的内容是“自陈所学”和“议天下事”。作者联系财用不足、储备空虚、夷狄强盛、盗贼蜂起、求贤、取士等现实问题指陈政治的得失。“抱火厝之积薪之下而寝其上”,就是作者对形势的总估计。这些应该说在一定程度上接触到了当时的社会问题,反映了“积贫积弱”的现实。但为什么会造成这种局面呢?作者认为根本原因在于没有实行“王道”。之所以没实行“王道”,是因为“有君而无臣”,“未尝有为陛下陈王道者”。这就表明作者受其阶级和思想的局限,没有也不可能认识到问题的症结所在。而他开出的“救之当以王道”的药方,也不可能医治社会的弊病。尽管如此,作者自比诸葛亮,以天下为己任,说明他自视甚高;自陈家世,直接提出要见皇帝,“为国家尽死”,说明他迫切地希望经世致用。青年程颐,还是忧国忧民的。

草莽贱臣程颐[①],谨昧死再拜[②],上书皇帝阙下[③]:臣伏观前古,圣明之主无不好闻直谏,博采刍荛[④],故视益明而听益聪[⑤],纪纲正而天下治;

昏乱之主无不恶闻过失，忽弃正言，故视益蔽而听益塞，纪纲废而天下乱。治乱之因，未有不由是也。伏惟陛下德侔天地[6]，明并日月，宽慈仁圣，自古无比，曷尝害一忠臣[7]，戮一正士？群臣虽有以言事得罪者，旋复拔擢，过其分际[8]。此千载一遇，言事之秋也。桀、纣暴乱[9]，残贼忠良，然而义士不顾死以尽其节[10]。明圣在上，其仁如天，布衣之士虽非当言责也，苟有可以裨圣治[11]，何忍默默而不言哉？今臣竭其愚忠[12]，非有斧钺之虞也[13]。所虑进言者至众，岂尽有取？狂愚必多，而陛下因谓贱士之言无适用者，臣虽披心腹，沥肝胆，不见省览，只成徒为，此臣之所惧也。倘或陛下少留圣虑，则非臣之幸，实天下之幸。臣请自陈所学，然后以臣之学议天下之事。

臣所学者，天下大中之道也[14]。圣人性之为圣人[15]，贤者由之为贤者，尧舜用之为尧舜，仲尼述之为仲尼。其为道也至大，其行之也至易，三代以上，莫不由之。自秦而下，衰而不振；魏、晋之属，去之远甚；汉、唐小康，行之不醇。自古学之者众矣，而考其得者盖寡焉。

道必充于己，而后施以及人，是故道非大成，不苟于用。然亦有不私其身，应时而作者也。出处无常[16]，惟义所在。所谓道非大成，不苟于用，颜回、曾参之徒是也。天之大命在夫子矣[17]，故彼得自善其身，非至圣人则不出也。在于平世，无所用者亦然。所谓不私其身，应时而作者，诸葛亮及臣是也[18]。亮感先主三顾之义[19]，闵生民涂炭之苦[20]，思致天下于三代，义不得自安而作也。如臣者，生逢圣明之主，而天下有危乱之虞，义岂可苟善其身，而不以一言悟陛下哉？故曰出处无常，惟义所在。

臣请议天下之事。不识陛下以今天下为安乎，危乎？治乎，乱乎？乌可知危乱而不思救之之道！如曰安且治矣，则臣请明其未然。方今之势，诚何异于“抱火厝之积薪之下而寝其上，火未及然，因谓之安”者乎[21]？《书》曰：“民惟邦本，本固邦宁。”[22]窃惟固本之道，在于安民；安民之道，在于足衣食。今天下民力匮竭，衣食不足，春耕而播，延息以待，一岁失望，便须流亡。以此而言，本未得为固也。臣料陛下仁慈，爱民如子，必不忍使之困苦一至于是。臣窃疑左右前后壅蔽陛下聪明，使陛下不得而知。今国家财用常多不足，不足则责于三司[23]，三司责诸路转运[24]。转运何所出？诛剥于民尔。或四方有事，则多非时配卒，毒害尤深。急令诛求，竭民膏血，往往破产亡业，骨肉离散。众人观之，犹可伤痛，陛下为民父母，岂不悯哉？

民无储备，官廪复空[25]。臣观京师缘边以至天下，率无二年之备。卒有连岁凶灾[26]，如明道中[27]，不知国家何以待之？坐食之卒，计逾百万，既无以供费，将重敛于民，而民已散矣。强敌乘隙于外，奸雄生心于内，则土崩瓦解之势深可虞也。太宁之世，圣人犹不忘为备，必有九年之蓄，以待凶岁。况今百姓困苦，愁怨之气上冲于天，灾沴凶荒[28]，是所召也，陛下能保其必无乎？中民之家有十金之产[29]，子孙不能守，则人皆谓之不孝；陛下承祖宗基业，而前有土崩瓦解之势，可不惧哉！

戎狄强盛[30]，自古无比。幸而目前尚守盟誓。果能以金帛厌其欲乎[31]？能必料其常为今日之计乎？则夫沿边岂宜无备？益以兵则用不足，省其戍则力弗支，皆非长久之策也。前者昊贼叛逆[32]，西垂用兵[33]，数年之间，天下大困。盖内外经制多失其宜，陕西之民苦毒尤甚。及多逃散，重以军法禁之，以至人心大怨，皆有思寇之言。悖逆之深，不敢以闻圣听，顾恐陛下亦颇知之。故曰“无恒产而有恒心者，惟士为能”[34]。彼庶民者，饥寒既切于内，父子不相保，尚能顾忠义哉？非民无良，政使然也。当时秦中寇盗屡起[35]，倘稽扑灭[36]，必多响应，幸而寻时尽能诛翦[37]。尚赖社稷之福[38]，西虏亦疲[39]，彼知未可远图，遂且诡辞称顺。向若更相牵制，未得休兵，内衅将生，言之可骇。今天下劳敝，不比景祐以前[40]。复有如曩时之役[41]，臣愚窃恐不能堪矣。况为患者，岂止西戎？臣每思之，神魂飞越。不知朝廷议者以为如何？亦尝置之虑乎？其谓制之无术乎？

臣窃谓今天下犹无事，人命未甚危，陛下宜早警惕于衷[42]，思行王道。不然，臣恐岁月易失，因循不思，事势观之，理无常尔[43]。虽我太祖之有天下[44]，救五代之乱，不戮一人，自古无之，非汉、唐可比，固知赵氏之祀安于泰山[45]；然而损陛下之圣明，陷斯民于荼毒[46]，深可痛也。臣料群臣必未尝有为陛下陈王道者，以陛下圣明，岂有言而不行者乎？

窃惟王道之本，仁也。臣观陛下之仁，尧舜之仁也。然而天下未治者，诚由有仁心而无仁政尔。故孟子曰："今有仁心仁闻，而民不被其泽，不可法于后世者，不行先王之道也。"[47]陛下精心庶政[48]，常惧一夫不获其所[49]，未尝以一喜怒杀一无辜，官吏有犯入人罪者[50]，则终身弃之，是陛下爱人之深也。然而凶年饥岁，老弱转死于沟壑[51]，壮者散而之四方，为盗贼、犯刑戮者几千万人矣，岂陛下爱人之心哉！必谓岁使之然，非政之罪欤，则何异于刺人而杀之，曰"非我也，兵也"[52]？三代之民，无是病也，岂三代之政不可行于今邪？州县之吏有陷人于辟者[53]，陛下必深恶之，然而民不知义，复迫困穷，放辟邪侈而入于罪者[54]，非陛下陷之乎？必谓其自然，则教化，圣人之妄言邪？

天下之治，由得贤也；天下不治，由失贤也。世不乏贤，顾求之之道如何尔。今夫求贤，本为治也。治天下之道，莫非五帝、三王、周公、孔子治天下之道也[55]。求乎明于五帝、三王、周公、孔子治天下之道者，各以其所得大小而用之。有宰相事业者[56]，使为宰相；有卿大夫事业者，使为卿大夫；有为郡之术者，使为刺史[57]；有治县之政者，使为县令[58]。各得其任，则无职不举。然而天下弗治者，未之有也。

国家取士，虽以数科，然而贤良方正[59]，岁止一二人而已，又所得不过博闻强记之士尔。明经之属[60]，唯专念诵，不晓义理，尤无用者也。最贵盛者，唯进士科[61]，以词赋声律为工[62]。词赋之中，非有治天下之道也。人学之以取科第，积日累久，至于卿相，帝王之道，教化之本，岂尝知之？居其位，责其事业，则未尝学之。譬如胡人操舟[63]，越客为御[64]，求其善也，不亦难乎？往者丁度建言[65]：“祖宗以来，得人不少。”愚瞽之甚[66]，议者至今切齿。使墨论墨，固以墨为善矣[67]。

今天下未治，诚由有君而无臣也。岂世无人？求之失其道尔。苟欲取士必得，岂无术哉？王道之不行二千年矣，后之愚者，皆云时异事变，不可复行，此则无知之深也，然而人主往往惑于其言。今有人得物于道，示玉工[68]，曰玉也；示众人，曰石也，则将以玉工为是乎，以众人为然乎？必以玉工为是矣。何则？识与不识也。圣人垂教，思以治后世，而愚者谓不可行于今，则将守圣人之道乎，从众人之言乎？谓众人以王道可行，其犹诘瞽者以五色之鲜，询聋者以八音之美[69]，其曰不然，宜也。彼非憎五色而恶八音，闻见限也。

臣观陛下之心，非不忧虑天下也。以陛下忧虑天下之心行王道，岂难乎哉！孟子曰："以齐王，犹反手也。"[70]又曰："师文王，大国五年，小国七年，必为政于天下矣。"[71]以诸侯之位，一国之地，五年可以王天下，况陛下居天子之尊，令行四海，如风之动，苟行王政，奚啻反手之易哉[72]？昔者大禹治水，八年于外，三过其门而不入，思以利天下，虽劳苦不避也。今陛下行王政，非有苦身体、劳思虑之难也，何惮而不为哉[73]？《孝经》曰："立身行道，扬名于后世，以显父母，孝之终也。"[74]匹夫犹当行道以显父母，况陛下贵为天子，岂不发愤求治，思齐尧舜，纳民仁寿[75]，上光祖考，垂休无穷[76]？凡所谓孝，无大于此者。

臣以谓治今天下，犹理乱丝，非持其端，条而举之，不可得而治也。故臣前所陈，不及历指政治之阙[77]，但明有危乱之虞，救之当以王道也。然而行王之道，非可一二而言，愿得一面天颜[78]，罄陈所学[79]。如或有取，陛下其置之左右，使尽其诚。苟实可用，陛下其大用之，若行而不效，当服罔上之诛[80]，亦不虚受陛下爵禄也。

陛下问群臣，群臣必谓寒贱之士，未可使近上侧。自臣思之，以为不然。臣高祖羽[81]，太祖朝年六十余为县令，一言遭遇[82]，圣祖特加拔擢；攀附太宗[83]，终于兵部侍郎[84]。顾遇之厚，群臣无比，备存家牒[85]，不敢繁述。臣曾祖希振[86]，既以父任[87]，后祖遹复被推恩[88]。国家录先世之勋臣，父珣又蒙延赏[89]，今为国子博士[90]。非有横草之功[91]，食君禄四世，一百年矣。臣料天下受国恩之厚，无如臣家者。臣自识事以来，思为国家尽死，未得其路尔。则臣进见，宜无疑也。或者更为强词，言其不可，此乃自负阴私，惧防诋讦者也[92]。

伏望陛下出于圣断，勿循众言，以王道为心，以生民为念，黜世俗之论[93]，期非常之功。昔汉武笑齐宣不行孟子之说[94]，自致不王[95]，而不用仲舒之策[96]；隋文笑汉武不用仲舒之策[97]，不至于道，而不听王通之言[98]。二主之昏，料陛下亦尝笑之

矣。臣虽不敢望三子之贤，然臣之所学，三子之道也。陛下勿使后之视今犹今之视昔，则天下不胜幸甚！望陛下特留意焉。臣愚无任逾越狂狷恐惧之极[99]！臣颐昧死顿首谨言。

---

① 草莽：原意为草丛，这里代指民间。“草莽臣”指布衣，没有官位的人。 ② 再拜：拜了又拜，古代书信中表示尊敬的常用语。 ③ 阙(què)：宫殿前左右相对的高建筑物，泛指宫殿。阙下：指皇帝所居宫阙之下。 ④ 刍荛(chú ráo)：割草和打柴的人。这里泛指民间。⑤ 聪：耳灵。 ⑥ 伏惟：敬词。侔(móu)：相等。 ⑦ 曷(hé)：何。⑧ 分(fèn)际：恰当的界限。 ⑨ 桀(jié)：夏朝末代君主。纣(zhòu)：商朝末代君主。相传他们是暴君。 ⑩ 义士：这里指箕子、微子、比干等冒死谏争的人。 ⑪ 裨(bì)：益处，有益于。 ⑫ 愚忠：愚蠢的忠诚，自谦之词。 ⑬ 斧钺(yuè)：古代兵器，代指杀头。虞(yú)：顾虑。 ⑭ 大中之道：至大而中正之道。 ⑮ 性之：本性中具备。 ⑯ 出处：出仕和隐居，泛指有所行动和停止不动。⑰ 大命：等于说重任。夫子：指孔子。 ⑱ 诸葛亮：181—234，字孔明，阳都(今山东临沂)人，三国蜀丞相，著名军事家、政治家。⑲ 先主：指刘备，三国时蜀汉君主。三顾：诸葛亮隐居隆中，刘备三次亲临其茅屋，请他出山，辅助自己打天下。 ⑳ 闵：同“悯”。涂炭：烂泥和炭火，比喻极端困苦的境遇。 ㉑“抱火”以下数句：见西汉贾谊上汉文帝疏。厝(cuò)：放置。积薪：柴堆。然：同“燃”。

㉒“民惟”二句：见伪古文《尚书·五子之歌》。 ㉓三司：北宋最高财政机构。将度支、户部、盐铁三部合而为一，统筹国家财政。㉔转运：指转运司，掌管一路或数路军需的供办，后渐成为各路长官，兼有财政、军政、监察等职权。 ㉕廪（lǐn）：粮仓。 ㉖卒（cù）：同“猝”，突然。 ㉗明道：宋仁宗年号，即 1032—1033。㉘沴（lì）：灾气。 ㉙金：古代货币计量单位，有的以黄金一斤为一金，有的以黄金一镒（yì，二十两）为一金，后世或以银一两为一金。这里概指中产之家。 ㉚戎狄：古代指西方和北方的少数民族，这里指辽国和西夏。 ㉛厌：满足。 ㉜昊（hào）贼：指夏景宗李元昊（1004—1048）。西夏原先对宋称臣，仁宗宝元元年（1038），李元昊自立为帝，国号大夏，所以程颐称他为叛逆，骂他是贼。 ㉝垂：同“陲”，边地。 ㉞“无恒产”二句：见《孟子·梁惠王上》。恒产：土地、房屋等固定资产。这段话意思是，没有固定资产而有不变的心，只有士人才能做到。 ㉟秦中：指今陕西、甘肃一带。 ㊱稽：拖延。 ㊲寻时：不久。翦（jiǎn）：同“剪”。 ㊳社稷（jì）：土神和谷神，代指国家。 ㊴虏：古代对敌方的蔑称。西虏：指西夏。下文“西戎”也指西夏。 ㊵景祐：宋仁宗年号，即 1034—1037。 ㊶曩（nǎng）：以往。 ㊷衷：内心。 ㊸尔：这样，指“犹无事”“未甚危”的局面。 ㊹太祖：宋太祖赵匡胤（927—976），宋朝开国君主。㊺赵氏：宋代皇帝的姓。祀：祭祀，指香火延续。 ㊻荼（tú）毒：苦菜和毒虫，比喻毒害，使受苦难。 ㊼“今有仁心”以下数句：见《孟子·离娄上》。闻：名声。 ㊽庶政：百政，各种政务。 ㊾一夫：一人。 ㊿入：所定罪名过于应得之罪叫入，特指误定为死罪。(51)壑（hè）：山沟，坑。 (52)“非我也”二句：见《孟子·梁惠王上》。

兵：兵器。 ⑤³ 辟：刑法。 ⑤⁴ 放辟邪侈：胡作非为。放：放纵。辟：便辟。邪：不正。侈：奢侈。 ⑤⁵ 五帝：传说中远古的五个贤明君主，有各种不同说法。三王：夏禹、商汤、周文王。周公：周文王的儿子姬旦。 ⑤⁶ 事业：指学识才能。 ⑤⁷ 刺史：统领一州的行政负责官员。 ⑤⁸ 县令：管理一县的负责官员。 ⑤⁹ 贤良方正：科举名目，汉文帝时开始设置，主要录取品行端正，“能直言极谏”的人。 ⑥⁰ 明经：科举名目，始置于汉代，以儒家经典的义理为考试内容。 ⑥¹ 进士：科举名目，始设于隋炀帝，以诗文为考试内容。 ⑥² 词赋：文体名，也泛指诗文。声律：指平仄押韵等。 ⑥³ 胡人：古代指西北少数民族。操舟：驾船。 ⑥⁴ 越客：越人，指东南少数民族。御：驾驭车马。胡人不会驾船，越人不会驾车，比喻一窍不通的人掌权，要治理好国家是不可能的。 ⑥⁵ 丁度：990—1053，字公雅，祥符（今河南开封）人，仁宗时历官参知政事、尚书左丞。 ⑥⁶ 瞽（gǔ）：眼瞎。 ⑥⁷ 墨：指战国时墨家学派。 ⑥⁸ 玉工：治玉的工人。 ⑥⁹ 八音：金、石、丝、竹、匏、土、革、木八类乐器奏出的音乐。 ⑦⁰ “以齐王”二句：见《孟子·公孙丑上》。王（wàng）：成就王业。 ⑦¹ “师文王”以下数句：见《孟子·离娄上》。 ⑦² 奚（xī）：何。啻（chì）：只，仅。 ⑦³ 惮（dàn）：怕，担心。 ⑦⁴《孝经》：儒家经典之一。引文见《孝经·开宗明义章》。 ⑦⁵ 纳：放进。仁寿：原指仁义的人长寿，这里指康宁的社会。 ⑦⁶ 休：美好，这里指美名。 ⑦⁷ 阙（quē）：同“缺”。 ⑦⁸ 面：面见。天颜：指皇帝的面容。 ⑦⁹ 罄（qìng）：尽。 ⑧⁰ 罔（wǎng）：欺骗。 ⑧¹ 羽：程羽（913—984），字冲远，仕太祖、太宗两朝。 ⑧² 遭遇：受到赏识。 ⑧³ 太宗：宋太宗赵炅（939—997），宋太祖的弟弟，开宝九年（976）即位。 ⑧⁴ 兵部侍郎：尚书省下属兵部的副长官，北宋前期只是虚官，有职无权。 ㊷ 家牒：家谱。 ㊸ 希振：程希振，曾任虞部员外郎。 ㊹ 以父任：古代达到一定级别的高级官员，其子可以按一定的名额授予官职，称为“任子”制。由父亲而做官，称“以父任”。 ㊺ 遹（yù）：程遹，赠吏部尚书、特进。推恩：帝王对臣下的家属进行额外封赠，以示恩典。㊻ 珦（xiàng）：程珦（1006—1090），字伯温，河南（今河南洛阳）人，仁宗朝入仕，神宗时曾反对王安石变法。延赏：延及他人的赏赐。㊼ 国子博士：国子监的学官，是宋代最高学府中的教师。 ㊽ 横草之功：比喻极轻微之功。 ㊾ 诋（dǐ）：骂。讦（jié）：斥责。 ㊿ 黜（chù）：革除。 (94) 汉武：汉武帝刘彻（前156—前87），汉朝杰出君主，在位五十四年，开创西汉的极盛时期。齐宣：齐宣王，战国时齐国的君主。 (95) 王（wàng）：实现王道。 (96) 仲舒：董仲舒（前179—前104），西汉大儒，主张“罢黜百家，独尊儒术”，形成封建社会两千多年以儒学为正统的局面。 (97) 隋文：隋文帝杨坚（541—604），隋朝的开创者。 (98) 王通：584—618，字仲淹，王勃的祖父，隋朝大儒。著有《中说》，后私谥文中子。 (99) 无任：不胜。逾越：指超越本分。狷（juàn）：耿直急躁。

翻译

卑贱布衣程颐，谨冒死再拜，上书于皇帝阙下：我观察往古，圣明的君主无不喜欢听取直言规劝，博采民间意见，因此眼睛更亮，耳朵更灵，纲纪正而天下治理；昏乱的君主无不讨厌听到过失，轻视和抛弃正直的言论，因此眼睛更加蒙蔽，耳朵更加堵塞，纲纪废弛而天下乱。治乱的原因，没有不从这里产生的。我想陛下的恩德等同天地，英明可比日月，宽厚慈爱，仁义圣明，自古无比，何尝害过一个忠臣，杀过一名正直之士？群臣虽然有因为议事得罪的，随即又提拔晋升，超过应有的界限。这是千年才能遇到一次，陈说政事的好时机。桀、纣残暴昏乱，残害忠良，然而义士不顾一死来保持他们的气节。圣明的君主在上，仁爱如天，没官位的人虽然没有担当议事的责任，如果有可以补益治理的，怎能忍心默默无言呢？现在我竭尽我的忠诚，没有杀头的顾虑。担心的是上言的人很多，哪里会都可取？狂妄愚蠢的人必定很多，而陛下便认为低贱之士的话没有适用的，我虽然披肝沥胆，不被过目，只成徒劳，这是我所害怕的。倘若陛下稍稍留意听取我的意见，则不但是我的幸运，实在是天下的幸运。请允许我自己陈述我所学的东西，然后用我所学的议论天下之事。

我所学的，是天下大中之道。圣人性中具备它成为圣人，贤人遵循它成为贤人，尧舜使用它成为尧舜，孔子传述它成为孔子。它作为一种学说非常伟大，而实行起来却非常简单，三代以上，无不遵循它。自秦以下，衰败不振；魏、晋之类，离它太远；汉、唐小康，实行它不淳正。自古学它的人多了，而考察其中掌握了它的恐怕极少。

道必须充溢于自身，而后实施到别人，因此道不大成，不轻易使用。但也有不顾惜自身，顺应时代需要而起的人。进退没有常规，只要合乎道义。所谓道不大成，不轻易使用，颜回、曾参等人就是这样。天赋予的重任在孔子身上，因此他们得以独善其身，不达到孔子的要求就不出来。在太平之世，没有使用之处的人也是这样。所谓不顾惜自身，应时而起的，诸葛亮和我就是这样。诸葛亮被刘备三顾茅庐的义举所感动，怜悯人民水深火热的痛苦，想使天下进入三代那样的理想社会，道义上不能只图自己安逸，因而起来做官救世。像我这样的人，生逢圣明的君主，而天下有危亡混乱的忧虑，道义上怎么可以苟且地独善其身，而不用一句话来使陛下醒悟呢？所以说进退没有常规，只要合乎道义。

请允许我议论天下之事。不知陛下认为当今天下是安定呢，危险呢？治理呢，混乱呢？怎么可以明知危险混乱而不想挽救它的办法呢！如果说安定而治理了，那么请允许我说明不是这样。当今的形势，的确和贾谊说的“抱火放在柴堆下面而睡在上头，火还没燃，因而说它是安全的”有什么区别？《尚书》说：“人民是国家的根本，根本牢固国家就安宁。”我想巩固根本的办法，在于安民；安民的途径，在于丰衣足食。当今天下民力匮乏枯竭，衣食不足，春耕播种，苟延残喘地等待，一年的收成失望，就会流亡。以此而言，根本不能算是稳固。我料想陛下仁慈，爱民如子，必定不忍使他们困苦，竟到这种地步。我怀疑左右前后的人堵塞遮蔽陛下的视听，使陛下不能得知。现在国家财政常常不足，不足便向三司索取，三司向各路转运司索取。转运司从哪里拿出？勒索盘剥百姓罢了。一旦四方发生战争等大事，便经常临时配备士兵，毒害特别深。下紧急命令来勒索，榨尽百姓的膏血，往往破产失业，骨肉离散。一般人看到这些，还会伤心悲痛，陛下身为人民的父母，难道不怜悯吗？

百姓没有储备，公家仓库又空。我看京城、边疆一带以至全国，都没有两年的储备。猝然有连年灾荒，像明道年间那样，不知道国家用什么办法去应付它？坐吃粮食的士兵，算起来超过百万，既然无法供给费用，必将横征暴敛于百姓，而百姓已经离散了。强敌在外面待机侵犯，野心家在内部起心夺权，则土崩瓦解的趋势深可忧虑。太平安宁的世道，圣人还不忘进行储备，必定有九年的蓄积，以备荒年。何况现在百姓困苦，愁苦怨恨之气上冲于天，灾害荒年，就是这种怨气所召来的，陛下能保证它一定没有吗？中等资产的人家有十金的产业，子孙不能保守，那么人们都会说他们不孝；陛下继承祖宗的基业，而前面有土崩瓦解的趋势，可以不惧怕吗！

现今戎狄强盛，自古无比。幸好目前还信守盟约，但果真能用金钱和布帛满足他们的欲望吗？能料定他们总是做现在的打算吗？那么边境一带怎么可以没有防备？增加士兵则费用不足，减少戍兵则力不能支，都不是长久之计。先前昊贼叛变，西部边境用兵，数年之间，天下大大困乏。大概内外处置调度多有失当，陕西百姓受苦受害特别厉害。等到很多人逃散以后，重重地用军法禁止他们，以至人心极度怨恨，都有思念敌寇的话。叛逆的程度之深，我不敢把这些话告诉皇上，不过陛下也可能知道一些。

所以说"没有恒产而有恒心，只有士人能做到"。那些平民百姓，饥寒既迫于身，父子都不能互相保全，还能顾及忠义吗？不是百姓不善良，是弊政使他们这样的。当时秦中土匪强盗屡次兴起，倘若不及时镇压，必定多所响应，幸好不久都被铲除了。还托国家的福，西虏也疲惫了，他们知道还不能做更深远的图谋，便姑且谎言假称顺从。当时如果西夏再相牵制，没能休兵，内乱将会发生，说起来真可怕。当今天下劳顿破败，不比景祐以前，如再有像往日那样的战事，我恐怕国家不能承受了。何况成为祸患的，岂止西戎？我每每想起来，魂飞魄散。不知朝廷议事的人认为怎么样？也曾经把它放在心上考虑过吗？或者认为没有办法控制局势呢？

我认为现在天下还没有事，人命还不是很危急，陛下应该及早警惕于心，谋求实行王道。不然，我怕岁月容易流失，因循而不思虑，从情势上看，绝不可能长久这样。虽然我们太祖皇帝据有天下，拯救五代的祸乱，不杀一人，自古没有，非汉、唐可比，固然由此可知赵氏的江山稳如泰山；然而有损陛下的圣明，陷人民于水深火热之中，确实值得痛心。我料想群臣之中，必定从来没有过为陛下陈述王道的人，凭陛下的圣明，哪有建议过而不实行的呢？

我想王道的根本，是仁。我看陛下的仁，就是尧舜的仁。然而天下没治理好的原因，确实由于有仁心而没有仁政。所以孟子说："如果有仁心和仁的名声，而人民不领受到它的恩惠，不可以被后世效法，是因为不实行先王之道。”陛下精心处理各种政务，常常怕有一人不得其所，从来没有凭一时喜怒杀一个无辜的人，官吏有犯误定人死罪的，就终身不用，这表明陛下爱人之深。然而饥荒之年，老弱的人流离失所而死在沟壑中，强壮的人流散到四方，当盗贼、犯刑罚的几乎成千上万人了，哪里是陛下爱人的心呢！如果硬说是年成使他们这样，不是政治的过失吧，那么和刺死了人，说“不是我，而是刀”有什么区别？三代的人民，没有这种痛苦，难道三代的政治不可以实行于今天吗？州县的官吏有使人陷入刑法的，陛下必定痛恨他们，然而百姓不懂道义，又迫于穷困，胡作非为而犯罪的人，不是陛下使他们陷进去的吗？一定要说他们本来就这样，那么教育感化，是圣人的胡说吗？

天下的治理，是由于得到贤人；天下不能治理，是由于失去贤人。世上不乏贤人，就看寻求他们的方法怎样罢了。现在寻求贤人，本来是为了治理天下。治理天下的办法，无非是五帝、三王、周公、孔子治理天下的办法。寻求明白五帝、三王、周公、孔子治理天下的办法的人，各按他们了解的多少而使用他们。有宰相才学的，让他们做宰相；有卿大夫才学的，让他们做卿大夫；有管理一郡的方法的，让他们做刺史；有治理一县的措施的，让他们做县令。各自得到适当的任用，就没有什么工作抓不起来。这样而天下不能治理好，是没有的。

国家录取士人，虽然用多种科目，然而贤良方正科，每年只有一二人而已，而且所录取的不过博闻强记的士人罢了。明经之类，只专门背诵，不懂义理，尤其没有用处。最被看重而人数最多的，只有进士科，以词赋声律为能事。词赋之中，并没有治理天下的办法。人们学习它来谋取科第，积年累月，做到卿相，而帝王的道理和方法，教化的根本，何尝懂得？身居其位，考问他们治国的学问，却没有学过。譬如让胡人驾船，越人驾车，要求做得好，不是很困难吗？以往丁度上言说："祖宗以来，得人不少。"睁眼说瞎话，愚蠢到极点，议论的人至今切齿痛恨。让墨家评论墨家，当然认为墨家好了。

当今天下没有治理，确实由于有君而无臣。难道世上没有能人？寻求能人不得法罢了。如果想录取士人必得合适的人，难道没有办法吗？王道不实行两千年了，后代愚昧的人，都说时代不同、事势改变，不可以再实行，这就太无知了，然而君主往往被他们的话所迷惑。假设有人在路上拾到一个东西，给玉工看，说是玉；给众人看，说是石头，那么将认为玉工对呢？还是众人对呢？必定认为玉工是对的了。为什么？有识货不识货的问题。圣人留下教诲，希望用它治理后世，而愚昧的人却说不可以实行于今天，那么将谨守圣人之道呢，还是听从众人的话呢？说众人认为王道可以实行，恐怕像问瞎子五彩的鲜艳，问聋子八音的美妙，他们说不鲜不美，是当然的了。那些人不是憎恨五彩和讨厌八音，是被见闻限制了。

我看陛下的心，不是不忧虑天下。用陛下忧虑天下的心实行王道，难道有什么困难吗！孟子说："以齐国成就王业，易如反掌。”又说：“效法文王，大国五年，小国七年，必定能施政于天下。”凭诸侯的地位，一国的地域，五年可以称王于天下，何况陛下居于天子的尊贵地位，命令通行四海，见风而动，如果实行王道，何止反掌之易呢？昔日大禹治水，八年在外，三过家门而不入，想有利于天下，虽然劳苦也不辞。现在陛下实行王道，并没有苦身体、费精神的艰难，还怕什么而不去做呢？《孝经》说：“立身于社会，推行自己的主张，扬名于后世，来使父母荣耀，是孝的终结。”平常人尚且应当推行自己的主张来使父母荣耀，何况陛下贵为天子，难道不该发愤把国家治理好，决心向尧舜看齐，把人民带进康宁的社会，光宗耀祖，流传美名到永远？凡是所谓孝，没有比这更大的。

我认为治理当今天下，就像理乱丝，不抓住它的头绪，有条有理地去做，不可能得到治理。所以我前面所陈述的，没有来得及一条条地指出政治的缺点，只是说明有危亡混乱的忧虑，挽救这种局面应当用王道。然而实行王道，不可能一两句话说清楚，但愿能一见皇上，详尽陈述所学的。如果有可取的，陛下就把我安置在身边，让我尽自己的忠诚。如果确实可用，陛下就大大采用；如果实行而没有效果，将接受欺骗皇上的处罚，也不白受陛下的官爵和俸禄。

陛下问群臣，群臣必定说贫寒卑贱的读书人，不可以让他接近皇上身边。在我想来，认为不是这样。我的高祖程羽，太祖朝六十余岁当县令，一次进言被赏识，太祖特地加以提拔；后来又蒙太宗提拔，最终做到兵部侍郎。眷顾待遇之优厚，群臣中没有比得上的，这些事详细记载在家谱中，不敢多说。我的曾祖程希振既凭借父亲而入仕，后来祖父程遹又蒙推广恩惠而做官。国家录用前代功臣的后代，父亲程珦又承蒙引用和赏识，现为国子博士。没有一星半点的功劳，享受君主的俸禄四代，一百年了。我料想天下受国家恩惠之深厚，没有像我家这样的。我从懂事以来，想为国家效死，只是没找到合适的途径。那么我进见皇上，应该没有什么可疑的了。如果有人再强词夺理，说这样不行，这一定是自己有阴私，惧怕防备，诋毁攻击别人的人。

望陛下出于自己的决断，不要附和众人的言论，把王道放在胸中，把人民放在心上，去除世俗的论调，期待不同凡响的功绩。昔日汉武帝笑齐宣王不实行孟子的学说，导致自己不能成就王业，却不用董仲舒的计策；隋文帝笑汉武帝不用董仲舒的计策，没能达到王道，却不听王通的话。这两个君主的昏庸，想来陛下也曾经笑过他们。我虽然不敢企望三位先生的贤明，但我所学的，就是三位先生之道。陛下不要让后代看今天像今天看昔日一样，则天下不胜幸运之至！望陛下特地留意于此。我不胜越位狂妄耿直恐惧之极！臣程颐冒死叩头谨言。

为家君应诏上英宗皇帝书[1]

本文是程颐于宋英宗治平二年(1065)响应诏令,以父亲程珦的名义给英宗皇帝的上书。作者首先从六个具体方面陈述“安危治乱之机”,指出天下之势不是“安且治”,而是“有危亡之虞”。以下详细论述“立志”“责任”“求贤”这三条他认为是最根本的措施。如果说作者十五年前给仁宗皇帝的上书中还只是通过指陈社会弊病来得出对形势的总估计,现在他却首先提出了一个“安且治”的模式;如果说《上仁宗皇帝书》中多从道理上说明必须实行王道,现在他却有了实行王道的具体方案并进行了详尽的阐述。可以说,这篇上书全面反映了程颐的政治思想。

① 家君:古代对人谦称自己的父亲为家君。

臣珦言:伏睹八月八日诏敕[1],以比年以来[2],水潦为沴[3],八月庚寅大雨[4],应中外臣僚并许上实封[5],言时政阙失及当世利病。此盖皇帝陛下承祖宗大业,严恭天命,祇畏警惧之深也[6]。天下士民钦闻德音[7],苟有知见,孰不愿披忠沥

恳[8]，上达天听[9]？臣虽至愚，官为省郎[10]，职分郡寄[11]，敢不竭其区区之诚[12]，以应明诏？惟陛下宽其狂易之诛[13]，赐之省览，则天下幸甚！

臣闻水旱之沴，由阴阳之不和；阴阳不和，系政事之所致。是以自昔明王，或遇灾变，则必警惧以省躬之过，思政之阙，广延众论，求所以当天心，致和气，故能消弭变异[14]，长保隆平。昔在商王中宗之时[15]，有桑榖之祥[16]；高宗之时[17]，有雊雉之异[18]；二王以为惧而修政行德，遂致王道复兴，皆为商宗[19]，百世之下颂其圣明。今陛下嗣位之初[20]，比年阴沴，圣心警畏，下明诏以求政之阙，诚圣明之为也。然臣观近古以来[21]，引咎之诏[22]，自新之言，亦世有之。其如人君不由于至诚，天下徒以为虚语，岂复有如商之二宗，兴王道于既衰者乎？臣愿陛下因此天戒，奋兴善治，思商宗之休实[23]，鉴后代之虚饰，不独消复灾沴于今日，将永保丕基于无穷[24]。

伏观诏旨："时政阙失，当世利病，可以佐元元者[25]，悉心以陈，毋有所讳。"臣窃惟天下之势所甚急者，在安危治乱之机；若夫指一政之阙失，陈一事之利病，徒为小补，不足以救当世之弊，而副陛下勤求之意也。所谓安危治乱之机，臣请条其大端。

所谓安且治者，朝廷有纲纪权持，总摄百职庶务[26]，天下之治，如网之有纲[27]，裘之有领，举之而有条，委之而不紊也[28]；郡县之官，得人而职修，惠养有道，朝廷政化宣达于下也；百姓安业，衣食足而有恒心，知孝悌忠信之教[29]，率之易从，劳之不怨，心附于上，固而不可摇也；化行政肃，无奸宄盗贼之患[30]，设有之，不足为虑，盖有歼灭之备，而无响应之虞也；民心和而阴阳顺，无水旱虫螟之灾[31]，虽有之，不能为害，盖仓廪实而府库充[32]，官用给于上，民食足于下也；武备修而威灵振，蛮夷戎狄无敢不服[33]，虽有之，不足为忧，盖甲兵利而储备丰[34]，将善谋而士素练也。

此六者，所谓安且治者。今之事，一皆反是。朝廷纪纲汗漫离散[35]，莫可总摄，本原如此，治将安出？郡县之官，选不以道，更易之数[36]，虽时谓才者，尚莫能称其职，况庸常者乎？循常苟安，狃以成俗[37]，举世以为当然。政治废乱，生民困苦，朝廷虽有惠泽，孰能宣布以达于下？所与共理者如此，天下斯可知矣。百姓穷蹙[38]，日以加甚，而重敛繁赋，消削之不息，天下户口虽众，而自足者益寡。司牧者治其事尔，非有师保左右之也[39]，其善恶勤惰，趋利避害，或昧而反之，一从其自然，而困之陷之之道又非一途。人用无聊[40]，苟度岁月，驱之于治则难格[41]，率之于恶则易摇。民惟邦本，本根如是，邦国奈何？民无生业，极困则虑生；不渐善教[42]，思利而志动；乘间隙则萌奸宄，逼冻殍则为盗贼[43]。今兹幸无大故，尚尔苟安[44]，设或遇大饥馑[45]，有大劳役，奸雄一呼，所在必应。以今无事之时，尚恐力不能制，况劳扰多事之际乎？天下安危，实系于此。保民之道，以食为本。今自京师至于天下，计平时之用，率无三年之蓄，民间空匮，则又甚焉。以万室之邑观之[46]，有厚蓄者百无二三，困衣食者十居六七。统而较之，天下虚竭可知矣。丰年乐岁[47]，饥寒见于道路，一谷不稔[48]，便致流转，卒有方数千里、连数年之水旱，不知何以待之？奸盗蜂起于内，夷狄乘隙于外，虽欲为之，未如何矣。戎狄强盛，古未有此，岁输金帛以修好，而好不可恃；穷天下之力以养兵，而兵不足用。尚幸二虏无谋[49]，厌小欲而忘大利，故我得以纾朝夕之急[50]。若其连衡而来[51]，则必兴数十万之众，宿于边境，馈饷不继，财用不充，将何以济乎？骄惰之兵，纵无奔溃之患，旷日持久，终有穷极之虞[52]。又况征歛兴发，而民人转亡；饥馑愁怨，而奸雄竞起。事至于此，兴衰可知。以今观之，天下之势安乎？危乎？

凡此数端，皆有危亡之虞，而未至于是者，不识朝廷制置能使之然邪，抑亦天幸而偶然邪[53]？幸然之事，其可常乎？先皇帝至仁格天地，保持之以至于今，历时既已久，言者既已多，朝廷遂以为果不足忧也，可以常然，姑维持之而已，虽闻至深至切之言，不为动也。呜呼！贻天下之患[54]，必由于是乎！今天下尚无事，朝廷宜急思所以救时之道。不然，臣恐因循岁月，前之所陈者一事至，则为之晚矣。中人之家，有百金之产，子孙保守，不敢不念；陛下承祖宗大业，可不惧乎？

今言当世之务者，必曰所先者，宽赋役也，劝农桑也，实仓廪也，备灾害也，修武备也，明教化也。此诚要务，然犹未知其本也。臣以为所尤先者有三焉，请为陛下陈之。一曰立志，二曰责任[55]，三曰求贤。今虽纳嘉谋，陈善算，非君志先立，其能听而用之乎？君欲用之，非责任宰辅，其孰承而行之乎？君相协心，非贤者任职，其能施于天下乎？三者本也，制于事者用也。

三者之中，复以立志为本，君志立而天下治矣。所谓立志者，至诚一心，以道自任，以圣人之训为可必信，先王之治为可必行，不狃滞于近规，不迁惑于众口，必期致天下如三代之世，此之谓也。夫以一夫之身，立志不笃，则不能自修，况天下之大，非体乾刚健，其能治乎？自昔人君，孰不欲天下之治？然而或欲为而不知所措，或始锐而不克其终[56]，或安于积久之弊而不能改为，或惑于众多之论而莫知适用。此皆上志不立故也。

臣观朝廷每有善政，鲜克坚守，或行之而天下不从。请举近年一二事以明之。朝廷以今之任人未尝选择，一用荐举之定式，患所举不得其人也，故诏以饬之[57]，非不丁宁，然而当其任者如弗闻也。陛下以为自后所举果得其人乎？曾少异于旧乎[58]？又以守令数易之害治也，诏廉察之官举其有善政者俾之再任[59]，于今未闻有应诏者。岂天下守令无一人有善政邪？苟诚无之，朝廷负生民，不已甚乎？且以为善而行之，何不使天下奉承以见其效？若曰“非不欲必行也，奈天下不从何”，如此则是政令不行矣，将如天下何？此亦在陛下而已。苟陛下之志先立，奋其英断以必行之，虽强大诸侯，跋扈藩镇[60]，亦将震慑，莫敢违也，况郡县之吏乎？故臣愿陛下以立志为先，如臣前所陈，法先王之治，稽经典之训，笃信而力行之，救天下深沉固结之弊，为生民长久治安之计，勿以变旧为难，勿以众口为惑，则三代之治可望于今日也。

若曰人君所为，不可以易，易而或失，其害则大，臣以为不然。稽古而行，非为易也。历观前史，自古以来，岂有法先王，稽训典，将大有为而致败乱者乎？惟动不师古，苟安袭弊，卒至危亡者则多矣。事据昭然，无可疑。愿陛下不以臣之疏贱而易其言[61]，则天下幸甚！

所谓责任者，夫以海宇之广[62]，亿兆之众[63]，一人不可以独治，必赖辅弼之贤[64]，然后能成天下之务。自古圣王，未有不以求任辅相为先者也。在商王高宗之初，未得其人，则恭默不言，盖事无当先者也。及其得说而命之[65]，则曰济川作舟楫[66]，岁旱作霖雨[67]，和羹惟盐梅[68]，其相须倚赖之如是。此圣人任辅相之道也。

夫图任之道，以慎择为本。择之慎，故知之明；知之明，故信之笃；信之笃，故任之专；任之专，故礼之厚而责之重。择之慎，则必得其贤；知之明，则仰成而不疑；信之笃，则人致其诚；任之专，则得尽其才；礼之厚，则体貌尊而其势重；责之重，则其自任切而功有成。是故推诚任之，待以师傅之礼[69]，坐而论道，责之以天下治，阴阳和。故当之者自知礼尊而任专，责深而势重，则挺然以天下为己任，故能称其职也。虽有奸谀巧佞[70]，知其交深而不可间，势重而不可摇，亦将息其邪谋，归附于正矣。

后之任相者异于是。其始也不慎择，择之不慎，故知之不明；知之不明，故信之不笃；信之不笃，故任之不专；任之不专，故礼之不厚，而责之亦不重矣。择不慎，则不得其人；知不明，则用之犹豫；信不笃，则人怀疑虑；任不专，则不得尽其能；礼不厚，则其势轻而易摇；责不重，则不称其职。是故任之不尽其诚，待之不以其礼，仆仆趋走[71]，若吏史然[72]，文案纷冗，下行有司之事[73]。

当之者自知交不深而其势轻，动怀顾虑，不肯自尽，上惧君心之疑，下虞群议之夺[74]，故蓄缩不敢有为，苟循常以图自安尔。君子弗愿处也。奸邪之人亦知其易摇，日伺间隙。如是，其能自任以天下之重乎？

若曰非任之艰，知之惟艰，且何以知其贤而任之？或失其人，治乱其系，此人君所以难之也。臣以为知人诚难，亦系取之之道如何尔。皋陶为帝舜谟曰[75]："在知人。"禹吁而难之。及其陈九德，"载采采"，则曰"底可绩"[76]。盖询行考实，人焉廋哉[77]？历观前史，自古以来，岂有履道之士[78]，孝闻于家，行著于乡，德推于朝廷，节见于事为，其言合圣人之道，其施蹈经典之训[79]，及用之于朝，反致败孔者乎？用是而求，其有差乎？

若乃人君以为贤，而用之卒败厥事者，古亦多矣。稽迹其由[80]，盖取之不以其道也。大率以言事合于己心，则谓之才而用之，曾不循核本末，稽考名实[81]，如前之云，伤明害政，不亦宜乎？四海之大，未始乏贤，诚能广聪明，扬侧陋[82]，至诚降礼，求之以道，虽皋、夔、伊、周之比[83]，亦可必有，贤德志道之士，皆可得而用也。

愿陛下如臣前所陈，既坚求治之志，则以责任宰辅为先，待之尽其礼，任之尽其诚，责之尽其职。不患其不为，患其不能为；不患其不能为，患其不得为。盖不为者可责之必为，不能者可勉求而能，惟不得为则已矣。所谓不得为者，君臣之志不通，怀顾虑而不肯自尽，此由失待任之道也。今执政大臣皆先朝之选，天下重望，在陛下责任之而已。臣愿陛下召延宰执，从容访问今天下之事，为安，为危？为治，为乱？当维持以度岁月乎，当有为以救其弊乎？如曰当为，则愿示之以必为之意，询之以所为之政，审虑之，力行之。时不可后，事不可缓也。

如曰非不为也，患不能也，则天下之广，岂无贤德可以礼问？朝廷之上，岂无英髦可以讨论[84]？有先王之政可以考观，有经典之训可以取则，道岂远哉？病不求尔。在君相协心勤求，力为之而已。

如曰无妄为也，姑守常而已，则在陛下深思而明辨之。唐文宗之时[85]，大权渐夺，天下将乱，而牛僧孺欺以为治矣[86]。史册书之，可为明鉴。今陛下圣明，执政忠良，无是事也。愿陛下不以臣之疏贱而易其言，则天下幸甚！

所谓求贤者，夫古之圣王所以能致天下之治，无他术也，朝廷至于天下，公卿大夫，百职群僚，皆称其任而已。何以得称其任？贤者在位，能者在职而已。何以得贤能而任之？求之有道而已。虽天下常用易得之物，未有不求而得者也。金生于山，木生于林，非匠者采伐，不登于用。况贤能之士，杰出群类，非若山林之物，广生而无极也，非人君搜择之有道，其可得而用乎？

自昔邦家张官置吏，未尝不取士也，顾取之之道如何尔。今取士之弊，议者亦多矣。臣不暇条析，而言大概。投名自荐，记诵声律[87]，非求贤之道尔。求不以道，则得非其贤；间或得才，适由偶幸，非知其才而取之也。朝廷选任，尽自其中，曾不虞贤俊之弃遗于下也。果天下无遗贤邪？抑虽有之，吾姑守法于上，不足以为意邪？将科举所得之贤[88]，已足致治而不令邪？臣以为治天下今日之弊，盖由此也。以今选举之科，用今进任之法，而欲得天下之贤，兴天下之治，其犹北辕适越[89]，不亦远乎？

臣愿陛下如臣前所陈，既立求治之志，又思责任之道，则以求贤为先。苟不先得贤，虽陛下焦心劳思，将安所施？诚得天下之贤，置之朝廷，则端拱无为而天下治矣[90]。此所谓劳于求贤，逸于得人也。历观前史，自古以来，称治之君，有不以求贤为事者乎？有规规守常，以资任人，而能致大治者乎？有国家之兴，不由得人者乎？由此言之，用贤之验，不其甚明？

若曰非不欲贤也，病求之之难也，臣以为不然。夫以人主之势，心之所向，天下风靡景从[91]。设若珍禽异兽、瓌宝奇玩之物[92]，虽遐方殊域之所有[93]，深山大海之所生，志所欲者，无不可致。盖上心所好，奉之以天下之力也。若使存好贤之心如是，则何岩穴之幽不可求？何山林之深不可致？所患好之不笃尔。

夫人君用贤，亦赖公卿大臣推援荐达之力。今朝廷未尝求贤，公卿大臣亦不以求贤取士为意。相先引汇[94]，世所罕闻；访道求师，贵达所耻。大率以为任己可也，士将安补？今世无贤，求之何益？夫以周公之圣，其自任足矣，尚汲汲求贤以自辅也[95]。以其圣且好贤，知人之明，宜天下之贤皆为之用，莫有遗也，尚乃日不暇食，恐失天下之士。后之人其才不及周公，而自谓足矣，不求贤以自辅也。以其不求，且知之不明，宜贤者在下之多也，乃曰天下无贤矣。噫！何其用心与周公异也！欲其助皇明、烛幽隐[96]，不可得也。

然亦系上之所为而已。陛下诚能专心致志，孜孜不倦，以求贤为事，常恐天下有遗弃之才；朝廷之上，推贤援能者登进之，蔽贤自任者疏远之，自然天下向风，自上及下，孰不以相先为善行，荐达为急务？搜罗既广，虽小才片善，无所隐晦。如此则士益贵而守益坚，廉耻格而风教厚矣[97]。天下之贤，其有遗乎？既得天下之贤，则天下之治不足道也。

今世人情浅近，积惯成俗，朝廷进人，苟循常法，则虽千百而取，群伍而用，庸恶混杂，曾不以为非。没或拔一贤，进一善，出于不次[98]，则求摭小差[99]，众议嚣沸。如真庙擢种放[100]，先朝用范仲淹是也[101]。设非君心笃信，宁免疑惑[102]？反自以为过。此所以非常之举旷久不行也。伏见近日陛下不由言荐，擢范纯仁置之言路[103]，在今世为非常之举。纯仁名臣之子，有才名，在位多言其能，陛下擢之，当也。然臣愿陛下自信勿疑。纯仁果贤，则陛下知人之明也。如用之而无显效，则亦曰吾劳心任人，虽未得其效，亦无愧于天下矣。设或大败厥职，则亦曰吾知之失也，当益务选择，期于得人尔。盖拔十得五，才不可胜用；求贤而失，尚愈于不求。诚持是心，何患不得贤也！方陛下用纯仁，识者皆喜，臣独忧之。何者？陛下始奋英断拔一人，诚恐或有差失，遂抑圣心，以为专守常规，可以无过，不复以简擢为意[104]，则天下将何望焉？此在陛下自信勿疑而已。愿陛下不以臣之疏贱而易其言，则天下幸甚！

臣前所陈三者，治天下之本也。臣非不知有兴利除害之方，安国养民之术，边境备御之策，教化根本之论，可以为陛下陈之，顾三者不先，徒虚言尔。三者既行，不患为之无术也。愿陛下以社稷为心，以生民为念，鉴苟安之弊，思永世之策，赐之省览，察其深诚，万一有毫发之补于圣朝，臣虽被妄言之诛，无所悔恨。昔贾谊为汉文言治乱[105]，汉文不能用，百世之下为讥病。愿陛下勿使后之视今，犹今之视昔，则天下不胜幸甚！狂瞽之言，惟圣明裁恕。干冒宸严[106]，臣无任兢皇战

汗[107]，激切屏营之至[108]！

---

① 敕(chì)：皇帝的诏令。 ② 比年：近年。 ③ 潦(lǎo)：同“涝”。④ 庚寅：古代用干支纪年月日，庚寅是农历初三。 ⑤ 应：所有的。臣僚：文武官员。实封：密封。一般奏章不封口，有重大机密事才密封上呈，叫实封，又叫封章、封事。 ⑥ 祇(zhī)：恭敬。 ⑦ 钦：敬。德音：本来专指恩诏，这里称德音，把允许实封言事看作一种恩惠。⑧ 披忠沥恳：形容极尽忠诚。 ⑨ 天听：指皇帝的耳朵。 ⑩ 官：北宋前期“官”与“职”不同，“官”又称“寄禄官”，只表示级别与俸禄，并非实际职务。“职”又称“差遣”，才是实际职务。下句的“职”就是指这个意思。省郎：尚书省各部的郎中、员外郎。程珦当时任尚书省库部员外郎。 ⑪ 郡寄：一郡的寄托，指知州。当时程珦知磁州。⑫ 区区：忠诚的样子。 ⑬ 易：轻率。诛：责罚。 ⑭ 弭(mǐ)：消除。 ⑮ 中宗：商朝君主太戊，曾中兴商朝，故称中宗。 ⑯ 榖(gǔ)：楮树。祥：吉凶的征兆，这里指凶兆。商中宗时，有桑树和楮树共生于殿廷，被认为不祥。 ⑰ 高宗：商君主武丁，曾使商朝复兴。 ⑱ 雊(gòu)：雄野鸡叫。雉(zhì)：野鸡。商高宗时，有雄雉站在鼎上鸣叫，被看作怪异。 ⑲ 宗：古代君主死后，在宗庙里供奉祭祀，有功的称为祖，有德的称为宗。 ⑳ 嗣(sì)：继承。 ㉑ 近古：最近的古代，与“远古”相对。 ㉒ 引咎(jiù)：把过失归到自己身上。㉓ 实：实在，有内容。 ㉔ 丕(pī)：大。基：基业。 ㉕ 元元：平民百姓。 ㉖ 摄(shè)：统领管辖。 ㉗ 纲：提网的总绳。 ㉘ 委：弃，丢下。 ㉙ 悌(dì)：尊敬兄长。孝、悌、忠、信是儒家伦理思想，

称为四德。 ㉚ 奸宄(guǐ):坏人,内为奸,外为宄。 ㉛ 螟(míng):螟虫,一种害虫。 ㉜ 廪:粮仓。府库:储藏财物、文书的地方。 ㉝ 蛮夷戎狄:指四方未开化的少数民族。 ㉞ 甲兵:铠甲和兵器,泛指武器。 ㉟ 汗漫:散漫。 ㊱ 数(shuò):频繁。 ㊲ 狃(niǔ):因袭。 ㊳ 蹙(cù):紧迫,困窘。 ㊴ 师、保:都是古代辅导协助帝王的官,也泛指教师。这里指教育。左右:指引导。 ㊵ 用:因此。无聊:生活穷困,无所依赖。 ㊶ 格:至,到。 ㊷ 渐(jiān):浸,长期接触。 ㊸ 殍(piǎo):饿死的人。 ㊹ 尔:这样。 ㊺ 饥馑(jǐn):饥荒。 ㊻ 邑:这里指县。 ㊼ 乐岁:丰年。 ㊽ 稔(rěn):庄稼成熟。 ㊾ 二虏:指辽和西夏。 ㊿ 纾(shū):延缓。 51 连衡:即连横。战国时张仪游说东方六国依附西方的秦国,叫作连横,横指东西方向。西夏在西,辽国在东,所以称他们联合为连衡。52 虞:忧虑。 53 抑(yì):还是。 54 贻(yí):遗留。 55 责任:责成任用。 56 锐:锐利,形容勇往直前。克:能。 57 饬(chì):告诫。 58 曾(zēng):难道。 59 廉察:察访。 60 跋扈(hù):专横。藩(fān)镇:原指唐代在边要诸州设置的节度使,后来成为割据势力。这里指地方军阀。 61 易:轻视。 62 海宇:海内。 63 亿兆:古以十万为亿,十亿为兆。这里泛指众多。 64 辅弼(bì):辅佐。65 说(yuè):傅说,商朝的宰相。相传傅说原为百姓,曾经在傅岩服役筑墙。武丁访得,命为宰相。 66 济川:渡河。楫(jí):桨。此句见《尚书·说命上》。 67 岁旱作霖雨:见《尚书·说命上》。霖(lín)雨:连下几天的大雨。 68 和羹惟盐梅:见《尚书·说命下》。羹(gēng):糊状食物。梅:酸梅。 69 师傅:指太师太傅或少师少傅。其主要任务是辅导皇帝和皇太子,是皇帝身边最显贵的高级官员。

⑦⓪ 谀(yú):阿谀。佞(nìng):用花言巧语谄媚人。 ⑦① 仆仆:奔走劳顿的样子。 ⑦② 吏史:负责文书一类琐事的小官吏。 ⑦③ 有司:指负责某一方面事务的政府机构。 ⑦④ 夺:强迫改变。 ⑦⑤ 皋陶(gāo yáo):传说为舜的贤臣。谟(mó):谋划。 ⑦⑥"在知人"以下:见《尚书·皋陶谟》。九德:九种品德。载采采:做某事某事。载:行,做。采:事。底:导致。绩:功绩。皋陶说知人要从九种品德去了解,而这九种品德都是通过做某事表现出来的。这样,禹也认为知人并不难了。 ⑦⑦ 廋(sōu):隐藏。 ⑦⑧ 履:履行,实践。 ⑦⑨ 蹈:遵守。 ⑧⓪ 迹:推究。 ⑧① 名实:名称和实质。 ⑧② 扬:显扬。侧陋:指有才德而地位卑微的人。 ⑧③ 皋:皋陶。夔(kuí):相传为舜的乐官。伊:伊尹,商朝开国君主成汤的宰相。周:周公姬旦,周朝名臣。 ⑧④ 英髦(máo):俊杰。 ⑧⑤ 唐文宗:即李昂,809—840,唐穆宗的儿子。在位十四年,曾发动"甘露之变",试图一举铲除宦官势力,失败后被软禁至死。 ⑧⑥ 牛僧孺:779—847,字思黯,唐鹑觚(今甘肃灵台)人。仕宪宗、穆宗、敬宗三朝,官至宰相。后与李宗闵等结为朋党,与以李德裕为首的朋党相互斗争,史称"牛李党争"。 ⑧⑦ 记诵声律:指当时科举考试,明经科只注重经书的记诵,进士科只注重诗赋的声律(押韵、平仄等)。 ⑧⑧ 将:抑或,还是。 ⑧⑨ 北辕适越:辕(yuán),车前驾牲畜的两根直木。适:往。越:古时指浙江一带地区。要到南方的越地去,车却向着北方走,比喻事与愿违。 ⑨⓪ 端拱:端坐拱手,形容无所事事。 ⑨① 风靡(mǐ):顺风而动。景(yǐng)从:像影子跟随形体。 ⑨② 瓌(guī):同"瑰",珍贵。 ⑨③ 遐(xiá):远。殊域:异地,他乡。 ⑨④ 相先:等于说让贤。引:引荐。汇:类,同类,这里指同类的人。 ⑨⑤ 汲汲(jí):形容心情急切,

努力追求。 ⑯ 皇明：指皇帝的圣明。烛：洞察。幽隐：隐秘。⑰ 格：来。廉耻到来，即有了廉耻。风教：指风俗。 ⑱ 不次：不按次序，即破格。 ⑲ 摭（zhí）：拾取。 ⑳ 真庙：指宋真宗赵恒（968—1022）。种（chóng）放：字明逸，洛阳（今河南洛阳）人。有文才，隐居终南山三十年，自称退士，号云溪醉侯。宋真宗召为左司谏。 ⑩ 范仲淹：989—1052，字希文，苏州吴县（今江苏苏州）人。仕至枢密副使、参知政事。有志改革，推行“庆历新政”。仁宋擢为右司谏。 ⑩ 宁：岂。 ⑩ 范纯仁：1027—1101，字尧夫，范仲淹的儿子。仕仁、英、神、哲宗四朝，官至宰相。英宗治平中累迁至侍御史。 ⑩ 简：选择。 ⑩ 贾谊：前 201—前 169，汉洛阳（今河南洛阳）人。汉文帝召为博士，多次上言陈国策。汉文：即汉文帝刘恒（前 202—前 157），汉高祖刘邦之子。在位二十三年，政治经济复兴，与景帝朝并称“文景之治”。 ⑩ 干（gān）：冒犯。宸（chén）：帝王住所，代指帝王。 ⑩ 兢：（jīng）：小心谨慎。皇：通“惶”，恐惧。战：战抖。汗：因害怕而流汗。 ⑩ 激切：激烈而迫切。屏（bǐng）营：惶恐的样子。末尾几句为奏章的套话。

翻译

臣程珦上言：我看到八月八日的诏令，因近年以来，水涝成灾，八月三日大雨，所有内外文武官员都准许上呈密封奏章，议论当前政治的缺点失误和当代的利弊。这表明皇帝陛下继承祖宗大业，对天命严肃恭敬、敬畏警惕之深。天下百姓敬听德音，如果有所知所见，谁不愿意竭尽忠诚，呈上自己的意见，让皇上听到？我虽然十分愚笨，官是省郎，职为知州，敢不竭尽自己的忠诚，来响应英明的诏令？望陛下放宽对狂妄轻率的处罚，赐予过目，则天下幸运之极！

我听说水旱之灾，是由于阴阳不和；阴阳不和，是政事所致。因此自古圣明的帝王，如果遇到灾变，则必定警惕畏惧，来反省自身的过失，思考政治的缺点，广泛地征求众人的意见，寻求符合上天旨意、导致和谐之气的办法，所以能消除变异，永保兴隆太平。昔日在商王中宗的时候，有桑树和楮树共生的凶兆；高宗的时候，有野鸡鸣叫的怪事；二王因此惧怕而改善政治，广施恩德，于是导致王道复兴，都成为商代的“宗”，百代之下歌颂他们的圣明。现在陛下刚刚继承帝位，近年阴雨灾害，心中警惕敬畏，下英明的诏旨来访求政治的缺失，确实是圣明之举。但我看近古以来，引罪自责的诏令，改过自新的言语，也代代都有。无奈君主不出于至诚，天下只以为空话，哪里再有像商中宗、高宗那样复兴王道于已经衰落之后的人呢？我愿陛下利用这个上天的警告，奋起振兴德政，想想商代宗主美好的实事，鉴戒后代的虚浮和夸饰，不仅在今天消除灾害，更将永保江山直至于无穷。

我看到诏令说：“时政的缺失，当代的利弊，凡可以有助于百姓的意见，悉心陈述，不要有所隐讳。”我想天下大势中最急迫的，在于安危治乱的关键；至于指出政治中某一方面的不足和过失，陈述某一件事的利弊，只算小小的补益，不足以医治当代的弊病，而符合陛下殷勤访求的意思。所谓安危治乱的关键，请允许我条列其大的方面。

所谓安而治，是指朝廷有纲纪权力，总管百官和各种事务，对天下的治理，就像网有总绳，皮衣有领子，提起来有条理，丢下去不紊乱；郡县的官，用人得当而能搞好本职，爱护养育百姓有办法，朝廷的政策和教化能够宣布到百姓中去；百姓安居乐业，衣食足而有恒心，懂得孝悌忠信的道理，率领他们容易顺从，使用他们不会埋怨，心中拥护朝廷，坚定而不可动摇；教化流行而政治清明，没有坏人盗贼的祸患，就是有，也不用担心，因为有消灭它的准备，而没有响应的忧虑；民心和谐而阴阳顺，没有水、旱、虫灾，即使有，也不能为害，因为粮仓和府库充实，上则公家用度不缺，下则百姓食用充足；武备完善而声威大振，蛮夷戎狄没有敢不服从的，即使有，也不用忧虑，因为武器精良而储备充裕，将领善于计谋而士兵训练有素。

这六点，就是所谓安而治。现在的事情，全都与此相反。朝廷纲纪涣散，无法统一管理，根本如此，治理又从哪里来？郡县之官，选拔不按一定的途径，更换之勤，即使当时号称有才能的人，还没有能称职的，何况平庸的人呢？因循苟安，相沿成俗，举世以为应该这样。政治废弛混乱，人民困苦，朝廷虽有恩惠，谁能宣布到百姓中去？天子和他们共同管理国家的人如此，天下就可想而知了。百姓穷困，日益加剧，而横征暴敛、苛捐杂税，侵削他们不止，天下户口虽多，而自足的人越来越少。管理百姓的人应付事务罢了，并不教育引导他们，其善与恶、勤劳与懒惰，趋利避害，或者愚昧而造反，一律听其自然，而困住他们、陷住他们的原因又不止一方面，人们因此穷困无靠，苟度岁月，把他们推向治理则难于达到，引他们作恶则容易动摇。人民是国家的根本，根本如此，国家怎么办？百姓没有为生的职业，极端困苦则产生想法；不长期接触善的教化，追求实利而意志动摇；有隙可乘则萌发坏心，迫于冻饿就做盗贼。现今幸好没有大的变故，还能这样苟安，假如遇到大的饥荒，有大的劳役，奸雄一招唤，到处必定响应。在目前没有事的时候，还怕无力控制，何况困苦纷扰、多出乱子的时候呢？天下安危，实在取决于此。保住百姓的方法，以吃饭为根本。现在从京城到天下，计算平时的用度，都没有三年的积蓄，民间空虚匮乏，则又更为严重。拿一万户的县来看，有丰厚积蓄的百家中不到两三家，缺衣食的十家中占了六七家。总起来看，天下空虚枯竭就可想而知了。丰收之年，路上可以看到饥寒的人，一次没有收成，便导致流离迁徙，猝然有方圆数千里、连续数年的水旱灾害，不知用什么办法来对付它？坏人盗贼在内部蜂拥而起，夷狄在外面乘机而动，就是想扭转这种局面，也没有办法了。戎狄强盛，自古无比，每年输送金钱布帛来维持和好，而这种和好不能依赖；竭尽天下的力量来养兵，而兵不能用。还幸好辽国、西夏这两个敌人没有计谋，满足于小的欲望而忘掉了大的利益，因此我国得以缓和一朝一夕的危急。如果他们联合而来，则必定发动数十万人马驻扎在边境，运送粮饷跟不上，费用不足，又怎么对付下来呢？骄横懒惰的军队，纵然没有逃跑溃散的祸患，旷日持久，终究会有走投无路的忧虑。又何况征收赋税，兴起劳役，而百姓流亡；遭遇灾荒，愁苦怨恨，而奸雄竞起。事情到了这种地步，兴衰可想而知。从现在看来，天下的形势是安全呢？还是危险呢？

所有这几个方面，都有危亡的忧虑，而没有走到这一步，不知是朝廷处置得法能使它这样呢，还是天幸而偶然这样呢？侥幸的事情，又能长久保持吗？先朝皇帝的极度仁慈充满天地，保持到今天，经历的时间既已很久，上言的人既已很多，朝廷便以为果然不用担忧，可以总是这样，姑且维持这种局面而已，虽然听到最深刻最迫切的话，也不为之动心。唉！给天下留下祸患，必定是由于这样吧！现在天下还没有事，朝廷应该赶紧想出用以挽救时局的办法。不然，我怕拖延岁月，前面所陈述的某一件事情发生，便想挽救也晚了。中等的人家，有百金的产业，子孙想要保住，不敢不放在心上；陛下继承祖宗大业，可以不惧怕吗？

现今议论当代之事的人，必然说应当先做的是，放宽赋税和劳役，鼓励农业和蚕桑业，充实仓库，防备灾害，加强国防，推行教化。这些确实是重要的事，但还是没有懂得事情的根本。我认为尤其应当先做的有三条，请允许我为陛下陈述。第一叫作立志，第二叫作责任，第三叫作求贤。虽然进献好的计谋，陈述好的设想，不是君主的志向先立，又能够听取而采用吗？君主想采用，不责成任用宰相，又谁来承当而实行呢？君主宰相同心协力，不是有德才的人任职，又能施行于天下吗？这三件事是根本，体现到事情上的是功用。有根本，不怕没有功用。

三件事之中，又以立志为根本，君主的志向确立，天下就治理了。所谓立志，至诚一心，以道为己任，坚信圣人的教诲必定可以相信，先王的治国方法必定可以推行，不拘泥于近代的成规，不为众人的议论所动摇迷惑，决心使天下达到像三代那样的社会，这就是立志的含义。就以一个人来说，立志不坚定，便不能自我约束，何况天下之大，不体会上天刚强的本性，又能治理好吗？自古的君主，谁不想天下治理？然而有的想做而不知怎么做，有的开始勇往直前却不能坚持到底，有的安于积累日久的弊病而不能改弦易辙，有的迷惑于众多的议论而不知什么适用。这些都是由于君主的志向没有确立的缘故。

我看朝廷每当有好的政策措施，很少能够坚持，或者实行而天下不服从。请允许我举近年的一两件事来说明。朝廷因为目前任用官员没有经过选择，全部按照推荐的固定模式，怕所推荐的不是合适的人选，因此用诏书告诫，不是不反复叮咛，然而负责的人像没有听到一样。陛下以为今后所推荐的果真是合适的人吗？难道有丝毫不同于以前吗？又因为郡守县令经常更换有害于治理，命令查访的官员推荐那些有德政的人让他们再任，到现在没听说有响应诏令的。难道天下郡守县令没有一人有德政吗？如果确实没有，朝廷辜负人民，不是太深了吗？如果认为很好而实行，怎么不让天下奉行以见成效？如果说“不是不想坚决实行，下面不执行，有什么办法”，这样就是政令不能通行了，又把天下怎么办？这也在陛下而已。如果陛下的志向先立，果断决策而坚决实行，即使强大的诸侯、专横的地方军阀，也将震惊害怕，没有谁敢于违抗，何况郡县的官吏呢？因此我愿陛下以立志为先，像我前面所陈述的那样，效法先王的治理，考察经典的训示，深信不疑而全力推行，医治天下根深蒂固的弊病，为人民制定出长治久安的大计，不要以改变旧的东西为难事，不要因为各种议论而疑惑不定，那么三代的治理可望在今天实现。

如果说君主所作的，不可以改变，改变而万一失误，为害就大了，我认为不是这样。取法古代去做，不叫作改变。历观前代历史，自古以来，哪里有效法先王，考察经典，将大有作为而导致失败混乱的呢？只有举动不效法古人，苟且偷安而沿袭旧弊，最终导致危亡的就多了。事实根据明白清楚，无可怀疑。愿陛下不因为我的疏远卑贱而轻视我的话，则天下幸运之至！

所谓责任，海内之广大，人民之众多，一个人无法独自管理，必须依赖辅佐大臣的贤明，然后能成就天下之事。自古圣明的帝王，没有不以寻求任用宰相为先的。在商王高宗之初，没有得到合适的人，就默默不语，因为事情没有比这更重要的了。等到他得到傅说而任命为相，就说渡河当船桨，天旱当大雨，调和菜羹是盐和酸梅，他对傅说的需要和依赖就像这样。这就是圣人任用宰相的道理。

谋求任用之道，以慎重选择为根本。选择慎重，所以了解得清楚；了解得清楚，所以信任深；信任深，所以任用专一；任用专一，所以礼遇优厚而要求高。选择慎重，就必定得到贤人；了解清楚，就仰仗成功而不怀疑；信任深，被任用的人就会竭尽忠诚；任用专一，就能充分发挥其才能；礼遇优厚，就能使他外表尊严而权势重；要求高，就使他自我要求严格而能成功。因此真诚任用，以师傅之礼相待，坐下来谈论治国之道，责成他使天下治理，阴阳和谐。因此担任宰相的人自知礼遇尊贵而任用专一，期望很深而权势极重，便挺身而出，以天下为己任，所以能称职。虽然有奸诈谄媚的人，知道他和皇上交往深而不可离间，权势重而不可动摇，也将打消自己的邪念，回到正道上来了。

后代任用宰相的人与此不同。开始不慎重选择，选择不慎重，所以了解不清楚；了解不清楚，所以信任不深；信任不深，所以任用不专一；任用不专一，所以礼遇不优厚，而要求也不高了。选择不慎，便得不到合适的人；了解不清楚，使用他就会犹豫不决；信任不深，则别人心怀疑虑；任用不专一，便不能充分发挥其才能；礼遇不优厚，则其权势轻而容易动摇；要求不高，就不能称职。因此任用宰相不竭尽真诚，不以礼相待，疲于奔命，像小官吏一样，公文案卷繁多，便降低身份来做下属部门的事。担当宰相的人自知和皇上交往不深而权势轻，动辄心怀疑虑，不肯尽心尽力，上怕君主心中怀疑，下怕众人议论反对自己，因此畏缩而不敢有所作为，苟且因循来求自己平安无事罢了。有才德的人是不愿意处在这个位置上的。奸邪的人也知道这个人容易摇动，每天等待时机。像这样，这个人能以天下的重任为己任吗？

如果说不是任用难，是知人难，而且凭什么知道他有德才而任用他？如果用人不当，治乱都在这个人身上，这就是君主对此感到为难的原因。我认为知人确实难，但也要看寻求的办法怎么样。皋陶为帝舜献策说："在于知人。"禹为此感叹而感到为难，等到皋陶陈述九德，"做某事某事"，就说"可以期于成功"。因为访询其行为来考察其本质，人怎么能掩藏自己呢？历观前代历史，自古以来，哪有行道的人，在家中素称孝顺，行为在乡里有名，道德被推荐到朝廷，节操表现在所做的事当中，他的言语符合圣人之道，他的行为遵循经典的训示，等到用于朝廷，反而导致失败混乱的呢？按这些标准去寻求，还能有错吗？

至于君主认为有德才，而任用他最终坏事的，古代也多了。查考其原因，就是因为寻求不得法。大抵因为某人议论事情合于自己的心意，便称作人才而任用他，竟不核实本末，考察名实，像前面所说的那样。这一来，有损圣明，危害政治，不是当然的吗？四海之大，从不缺贤人，果真能够放开眼界，举用有才德而地位卑微的人，真心礼贤下士，求才得法，就是皋陶、夔、伊尹、周公之类的大贤，也肯定可以找到，有德有才有志于道的人，都能得以使用了。

愿陛下像我前面所陈述的那样，坚定了谋求治理的志向之后，便以责成任用宰相为先，对待他礼数周到，任用他竭尽真诚，责成他恪尽职守。不怕他不做，怕他不会做；不怕他不会做，怕他不能做。因为不做的人可以责成他必须做，不会做的人可以勉励他学会去做，只有不能做就完了。所谓不能做，君臣之心不相通，心怀疑虑而不肯尽力，这是由于对待任用不得法。现在的执政大臣都是先朝选拔的，在天下有很高的声望的人，在于陛下责成任用他们而已。我愿陛下召请宰相和执政大臣，慢慢地询访当今天下之事，是安，是危？是治，是乱？应当维持现状以度岁月呢，还是应当有所作为来拯治弊病呢？如果说应当有所作为，那就希望向他们表示一定要做的意愿，向他们询问应当作的事情，审慎地考虑，全力地实行。时间不可拖延，事情不可迟缓。

如果说不是不做，怕不会做，那么天下之大，难道没有贤德的人可以以礼相问？朝廷之上，难道没有俊杰可以讨论？有先王的政治可以考察，有经典的训示可以取法，道难道还远吗？只怕不去寻求罢了。不过在君主宰相齐心协力，勤恳寻求，全力去做而已。

如果说不要乱做，姑且照常而已，则在于陛下深思和明辨。唐文宗的时候，大权渐渐旁落，天下将要大乱，而牛僧孺欺骗他说天下已经治理了。史书记载了这件事，可以作为明显的前车之鉴。当今陛下圣明，执政大臣忠良，没有这种事。愿陛下不因为我的疏远卑贱而轻视我的话，则天下幸运之至！

所谓求贤，古代圣明的帝王所以能达到天下治理，没有其他办法，从朝廷到天下，公卿大夫，文武百官，都称职而已。怎么能称职？贤人在位，能人在职而已。怎么得到贤人能人而任用他们？寻求有方而已。即使是天下常用的容易得到的东西，没有不寻求而得到的。金子生在山里，树木生在森林，不是匠人采伐，不会被使用。何况有德有才的人，出类拔萃，不像山林中的东西到处生长而没有穷尽，不是君主搜罗选择有方，又能得以使用吗？

自古国家设置官吏，没有不录取士人的，看录取的办法如何而已。当今录取士人的弊病，议论的人也很多了。我无暇逐条分析，只说大概。投寄姓名自我推荐，考明经背诵经典，考进士推敲声律，不是寻求贤人的办法。寻求不得法，则得到的不是贤人；间或得到人才，也只是由于偶然侥幸，并非知道他是人才而录取的。朝廷选拔任用，都从这中间考虑，竟没有想到贤人俊杰被遗弃在下面。果真天下没有遗漏的贤人吗？还是虽然有，我姑且在上面墨守成规，不足以放在心上呢？还是科举所得的贤人，已经足以达到治理而不缺少呢？我认为医治天下今日的弊病，恐怕应该从这里开始。凭现在的科举的名目，用眼下提拔任用的办法，想得到天下的贤人，振兴天下的治理，就像南辕北辙，岂不是差得太远了吗？

我愿陛下像我前面所陈述的那样，既立下追求治理的志向，又思考责成任用宰相的方法之后，便以求贤为先。如果不先得到贤人，虽然陛下焦心劳神，又怎么施行？果真得到天下的贤人，安置在朝廷，便端坐拱手，无所事事而天下大治了。这就是所谓在求贤上辛劳，在得到贤人后安逸。历观前代历史，自古以来，称作治理的君主，有不把求贤当作一回事的人吗？有谨小慎微地墨守成规，按资历任用人，而能达到大治的吗？有国家的兴盛，不因为得到人才的吗？由此说来，任用贤人的效果，不是十分明显的吗？

如果说不是不想得到贤人，是怕寻求贤人难，我认为不是这样。君主的权势，人心所向，天下顺风而动，如影随形。比如珍禽异兽、贵重的宝物、珍奇的古玩等东西，即使是远方外国所有，深山大海所生，心里想要的，没有不能弄来的。因为皇上心中所爱好的，就用天下的力量来满足。假如存着喜好贤人的心像这样，又有什么藏身幽暗岩洞的贤者不能去寻求？什么隐居深邃山林的隐士不能去招致？怕的是喜好不深罢了。

君主使用贤人，也靠公卿大臣扶植推荐之力。现在朝廷没有寻求贤人，公卿大臣也不把求贤取士放在心上。让贤和引荐同类的人，世上少有听到；访道求师，是达官贵人认为耻辱的事。大约认为任用自己就可以了，士人又有什么补益？现在世上没有贤人，寻求又有什么用？凭周公的圣明，自任就够了，但还迫不及待地寻求贤人来辅助自己。凭他的圣明而且喜好贤人，了解人的透彻，理应天下的贤人都为他所用，没有遗漏，却还每天没有吃饭的功夫，唯恐失掉天下的士人。后代的人才能不及周公，却自己认为够了，不寻求贤人来辅助自己。因为他们不寻求，而且了解人不透彻，理应贤人在下面的很多，却说天下没有贤人了。唉！他们的用心和周公是多么不同啊！想要他们协助皇上洞察幽微，是不可能的。

但也在皇上的作为而已。陛下真能专心致志，孜孜不倦，把寻求贤人作为大事，常常担心天下有遗弃的人才；朝廷之上，扶植贤人能人的重用他们，排斥贤人而自任的疏远他们，自然天下闻风而动，从上到下，谁不把让贤看作高尚行为，把推荐人才当成当务之急？搜罗既广泛，就是小小的才能和一点点优点，也没有被埋没的。这样，士人就会越来越被重视，操守就会更加坚定，廉耻之心就会养成，而风俗也就更淳厚了。天下的贤人，还有遗漏吗？既然得到天下的贤人，那么天下的治理就用不着说了。

当今世上人情浅薄，积习成俗，朝廷用人，苟且因循常规，因此虽然成百上千地录取，成群结队地任用，平庸恶劣的人混杂，一点也不觉得不对。如果提拔一个贤人，任用一个好人，出于破格，则吹毛求疵，各种议论喧嚣鼎沸。像真宗提拔种放，前朝任用范仲淹就是这样。如果不是君主心中坚信不移，能免于疑惑吗？反而会认为是自己的过失。这就是破格任用长期没有实行的原因。我看到近日陛下不经由言事官推荐，提拔范纯仁安置在谏官的位置上，在目前算是破格任用。范纯仁是名臣的儿子，以才干闻名，在职官员多称道他的才能，陛下提拔他，是应该的。但我愿陛下自信不疑。范纯仁果真有才德，就是陛下了解人的英明。如果使用他而没有显著效果，那也可以说我花费心血任用人才，虽然没有达到应有的效果，也无愧于天下了。即或他把事情完全弄糟了，那也可以说是我了解人的过失，将更加致力于选择，以期得到合适的人。提拔十个人得到五个理想的，人才就用不完；寻求贤人而失误，也胜过不寻求。果真抱着这样的心，何愁得不到贤人！当陛下用范纯仁的时候，有识之士都感到喜悦，我偏偏感到忧虑。

为什么？陛下刚刚奋勇决断提拔一人，深怕万一有差错，于是抑制自己的心意，以为专守常规，可以没有过失，不再把选拔人才放在心上，那么天下还指望什么呢？这在陛下自信不疑而已。愿陛下不因为我的疏远卑贱而轻视我的话，则天下幸运之至！

我前面所陈述的三件事，是治理天下的根本。我不是不知道有兴利除害的办法，安国养民的措施，边境防御的策略，教化根本的论述，可以为陛下陈述，只是以上三件事不放在首位，只是空说罢了。三件事实行了，不怕做起来没有办法。愿陛下把国家放在心上，时刻想着人民，以苟安的弊病为戒，谋求长远之计，看看我的上书，理解我的至诚，万一对朝廷有一丝一毫的补益，我就是因为胡说而受惩罚，也无所悔恨。昔日贾谊向汉文帝陈述治乱，汉文帝不能采用他的话，百代之下被讥笑非议。愿陛下不要让后代看今天，就像今天看往昔，则天下幸运之至！狂妄的瞎话，望皇上裁处宽恕。冒犯皇上的威严，我不胜战战兢兢，畏惧汗下，激切惶恐之至！

颜子所好何学论

这篇论文是程颐于仁宗皇祐二年(1050)游太学时的试卷,当时程颐只有十八岁。直讲胡瑗看到这篇文章后,“大惊异之”,于是让程颐担任学职。吕希哲等也相继拜程颐为师。全文的中心,是论述通过学习成为圣人的道理。作者认为,圣人是可以学而至的。人都是秉天地之灵气而生,本性中都具有仁义礼智信的善德,这就是圣人可学的基础。怎样学以至圣人呢?关键在“诚”。只有“诚”,才能“行之果”,“守之固”,久而久之,就能一举一动合乎礼法。做到“诚”的途径有两条,一是“自明而诚”,即通过透彻了解人之为人的道理而达到“诚”;一是由“信道笃”而“诚”,就是坚定对儒家思想体系的信仰而达到“诚”。至于圣人的境界,作者强调一个“化”字,即善已不是外在的,而是与自我精神水乳交融。圣人有生而知之,也有学而知之。学以至圣人,要像颜回那样,在内而不在外,在己而不在人。这篇论文提出了学圣人及怎样学的问题,是对儒家传统思想的宣扬和发挥,曾经一度产生很大影响,成为程颐人性论和道德伦理思想的代表作之一。

圣人之门[1]，其徒三千，独称颜子为好学[2]。夫《诗》、《书》、六艺[3]，三千子非不习而通也，然则颜子所独好者，何学也？学以至圣人之道也。

圣人可学而至欤？曰：然。学之道如何？曰：天地储精[4]，得五行之秀者为人[5]。其本也真而静，其未发也五性具焉，曰仁、义、礼、智、信。形既生矣，外物融其形而动于中矣，其中动而七情出焉，曰喜、怒、哀、乐、爱、恶、欲。情既炽而益荡，其性凿矣。是故觉者约其情，使合于中，正其心，养其性，故曰性其情[6]。愚者则不知制之，纵其情而至于邪僻，梏其性而亡之[7]，故曰情其性[8]。凡学之道，正其心，养其性而已。中正而诚，则圣矣。

君子之学，必先明诸心，知所养，然后力行以求至，所谓"自明而诚"也[9]。故学必尽其心，尽其心，则知其性[10]。知其性，反而诚之，圣人也。故《洪范》曰："思曰睿，睿作圣。"[11]诚之之道，在乎信道笃[12]。信道笃，则行之果；行之果，则守之固。仁义忠信不离乎心，“造次必于是，颠沛必于是”[13]，出处语默必于是，久而弗失，则“居之安”[14]，“动容周旋中礼”[15]，而邪僻之心无自生矣。故颜子所事，则曰“非礼勿视，非礼勿听，非礼勿言，非礼勿动”[16]；仲尼称之，则曰“得一善，则拳拳服膺而弗失之矣”[17]，又曰“不迁怒，不贰过”[18]，“有不善未尝不知，知之未尝复行也”[19]。此其好之笃，学之之道也。

视听言动皆礼矣，所异于圣人者，盖圣人则“不思而得，不勉而中，从容中道”[20]，颜子则必思而后得，必勉而后中，故曰颜子之与圣人，相去一息[21]。孟子曰：“充实而有光辉之谓大，大而化之之谓圣，圣而不可知之谓神。”[22]颜子之德，可谓充实而有光辉矣。所未至者，守之也，非化之也。以其好学之心，假之以年，则不日而化矣。故仲尼曰：“不幸短命死矣！”[23]盖伤其不得至于圣人也。所谓化之者，入于神而自然，不思而得，不勉而中之谓也。孔子曰“七十而从心所欲不逾矩”是也[24]。

或曰：“圣人，生而知之者也，今谓可学而至，其有稽乎？”曰：“然。孟子曰：‘尧舜性之

也，汤武反之也'[25]。性之者，生而知之者也；反之者，学而知之者也。"又曰："孔子则生而知也，孟子则学而知也。后人不达，以谓圣本生知，非学可至，而为学之道遂失。不求诸己而求诸外，以博闻强记、巧文丽辞为工，荣华其言[26]，鲜有至于道者。则今之学，与颜子所好异矣。"

---

① 圣人：指孔子。 ② 独称颜子为好学：《论语》的《雍也》和《先进》篇曾两次说到颜回好学。 ③《诗》、《书》：《诗经》和《尚书》。六艺：古代学习的六种科目：礼、乐、射、御、书、数。见《周礼·地官·保氏》。 ④ 精：指精气。程颐认为，万物都是由一种物质性的"气"构成的，得"气"中之精华即成为人。 ⑤ 五行：水、火、木、金、土。古人认为这是构成万物的五种元素。秀：优秀，精华。 ⑥ 性其情：指以本性代替感情，感情完全受本性的制约。 ⑦ 梏(gù)：古代一种木制的手铐。这里比喻束缚。 ⑧ 情其性：以感情代替本性，放纵感情，丧失本性。 ⑨"自明而诚"：见《礼记·中庸》。 ⑩ 尽其心，则知其性：语本《孟子·尽心上》。 ⑪《洪范》：《尚书》篇名。睿(ruì)：通达。作：则。 ⑫ 道：指儒家思想体系。 ⑬"造次"二句：见《论语·里仁》。造次：匆忙急促。颠沛：困苦流离。 ⑭"居之安"：语本《孟子·离娄下》。 ⑮"动容"一句：见《孟子·尽心下》。动容：脸上现出受感动的表情，泛指仪容。周旋：指行为举止。⑯"非礼勿视"四句：见《论语·颜渊》。 ⑰"得一善"二句：见《礼

记·中庸》。拳拳：诚挚的样子。服膺（yīng）：衷心信服。 ⑱“不迁怒”二句：见《论语·雍也》。迁怒：怒所不当怒。贰：第二次，指重复。 ⑲“有不善”二句：见《周易·系辞》。 ⑳“不思”三句：见《礼记·中庸》。 ㉑ 一息：一次呼吸，比喻极短。 ㉒“充实”三句：见《孟子·尽心下》。大而化之：赵岐注指使天下被感化，程颐从其性理思想出发，理解为使善与自己精神水乳交融。 ㉓“不幸”一句：见《论语·雍也》。颜渊死时仅三十二岁。 ㉔“七十”一句：见《论语·为政》。 ㉕“尧舜”二句：见《孟子·尽心》上下篇。 ㉖ 荣华：草开花叫荣，木开花叫华（huá，同“花”）。这里比喻言语的华美。

翻译

孔子门下，弟子三千，而孔子只称赞颜子好学。《诗经》、《尚书》、六艺，三千弟子不是不研习而通晓，那么颜子所独自喜好的，是什么学问？是通过学习成为圣人的方法。

圣人可以通过学习来达到吗？回答是：可以。学习的途径怎么样？回答是：天地存储精气，得到五行的精华的是人。人本身是纯真而宁静的，在感情没有激发时，有五种本性包含在他身上，叫作仁、义、礼、智、信。形体产生了，外部事物接触到他的形体而萌动于心中，心中动而七情表现出来，叫作喜、怒、哀、乐、爱、恶、欲。感情变得炽烈而越来越放荡，他的本性就被损害了。因此领悟到这点的人克制自己的感情，使它合乎本性，端正自己的心，保养自己的本性,所以叫作以性为情。愚昧的人就不知道克制自己的感情,放纵他的感情而流于邪恶不正,束缚自己的本性而使它泯灭,因此叫作以情为性。凡学习之道,端正内心,保养本性而已。心正而意诚,就是圣人了。

君子学习,必须先明确于心,知道修养的方法,然后努力实践以求达到,即所谓"从明白到真诚"。因此学习必须竭尽善心,竭尽善心就知道自己的本性。知道自己的本性,自我反省而做到真诚,就是圣人。所以《洪范》说:"思维做到通达,通达就成为圣人。"做到真诚的办法,在于信道深。信道深,就实行果断;实行果断,就坚持得牢。仁义忠信不离于心,"匆忙急促时必须做到这样,困苦流离时必须做到这样",出外和居处,说话和沉默,都必须做到这样,长久地不失去它,就会"拥有它而心安理得","仪容举止合符礼法",而邪恶的心就无从产生了。因此颜子所做的,就叫"非礼不看,非礼不听,非礼不说,非礼不动";仲尼称赞他,就说"得到一点善,就虔诚地信奉而不失掉它了",又说"不对不该怒的发怒,不重复过错","有不善从来没有不知道,知道了从来没有再做"。这就是喜好深,这就是学圣人之道。

视听言动都合乎礼了,所不同于圣人的,大概圣人是"不思考而懂得,不用力而合道,闲暇的时候也合乎道",颜子却必须思考而后懂得,必须用力而后合乎道,所以说颜子和圣人,只相差一丁点。孟子说:"善充满自身而有光辉叫作大人,大人而使善融入自身叫作圣人,圣人而不可知叫作神人。"颜子的品德,可以说充实而有光辉了。所没有达到的，只是保持善，不是使善融入自身。凭他的好学之心，如果让他活得更久，则用不了多久就达到水乳交融了。所以仲尼说："不幸短命死了！"大概是痛惜他没能成为圣人。所谓化之，是指融入精神而自然而然，"不思考而懂得，不勉励而合道"的意思。孔子说的"七十而随心所欲不超出规矩"就是这样。

有人说："圣人，是生而知之的人，现在说可以学习而达到，有根据吗？"回答是："有。孟子说：'尧舜天性善，商汤武王自我反省而行善。'天性善，就是生而知之的人；自我反省而行善，就是学而知之的人。"又说："孔子是生而知之，孟子是学而知之。后代的人不懂，以为圣人本来是生而知之，不是学习可以达到，而治学之道便失误了。不在自己身上下功夫而在外面下功夫，以博闻强记、精巧华丽的文辞为本事，使自己的言语华美，很少有达到道的。那么今天的学问，和颜子所喜好的就不同了。"

养鱼记

这篇记文作于宋仁宗至和元年(1054),当时程颐二十二岁。作者通过养鱼这件事,抒发了对古代圣人之世的向往,兼济天下的抱负,以及怀才不遇的感情。三十年后所作的题跋,对自己的老大无成表现出深深的感慨。时隔七年,他终于登上了仕途。记文文笔简练而内容丰富,记叙生动,议论深入而要言不繁,将鱼拟人化及采用第二人称来抒情,感情真挚。比起他那些清一色的说教来,可算是一篇比较生动活泼的作品。

书斋之前有石盆池[1],家人买鱼子食猫,见其煦沫也[2],不忍,因择可生者,得百余,养其中。大者如指,细者如箸[3]。支颐而观之者竟日[4]。始舍之,洋洋然,鱼之得其所也;终观之,戚戚焉[5],吾之感于中也。

吾读古圣人书,观古圣人之政禁,数罟不得入洿池[6],鱼尾不盈尺不中杀[7],市不得鬻[8],人不得食。圣人之仁,养物而不伤也如是。物获如是,则吾人之乐其生,遂其性[9],宜何如哉?思是鱼之

于是时，宁有是困耶？推是鱼，孰不可见耶？

鱼乎，鱼乎！细钩密网，吾不得禁之于彼；炮燔咀嚼[10]，吾得免尔于此。吾知江海之大，足使尔遂其性，思置汝于彼，而未得其路，徒能以斗斛之水[11]，生汝之命。生汝诚吾心，汝得生已多，万类天地中，吾心将奈何？鱼乎，鱼乎！感吾心之戚戚者，岂止鱼而已乎！因作《养鱼记》。至和甲午季夏记[12]。

吾昔作《养鱼记》，于兹几三十年矣。故稿中偶见之，窃自叹少而有志，不忍毁去。观昔日之所知，循今日之所至[13]，愧负初心，不几于自弃者乎？示诸小子[14]，当以吾为戒。元丰己未正月戊戌[15]，西斋南窗下书。

---

① 盆池：盆形的小池。 ② 煦（xù）：润湿。煦沫：吐沫来相互润湿。 ③ 箸（zhù）：筷子。 ④ 颐（yí）：腮。 ⑤ 戚戚（qī）：悲哀，忧愁。 ⑥ 数（shuò）：细密。罟（gǔ）：鱼网。洿（wū）：低洼之处。 ⑦ 中（zhòng）：合乎。 ⑧ 鬻（yù）：卖。 ⑨ 乐其生：乐于其生，快乐地生活。遂其性：实现其本性，意即自由地发展。 ⑩ 炮（bāo）：一种烹调方法，快炒。燔（fán）：烤。 ⑪ 斛（hú）：古代量器，一斛等于十

斗。 ⑫ 至和：宋仁宗年号，即 1054—1055。甲午：至和元年。季夏：农历夏六月。 ⑬ 循：追述，这里指追思。 ⑭ 小子：后辈。⑮ 元丰：宋神宗年号，即 1078—1085。己未：元丰二年。戊戌：二十八日。

翻译

书房之前有石盆池，家人买小鱼喂猫，见小鱼吐沫相润，不忍心，于是选可以活的，得到百余条，养在其中。大的像手指，小的像筷子。支着下巴观看它们一整天。开始放掉它们，洋洋自得，是鱼得其所；后来观看它们，悲哀忧愁，是我感慨于心中。

我读古代圣人的书，了解古代圣人的施政禁令，密网不得进入水洼水池，鱼每尾不满一尺不可以杀，市上不得卖，人不得吃。圣人的仁慈，养育万物而不加伤害就像这样。动物得以如此，那么我们人要快乐地生活，自由地发展，又该怎样呢？想这些鱼在这样的时候，难道有这样的困境吗？以这些鱼类推，什么不可以明白呢？

鱼啊，鱼啊！我不能在其他地方阻止细钩密网，我只能在这里免除你们被煎烤咀嚼。我知道江海之大，足以使你们自由自在地生活，想放你们到那里，但没找到合适的道路，只能用一斗一斛的水，养活你们的命。养活你们诚然是我的心，你们倒是生活得不错了，万物处于天地中，我的心又能把它们怎样？鱼啊，鱼啊！

唤起我心中哀愁的，岂止鱼而已呢！于是作《养鱼记》。至和元年六月记。

我昔日作《养鱼记》，到现在几乎三十年了。旧稿中偶然见到它，私自感叹少年有志，不忍心毁掉。看看昔日所知道的，追思今日所达到的，惭愧辜负了初心，不是差不多等于自我抛弃的人吗？给后辈们看看，应当以我为戒。元丰二年正月二十八日，西斋南窗下写。

易传序

这是程颐为他的《周易程氏传》所作的自序。文中论述了《周易》的重要性,《易传》写作的用意,以及治《易》学的途径和方法。从中可以看出作者对《周易》的极端重视,了解到他的《易》学思想。

《易》,变易也,随时变易以从道也。其为书也广大悉备,将以顺性命之理[①],通幽明之故[②],尽事物之情,而示开物成务之道也[③]。圣人之忧患后世,可谓至矣。去古虽远,遗经尚存。然而前儒失意以传言,后学诵言而忘味。自秦而下,盖无传矣。予生千载之后,悼斯文之湮晦[④],将俾后人沿流而求源,此《传》所以作也。

"《易》有圣人之道四焉:以言者尚其辞,以动者尚其变,以制器者尚其象,以卜筮者尚其占。"[⑤]吉凶消长之理,进退存亡之道,备于辞。推辞考卦[⑥],可以知变,象与占在其中矣。"君子居则观其象而玩其辞,动则观其变而玩其占。"[⑦]得于辞,不达其意者有矣;未有不得于辞而能通其

意者也。至微者理也，至著者象也。体用一源，显微无间。观会通以行其典礼[8]，则辞无所不备，故善学者求言必自近。易于近者，非知言者也。予所传者辞也，由辞以得意，则在乎人焉。有宋元符二年己卯正月庚申[9]，河南程颐正叔谨序。

---

① 性命："理"在天为命，赋予人为性。 ② 幽明：隐晦和明显，指无形的理和有形的物。 ③ 开物成务：揭示万物之理，按理办事得到成功。见《周易·系辞上》。 ④ 斯文：此书，这里指《易》学。湮（yān）：埋没。 ⑤ "《易》有圣人之道四焉"以下：见《周易·系辞上》。辞：指卦辞、爻辞。象：指卦象。卜筮（bǔ shì）：古代推断吉凶祸福的方法，卜用龟壳，筮用蓍（shī）草。占（zhān）：占卜。 ⑥ 卦：占卜的符号，由阴阳两种长短横道构成。《周易》共有六十四卦。 ⑦ "君子"二句：见《周易·系辞上》。 ⑧ "观会通"一句：也是《周易·系辞上》的话。 ⑨ 元符：宋哲宗年号，即 1098—1100。庚申：十七日。

翻译

《易》，就是变易，随时变易来合乎道。这部书包罗广泛而完备，将用来理顺性和命的道理，弄清理与物的原故，揭示事物的性质，而指示认识事物、成就事业的方法。圣人忧虑后世，可以说到极点了。现在离古代虽然遥远,遗留的经典还在。然而前代的儒者失掉意旨而传授言词,后世学者诵读言词而不知意味。从秦以下,《易》理失传了。我生在千年之后,哀叹《易》学的埋没不明,想让后来的人沿水流去探寻源头,这就是《易传》写作的原因。

“《周易》有圣人所用之道四条:用来言谈的取法它的卦辞爻辞,用来行动取法它的变化,用来制作器具取法它的卦象,用来卜筮取法它的占法。”吉凶消长的原理,进退存亡的道理,具备于卦爻辞。推辞考卦,可以知道变化,卦象和占法就在其中了。“君子居处就观察它的卦象而玩味它的卦爻之辞,行动就观察它的变化而玩味它的占法。”懂得卦爻辞,不理解它的意旨的人是有的;没有不懂得卦爻辞而能理解它的意旨的。最隐微的是《易》理,最显著的是《易》象。实体和功用同出一源,显著和隐微没有分界。观察会合变通来推行典章礼仪,那么卦爻辞之中无所不包,所以善于学习的人探求言辞的奥妙必定从浅近的地方开始。轻视浅近的人,不是懂得言辞的人。我所注解的是文辞,通过文辞来掌握意旨,就在于人了。宋元符二年己卯正月十七日,河南程颐正叔谨序。

春秋传序

这是程颐为他的《春秋传》所作的自序。《春秋》是现存中国古代第一部编年体史书，记载春秋时期鲁国的历史，相传为孔子所作，是儒家经典之一。《春秋传》是程颐为《春秋》所作的注解，后来收在《河南程氏经说》卷四中。序文对《春秋》作了极高的评价，认为它作于“圣人不复作，顺天应时之治不复有”的情况下，已经远远不只是一部史书，而是“百王不易之大法”。只要掌握了它，三代那样的理想社会就可以重现于今天。程颐治史，也体现了他的道德伦理思想，是为维护封建统治服务的。

天之生民，必有出类之才起而君长之，治之而争夺息，导之而生养遂，教之而伦理明，然后人道立，天道成，地道平①。二帝而上②，圣贤世出，随时有作，顺乎风气之宜，不先天以开人③，各因时而立政。暨乎三王迭兴，三重既备④，子丑寅之建正⑤，忠质文之更尚⑥，人道备矣，天运周矣。圣王既不复作，有天下者，虽欲仿古之迹，亦私意

妄为而已。事之谬，秦至以建亥为正[7]；道之悖，汉专以智力持世；岂复知先王之道也？夫子当周之末，以圣人不复作也，顺天应时之治不复有也，于是作《春秋》，为百王不易之大法。所谓“考诸三王而不谬，建诸天地而不悖，质诸鬼神而无疑，百世以俟圣人而不惑”[8]者也。

先儒之论曰，游、夏不能赞一辞[9]。辞不待赞也，言不能与于斯耳。斯道也，惟颜子尝闻之矣。“行夏之时，乘殷之辂，服周之冕，乐则《韶》舞”[10]，此其准的也[11]。后世以史视《春秋》，谓褒善贬恶而已，至于经世大法则不知也。《春秋》大义数十，其义虽大，炳如日星，乃易见也。惟其微辞隐义，时措从宜者为难知也。或抑或纵，或与或夺，或进或退，或微或显，而得乎义理之安，文质之中，宽猛之宜，是非之公，乃制事之权衡[12]，揆道之模范也[13]。

夫观百物，然后识化工之神[14]；聚众材，然后知作室之用。于一事一义而欲窥圣人之用心，非上智不能也。故学《春秋》者，必优游涵泳，默识心通，然后能造其微也。后王知《春秋》之义，则虽德非禹、汤，尚可以法三代之治。

自秦而下，其学不传。予悼夫圣人之志不明于后世也，故作《传》以明之，俾后之人通其文而求其义，得其意而法其用，则三代可复也。是《传》也，虽未能极圣人之蕴奥，庶几学者得其门而入矣。有宋崇宁二年癸未四月乙亥[15]，伊川程颐序。

---

①“成”“平”：都是安定、平定的意思。《左传》文公十八年：“地平天成。”是说天地万事万物都安置得很妥帖。 ②二帝：尧、舜。 ③开：开化。不先天以开人，就是顺其自然，让人按天性发展，不人为地使其开化。 ④三重（zhòng）：夏、商、周三王的礼仪制度。 ⑤子丑寅：子月（十一月）、丑月（十二月）、寅月（一月）。建正：设置正月。夏朝用寅月，商朝用丑月，周朝用子月为正月。 ⑥忠质文：夏朝崇尚忠实，商朝崇尚质朴，周朝崇尚文采。 ⑦建亥：夏历十月。正：正月。 ⑧“考诸三王”以下数句：见《礼记·中庸》。 ⑨游：子游（前506—?），姓言，名偃，字子游，春秋末吴国人。夏：子夏（前507—?），姓卜，名商，字子夏，春秋末晋国人。都是孔子的弟子。《史记·孔子世家》：“至于作《春秋》，笔则笔，削则削，子夏之徒不能赞一辞。” ⑩“行夏”数句：见《论语·卫灵公》。辂（lù）：古代的一种大车。《韶》：传说舜所作的乐曲名。 ⑪准的（dì）：准则。 ⑫权衡：秤锤和秤杆，比喻尺度、标准。 ⑬揆（kuí）：度量，测度。模范：制作器物的模型，比喻准则，法度。 ⑭化工：指造物主。

⑮ 崇宁：宋徽宗年号，即1102—1106。乙亥：二十七日。

翻译

天生人民，必定有出类拔萃的人才兴起而作他们的君主首领，治理他们使争夺止息，引导他们使得以生存，教育他们使伦理分明，然后人道确立，天道安定，地道平静。尧舜以上，圣贤代代出现，应运而起，顺从风气所宜，不先于天来使人开化，各自按时代需要而施政。到了夏、商、周三王相继兴起，三代的礼仪制度已经具备，子月、丑月、寅月的作为正月，忠实、质朴、文采的递相崇尚，人道完备了，天运周全了。圣明的君主既不再出现，据有天下的人，就是想仿效古代的事迹，也是凭私心乱做而已。事情的荒谬，像秦朝甚至以亥月为正月；道理的乖戾，像汉代专门用心术和势力掌握天下；哪里还知道先王之道呢？孔子生在周朝末年，因为圣人不再出现，顺天应时的治理不再存在，于是著《春秋》，作为所有君主不可变易的大法。所谓"用三王的政治来考较而没有谬误，立于天地而不违背，询问鬼神而无可怀疑，等待百代以后的圣人来评论也不疑惑"。

以前的儒者评论说，孔子作《春秋》，子游、子夏不能赞一辞。言辞不需要赞助，是说他们不能参与这件事。这方面的事，只有颜子曾经听说过。"实行夏朝的历法，乘坐商朝的大车，戴周代的帽子，作乐就用《韶》舞"，这就是《春秋》的准则。后代以史书看待

《春秋》，说它褒善贬恶而已，至于经世致用的大法却不知道。《春秋》大旨有数十条，其意旨虽然博大，但像太阳星辰那样显明，容易看出。只有它的微妙的言辞、深奥的义理，因时制宜的办法才是难于了解的。或抑制或放开，或给予或剥夺，或前进或后退，或隐晦或明显，而做到合于义理，文质适中，宽猛适宜，是非公允，乃是处事的尺度，衡量道理的准则。

观察万物，然后认识造物主的神奇；聚集各种材料，然后知道建造房屋的作用。在一件事情、一个道理上想窥测到圣人的用心，不是特别聪明的人是不能做到的。所以学《春秋》的人，必须从容地潜心体会，心领神会，然后能了解其微妙之处。后代帝王懂得《春秋》的意旨，就虽然道德比不上大禹、商汤，也还可以效法三代的治理。

从秦朝以下，《春秋》之学失传。我悲叹圣人的心不能显扬于后世，因此作《传》来阐明它，使后代的人通晓《春秋》的文字而探求它的义理，懂得它的意旨而效法它的运用，那么三代就可以复兴了。这部《传》，虽然没能穷尽圣人的底蕴奥妙，希望学习的人能够由此入门。宋崇宁二年癸未四月二十七日，伊川程颐序。

四箴并序

箴(zhēn)是古代的一种文体,内容以规劝告诫为主,一般是四字韵文。程颐于宋仁宗嘉祐元年(1056),根据孔子提出的"非礼勿视,非礼勿听,非礼勿言,非礼勿动",撰成《四箴》,用以作为言行的规范。这是典型的封建道德说教,朱熹在《论语集注》中全部抄录了这四箴,并给予了高度评价。

颜渊问克己复礼之目[①],夫子曰[②]:"非礼勿视,非礼勿听,非礼勿言,非礼勿动。"四者身之用也,由乎中而应乎外,制于外所以养其中也。颜渊事斯语,所以进于圣人。后之学圣人者,宜服膺而勿失也。因箴以自警。

视箴

心兮本虚[③],应物无迹。操之有要,视为之则。蔽交于前[④],其中则迁。制之于外,以安其内。克己复礼,久而诚矣。

听箴

人有秉彝[⑤],本乎天性。知诱物化,遂亡其

正。卓彼先觉[6]，知止有定[7]。闲邪存诚[8]，非礼勿听。

言箴

人心之动，因言以宣。发禁躁妄[9]，内斯静专，矧是枢机[10]，兴戎出好[11]。吉凶荣辱，惟其所召。伤易则诞，伤烦则支。己肆物忤[12]，出悖来违[13]。非法不道，钦哉训辞[14]！

动箴

哲人知几[15]，诚之于思。志士励行，守之于为。顺理则裕，从欲惟危。造次克念，战兢自持。习与性成，圣贤同归。

---

① 克己复礼：孔子提出的儒家修养方法，要求约束自己的言行，以符合于“礼”。 ② 夫子：指孔子。 ③ 兮(xī)：助词，略等于“啊”。 ④ 蔽：毛病，这里指不好的事物，坏事。 ⑤ 秉：持，遵循。彝(yí)：常理。 ⑥ 卓：高明。先觉：先于众人而领悟的人，指古代圣哲。 ⑦ 知止：知道制止。有定：有定法。 ⑧ 闲：防闲，防备限制。 ⑨ 躁：急躁。妄：荒谬不合理。 ⑩ 枢机：事情的关键。 ⑪ 兴戎：指引起纠纷。出好：生出友好，导致和好。 ⑫ 肆：放肆。忤：违背。 ⑬ 出悖来违：指一举一动都牴牾而不顺利。 ⑭ 钦：慎重，敬。 ⑮ 几(jī)：同“机”，指事情变化的枢纽。

翻译

颜渊问克己复礼的条目，孔子说："非礼勿视，非礼勿听，非礼勿言，非礼勿动。"这四方面是身体的功用，出自内心而反映于外部动作，克制外部动作又是用以涵养自己的内心。颜渊实行这些话，所以进到圣人。后来学圣人的人，应该牢牢记住而不要忘了。于是作箴来警戒自己。

视箴

人心本是一片清虚，反映外物没有痕迹。保持善心要有方法，观看外物就是准则。外物蒙蔽纷纷在前，内心就会随之而迁。应当控制外部视观，以便保持内心安定。克制自己符合于礼，久而久之自然真诚。

听箴

人们能够遵守常规，这是出于他的天性。玩弄心计、外物诱惑，便不可能品行端正。古代圣哲远见卓识，知道制止方法早定。警惕邪恶保持真诚，不合于礼坚决不听。

言箴

人们心中一切活动，凭借言语加以表现。说话不急也不背理，内心平静专一不难。何况言语是个关键，引起纠纷导致友好。吉凶荣辱一切祸福，都是言语招惹来到。说话太简不免荒诞，说话太繁就会支蔓。不加约束必背事理，一举一动牴牾乖违。不合于礼闭口不言，牢牢记住圣人训辞！

动箴

哲人知道事物先机，保持真诚用于思维。有志之士持身严谨，坚守节操在于行为。顺理去做自然宽裕，放纵私欲危险伴随。仓促之间也要牢记，战战兢兢遵循正轨。习性本性尽善尽美，圣人贤人殊途同归。

答横渠先生书

这是程颐给张载的回信，作于神宗熙宁二年(1069)。张载(1020—1078)，字子厚，凤翔郿县(今陕西眉县)横渠镇人，北宋大理学家，“关学”学派创始人。横渠先生是他的号。张载哲学以“气”一元论作为基础，总体性质是唯物的。二程虽然吸收了张载的某些范畴和观点，但在根本上是否定张载哲学思想的。为此他们经常书信往来，反复辩难。这封回信，就反映了他们之间在学术上的分歧。

累书所论，病倦不能评说，试以鄙见道其略，幸不责其妄易。观吾叔之见[①]，至正而谨严。如“虚无即气则虚无”之语[②]，深探远赜，岂后世学者所尝虑及也？（然此语未能无过[③]）余所论，以大概气象言之，则有苦心极力之象，而无宽裕温厚之气。非明睿所照，而考索至此，故意屡偏而言多窒，小出入时有之。（明所照者，如目所睹，纤微尽识之矣。考索至者，如揣料于物，约见仿佛尔，能无差乎？[④]）更愿完养思虑，涵泳义理，他

日自当条畅。何日得拜见，当以来书为据，句句而论，字字而议，庶及精微。牵勉病躯，不能周悉。

---

① 叔：张载是程颐的表叔。 ② 则虚无：当作“则无无”。张载《正蒙·太和》：“知太虚即气，则无无。”张载认为所谓“虚无”就是物质性的“气”，因此没有虚无。 ③ 括号内是自注。 ④ 括号内为自注。

翻译

屡次来信所谈到的，因为生病疲倦，不能详细述说，试按自己的浅见大略说一说，希望不要责怪我的荒谬和轻率。表叔的见解，看起来极为正确和严谨。比如“虚无就是气，就没有虚无”的观点，探讨深入，哪里是后代学者所想到过的呢？(但这个话不能没有错)其余所谈到的，从大概景况来说，却有刻意追求的迹象，而没有宽裕温厚的韵味。不是智慧之光所照见，而是勉力考察求索才得到这种见解，所以心意常常偏颇，言语多有阻塞，小错误时常出现。(智慧照见的，就像眼睛所看到的，一丝一毫都能完全辨认出来。考索得到的，就像揣摸物体，只是大约见到一个仿佛的样子，能够没有差错吗?)愿你进一步调养心力，潜心领会义理，以后自然会顺畅。什么时候能够拜见，将用来信作为根据，句句讨论，字字评议，以期达到精深微妙。勉强支撑带病的身体，不能做到周密详尽。

答朱长文书

这是程颐给朱长文的回信。朱长文(1039—1098),字伯原,号乐圃,苏州吴县(今江苏苏州)人。少年举进士,以善于文辞闻名于京城,著述很多。后来担任秘书省正字。程颐在回信中针对朱长文信中的观点,谈了三个问题。一是对诗文的看法,作者认为与“理”相比,言语文章是不值一提的。就是韩愈、李白、杜甫的诗文,也不过如此。二是行“道”的人,不应该计较功名,如果计较,就是世人的私心。三是要评判古人的是非,必须心与“道”通,否则只能是臆测而不足取。这些看法涉及文质、公私、本末等问题,体现了程颐的理学思想。

相去之远,未知何日复为会合,人事固难前期也。中前奉书,以足下心虚气损,奉劝勿多作诗文。而见答之辞,乃曰:“为学上能探古先之陈迹,综群言之是非,欲其心通而默识之,固未能也。”又曰:“使后人见之,犹庶几曰不忘乎善也。苟不如是,诚惧没而无闻焉。此为学之末,宜兄之见责也。使吾日闻夫子之道而忘乎此,岂

不善哉？”（恐不记书中之言，故却录去[1]）此疑未得为至当之言也。某于朋友间其问不切者，未尝敢语也。以足下处疾，罕与人接，渴闻议论之益，故因此可论，而为吾弟尽其说，庶几有小补也。

向之云无多为文与诗者，非止为伤心气也，直以不当轻作尔。圣贤之言，不得已也。盖有是言，则是理明；无是言，则天下之理有厥焉。如彼耒耜陶冶之器[2]，一不制，则生人之道有不足矣。圣人之言，虽欲已，得乎？然其包涵尽天下之理，亦甚约也。后之人，始执卷，则以文章为先，平生所为，动多于圣人。然有之无所补，无之靡所阙，乃无用之赘言也。不止赘而已，既不得其要，则离真失正，反害于道必矣。诗之盛莫如唐，唐人善论文莫如韩愈[3]，愈之所称，独高李、杜[4]。二子之诗，存者千篇，皆吾弟所见也，可考而知矣。苟足下所作皆合于道，足以辅翼圣人，为教于后，乃圣贤事业，何得为学之末乎？某何敢以此奉责？

又言欲使后人见其不忘乎善。人能为合道之文者，知道者也。在知道者，所以为文之心，乃非区区惧其无闻于后，欲使后人见其不忘乎善而已。此乃世人之私心也。夫子“疾没世而名不称”焉者，疾没身无善可称云尔，非谓疾无名也。名者可以厉中人，君子所存，非所汲汲。

又云：“上能探古先之陈迹，综群言之是非，欲其心通默识，固未能也。”夫心通乎道，然后能辨是非，如持权衡以较轻重，孟子所谓知言是也[5]。揆之以道，则是非了然，不待精思而后见也。学者当以道为本。心不通乎道，而较古人之是非，犹不持权衡而酌轻重，竭其目力，劳其心智，虽使时中，亦古人所谓“亿则屡中”[6]，君子不贵也。

临纸遽书，不复思绎，故言无次序，多注改。勿讶辞过烦矣，理或未安，却请示下，足以当面话。

---

① 括号内是自注。 ② 耒耜（lěi sì）：古代的两种农具，泛指农具。陶冶：烧制陶器和冶炼金属。 ③ 韩愈：768—824，字退之，世称昌黎先生，唐邓州南阳（今河南南阳）人，文学家。其文笔力雄健，气势磅礴，成为一代宗师，世称“韩文”。 ④ 李：李白（701—762），字太白，号青莲居士，唐陇西成纪（今甘肃秦安）人。他是继屈原之后又

一伟大的浪漫主义诗人。杜：杜甫(712—770)，字子美，也称杜少陵、杜工部，唐襄阳(今湖北襄樊)人。是伟大的现实主义诗人，被称为“诗圣”，他的诗歌被称为“诗史”。 ⑤ 知言：根据言词察知其思想的是非得失。见《孟子·公孙丑上》。 ⑥ 亿：同“臆”，猜测。此句见《论语·先进》。

翻译

相隔很远，不知道什么时候再见面，人世间的事情确实难于预料。日前去信，因为你心力衰弱，中气不足，奉劝不要多作诗文。而回答我的话，却说：“做学问在上能够回过头去探寻古代先人们已成为过去的事迹，考究各家学说的是非，以期心中通晓而默默记住，我确实做不到。”又说：“让后代的人见到我的诗文，还可以说我没有忘记善。如果不这样，确实怕到死也默默无闻。这是学问的末流，兄长责备我是应该的。假如我能每天接触到孔子的学说而忘掉这些，岂不是很好吗？”(恐怕你不记得信中的话，所以再抄给你)这些恐怕不能算是很妥当的话。我对于朋友之间那些提问不切实的人，从来不敢回答。因为你在病中，很少和人接触，渴望听到有益的议论，所以可以谈论，便向你阐明我的看法，希望有小小的补益。

上次所说不要过多地作文章和诗的原因，不只是因为这样有伤心力元气，只是认为不应当轻易地写作。圣贤的话，是因为不得已才说的。因为有这个话，这个道理就明白；没有这个话，天下的道理就有所欠缺。比如耒耜陶冶之类的器具，只要不制造，人赖以生存的手段就不够了。圣人的话，就是想不说，能行吗？但这些话包含了天下所有的道理，也非常简约。后代的人，刚刚摸到书卷，就把文章放在首位，平生所作，动辄多于圣人。但有这些东西也没有补益，没有这些东西也无所欠缺，都是些没有用的废话。不仅仅是废话而已，既然不得要领，就必然背离真实，不合正理，反过来有害于道。诗歌的兴盛莫过于唐朝，唐朝人善于论文的莫过于韩愈，韩愈所称道的，只有李白、杜甫被认为最高超。这两个人的诗，现存的上千篇，都是你所看到的，可以考察而知道了。如果你所作的都合于道，能够辅助圣人，教育后代，就是圣贤的事业，怎么能说是学问的末流呢？我又怎么敢拿这个来责备你呢？

你又说想让后代的人看到自己没有忘记善。人能够作合于道的文章，他就是懂得道的人。对于懂得道的人来说，之所以要作文章的动机，并不是心胸狭窄地怕自己在后世默默无闻，想使后代的人看到自己没有忘记善而已。这是世俗之人的私心。孔子“讨厌到死而名声不被人家称述”的意思，是说讨厌到死都没有善行可以称道，不是讨厌没有名声。名可以激励中等人，君子的心中，是不会迫不及待地去追求的。

你又说：“在上能够回过头去探寻古代先人们已成为过去的事迹，考究各家学说的是非，以期心中通晓而默默记住，我确实做不到。”心通于道，然后能辨别是非，就像拿秤来称东西的轻重，孟子所说的“知言”就是这样。用道来衡量，就是非了然，不需要仔细思考后才弄明白。做学问的人应当以道为根本。心不通于道，却想评判古人的是非，就像没有秤却想称出轻重，用尽眼力，劳心费神，就算有时对了，也不过是古人所说的“屡次猜中”，君子是不看重的。

下笔匆忙，不能有条有理地思考，所以言语没有次序，多有批改的地方。不要诧异话太多了，如果道理不当，就请指点，足以面谈。

与吕大临论中书

这里选录的是程颐和吕大临往复辩论“中”的书信，全文今已不存，文集中所收也只是吕大临所记录的一部分残稿。吕大临(1040—1092)，字与叔，京兆蓝田(今属陕西)人，理学家。初学于张载，后师事二程，为“程门四先生”之一。“中”是儒家传统伦理思想，认为凡事要做到不偏不倚，无过不及。程颐在《上仁宗皇帝书》中自称“臣所学者，天下大中之道也”。在书信中，他论述了什么是“中”、“中”与“道”、“中”与“和”、“中”与“性”的关系问题，以及“性”“命”“道”的异同，对这一传统思想作了重要发挥。

大临云：中者道之所由出。

先生曰：“中者道之所由出”，此语有病。

大临云：谓“中者道之所由出，此语有病”，已悉所谕。但论其所同，不容更有二名；别而言之，亦不可混为一事。如所谓“天命之谓性，率性之谓道”，又曰“中者天下之大本，和者天下之达道”①，则性与道，大本与达道，岂有二乎?

先生曰：中即道也。若谓道出于中，则道在中外别为一物矣。所谓“论其所同，不容更有二名；别而言之，亦不可混为一事”，此语固无病；若谓性与道，大本与达道可混而为一，既未安。在天曰命，在人曰性，循性曰道。性也，命也，道也，各有所当。大本言其体，达道言其用，体用自殊，安得不为二乎？

大临云：既云“率性之谓道”，则循性而行莫非道。此非性中别有道也，中即性也。在天为命，在人为性，由中而出者莫非道，所以言“道之所由出”也，与“率性之谓道”之义同，亦非道中别有中也。

先生曰：“中即性也”，此语极未安。中也者，所以状性之体段（若谓性有体段亦不可，姑假此以明彼[2]），如称天圆地方，遂谓方圆即天地，可乎？方圆既不可谓之天地，则万物决非方圆之所出。如中既不可谓之性，则道何从称出于中？盖中之为义，无过不及而立名。若只以中为性，则中与性不合，与“率性之谓道”其义自异。性、道不可合一而言。中止可言体，而不可与性同德[3]。

又曰：观此义，谓不可与性同德，字亦未安。子居对以中者性之德[④]，却为近之。

又曰：不偏之谓中。道无不中，故以中形道。若谓道出于中，则天圆地方，谓方圆者天地所自出，可乎？

---

①“中者”二句：见《礼记·中庸》。和：儒家伦理思想，指人的感情表现出来都合乎礼法规范，达到和谐。达道：必由之路，常道。 ②括号内为自注。 ③德：品德，这里指性质。 ④子居：即吕义山，字子居，吕大临的哥哥吕大钧(1031—1082)的儿子。

翻译

大临说：中是道从中产生的东西。

先生说：“中是道从中产生的东西”，这个话有毛病。

大临说：说“中是道从中产生的东西，这个话有毛病”，您的教诲我已知道。但论事情的相同之处，不容许再有第二个名字；分别而言，也不可以混为一事。比如所谓“天赋予的叫作性，顺从本性叫作道”，又说“中是天下的根本，和是天下的常道”，那么性和道，根本和常道，难道有不同吗？

先生说：中就是道。如果说道产生于中，那么道在中之外另外是一个东西了。所谓“论事情的相同之处，不容许再有第二个名字；分别而言，也不可混为一事”，这个话当然没有毛病；但如果说性和道、根本和常道可以混而为一，就不妥。在天叫命，在人叫性，顺性叫道。性、命、道，各有适用的地方。“大本”说道的实体，“常道”说它的功用，体用自然不同，怎么能不分为两件事呢？

大临说：既说“顺性叫作道”，那么顺着本性而行动莫不是道。这不是性中另外有道，中就是性。在天是命，在人是性，从中而出的无非是道，所以说“道从中产生的东西”，和“顺性叫作道”的意思相同，也不是道中另外有中。

先生说：“中就是性”，这个话极不妥当。中，是用来形容性的态势（如果说性有态势也不可以，姑且借此来说明它），如称天圆地方，便说方圆就是天地，可以吗？方圆既然不可以叫作天地，那么万物决不是方圆产生出来的。如中既不可以叫作性，那么道凭什么称产生于中？中所具备的意义，是从没有过分和不及而得名。如果只把中当作性，那么中和性不合，与“顺性叫作道”其意义自然不同。性、道不可以混为一谈。中只可以说是性的体现，而不可以和性具有同样性质。

又说：看这个意思，说不可以与性具有同样性质，用语也不妥当。子居用“中是性的性质”来回答，倒是接近原意。

又说：不偏叫作中。道没有不中的，因此用中形容道。如果说道产生于中，那么天圆地方，说方圆是天地从中生出的东西，可以吗？

答杨时论西铭书

这是程颐和杨时讨论《西铭》的回信。杨时(1053—1135),字中立,号龟山先生,南剑州将乐(今属福建)人。他上为二程高弟,下授学于朱熹,在传播理学方面有很大影响。《西铭》原为北宋张载所著的《正蒙·乾称篇》的一部分,独立成篇后称《订顽》,程颐改称《西铭》,是宋代理学的重要文献。这篇答书借为《西铭》辩护,论述了"理一分殊"这一重要命题。作者认为,"理"只有一个,但其具体体现则不同。运用到道德伦理方面,就是既不能像墨子那样亲疏贵贱不分,爱无差等,又不能让"私心胜",而失掉"仁"这个理。这就把封建伦理道德规范上升到哲学的高度,又从哲学上论证了这种道德规范的合理性,为封建等级制度提供了理论依据。关于个别和一般的关系,周敦颐、张载等已多所论述。程颐对此作了进一步发挥,并集中表述为"理一分殊",因此朱熹赞扬他是"可谓一言以蔽之矣"。

前所寄史论十篇,其意甚正,才一观,便为人借去,俟更子细看。《西铭》之论,则未然。横渠立言[①],诚有过者,乃在《正蒙》[②]。《西铭》

之为书，推理以存义，扩前圣所未发，与孟子性善、养气之论同功，（二者亦前圣所未发[3]）岂墨氏之比哉[4]？《西铭》明理一而分殊，墨氏则二本而无分[5]。（老幼及人，理一也。爱无差等，本二也[6]）分殊之蔽，私胜而失仁；无分之罪，兼爱而无义。分立而推理一，以止私胜之流，仁之方也。无别而迷兼爱，至于无父之极，义之贼也。子比而同之，过矣。且谓"言体而不及用"，彼欲使人推而行之，本为用也，反谓"不及"，不亦异乎！

---

① 横渠：张载的号。 ②《正蒙》：张载著，共九卷，十七篇。书中主要论述以"气一元论"为中心的哲学思想，是张载的代表作。 ③ 括号内为自注。 ④ 墨氏：指墨子。 ⑤ 理一而分（fèn）殊：道理一个，名分不同。见朱熹《西铭注》。二本：两个本根。儒家认为人由父母而生；代代相传，只这一条根；墨子把路人当父母，是两条根。无分（fèn）：指墨子爱无差等的主张，即"兼爱"。 ⑥ 括号内为自注。老幼：尊老爱幼，作动词用。

翻译

先前所寄史论十篇，其用意很正，才看一遍，便被人借去，等以后再仔细看。关于《西铭》的论述，却不对。横渠立说，确实有错误的，是在于《正蒙》。《西铭》这篇著作，推究道理以坚持义，发挥前代圣人所没有揭示的道理，和孟子性善、养气的论述有同等功劳（这两点也是前代圣人所没有揭示的），哪里是墨子所能比的呢！《西铭》阐明理只有一个，名分有不同，墨子却主张两个本根而没有分别（尊老爱幼推及他人，是一个理；爱无差别等级，是两个本根）。名分不同的弊病，是私心胜而失掉仁；没有分别的罪过，是兼爱而没有义。名分确立而推究一个理，来遏制私心胜的流弊，是实行仁的方法；没有差别而迷惑于兼爱，走到没有父亲的极端，是义的大敌。你把二者相比而等同起来，这就错了。而且你说《西铭》"说实体而没有涉及功用"，张横渠想让人推行，本身就是为了用，你反而说"没有涉及"，不是很奇怪吗！

答张闳中书

这是程颐给他的门人张闳中的回信，信中借谈论《周易》阐明他的唯心主义理学思想。作者认为，“理”无形体，属于“形而上”；“象”指卦爻的形状和位置，也指万事万物的形状象貌；“数”是有“象”之后才产生的。“象”“数”都是物质性的，属“形而下”。“有理而后有象，有象而后有数”，实际上已勾画出程颐的精神决定物质的唯心主义哲学构架。

《易传》未传[①]，自量精力未衰，尚觊有少进尔[②]。然亦不必直待身后，觉耄则传矣[③]。书虽未出，学未尝不传也，第患无受之者尔[④]。

来书云：《易》之义本起于数。谓义起于数则非也。有理而后有象，有象而后有数[⑤]。《易》因象以明理，由象而知数。得其义，则象、数在其中矣。必欲穷象之隐微，尽数之毫忽，乃寻流逐末，术家之所尚，非儒者之所务也。管辂、郭璞之徒是也[⑥]。

理无形也，故因象以明理。理既见乎辞矣[⑦]，

则可由辞以观象。故曰得其义，则象、数在其中矣。

①《易传》：即《周易程氏传》，也称《伊川易传》，是程颐对《周易》经文所作的注解，共四卷。 ② 觊（jì）：希望。 ③ 耄（mào）：指八九十岁的年纪，泛指老年。 ④ 第：只。 ⑤ 象：指六十四卦的形状。数：指卦爻的位置和数量关系。这里也泛指事物的形象和数量关系。 ⑥ 管辂（lù）：208—256，字公明，三国魏平原（今山东平原）人。他精通《周易》，善于卜筮，相传所占无不应。郭璞（pú）：276—324，字景纯，东晋河东闻喜（今属山西）人，文学家、训诂学家。他还精通五行天文卜筮之术，相传能消灾。 ⑦ 辞：指解释《周易》的文词，如卦辞、爻辞等。

翻译

《易传》没有流传，自己估量精力没有衰竭，还希望有一点改进。但也不必非要等到身后，觉得老了就让它流传了。书虽然没有外传，学问从来没有不传授，只怕没有接受它的人罢了。

来信说：《周易》的义理本来产生于数。说义理产生于数就错了。有理而后有象，有象而后有数。《周易》凭借象来展示理，由象而了解数。懂得《周易》的义理，那么象、数就在其中了。一定要穷尽象的奥妙，穷尽数的一丝一毫，是弃源寻流，舍本求末，这是方术家所崇尚的，不是儒家学者所从事的。管辂、郭璞之流就是这样。

理没有形体，所以依靠象来说明理。理已经表现于卦辞、爻辞了，便可以通过卦辞、爻辞来观察象。所以说懂得《周易》的义理，那么象、数就在其中了。

明道先生行状

这是程颐在程颢去世一个多月后为他所作的行状。行状是记述死者世系、籍贯、事迹的文字，一般篇幅较大，记述较详。本行状的前半部分详尽叙述程颢一生的事迹，后半部分从各个方面对死者作了简要的评价。其中，当然也有一些谀美之词，但这篇行状仍然是研究程颢不可或缺的重要材料之一。

曾祖希振，任尚书虞部员外郎①；妣，高密县君崔氏②。祖遹，赠开府仪同三司、吏部尚书③；妣，孝感县太君张氏，长安县太君张氏。父珦，见任太中大夫致仕④；母，寿安县君侯氏。先生名颢，字伯淳，姓程氏。其先曰乔伯，为周大司马⑤，封于程⑥，后遂以为氏。先生五世而上，居中山之博野⑦。高祖赠太子少师⑧，讳羽，太宗朝以辅翊功显⑨，赐第于京师，居再世。曾祖而下，葬河南，今为河南人。

先生生而神气秀爽，异于常儿。未能言，叔祖母任氏太君抱之行，不觉钗坠，后数日方求之。

先生以手指示，随其所指而往，果得钗，人皆惊异。数岁，诵诗书，强记过人。十岁能为诗赋。十二三时，群居庠序中，如老成人，见者无不爱重。故户部侍郎彭公思永谢客到学舍[10]，一见异之，许妻以女。

逾冠，中进士第，调京兆府鄠县主簿[11]。令以其年少，未知之。民有借其兄宅以居者，发地中藏钱。兄之子诉曰："父所藏也。"令曰："此无证佐，何以决之？"先生曰："此易辨尔。"问兄之子曰："尔父藏钱几何时矣？"曰："四十年矣。""彼借宅居几何时矣？"曰："二十年矣。"即遣吏取钱十千视之，谓借宅者曰："今官所铸钱，不五六年即遍天下。此钱皆尔未居前数十年所铸，何也？"其人遂服。令大奇之。

南山僧舍有石佛，岁传其首放光，远近男女聚观，昼夜杂处，为政者畏其神，莫敢禁止。先生始至，诘其僧曰："吾闻石佛岁现光，有诸？"曰："然。"戒曰："俟复见，必先白吾，职事不能往，当取其首就观之。"自是不复有光矣。府境水害，仓卒兴役，诸邑率皆狼狈。惟先生所部，饮食茇舍无不安便[12]。时盛暑，泄利大行，死亡甚众，独鄂人无死者。所至治役，人不劳而事集。尝谓人曰：“吾之董役，乃治军法也。”

当路者欲荐之，多问所欲。先生曰：“荐士当以才之所堪，不当问所欲。”再期，以避亲罢[13]，再调江宁府上元县主簿[14]。田税不均，比他邑尤甚。盖近府美田，为贵家富室以厚价薄其税而买之，小民苟一时之利，久则不胜其弊。先生为令画法，民不知扰，而一邑尤均。其始，富者不便，多为浮论，欲摇止其事，既而无一人敢不服者。后诸路行均税法，邑官不足，益以他官，经岁历时，文案山积，而尚有诉不均者。计其力，比上元不啻千百矣。

会令罢去，先生摄邑事。上元剧邑，诉讼日不下二百。为政者疲于省览，奚暇及治道！先生处之有方，不阅月，民讼遂简。江南稻田，赖陂塘以溉。盛夏塘堤大决，计非千夫不可塞。法当言之府，府禀于漕司[15]，然后计功调役，非月余不能兴作。先生曰：“比如是，苗槁久矣，民将何食？救民获罪，所不辞也。”遂发民塞之，岁则大熟。

江宁当水运之冲，舟卒病者则留之，为营以

处，曰小营子，岁不下数百人，至者辄死。先生察其由，盖既留然后请于府，给券乃得食，比有司文具，则困于饥已数日矣。先生白漕司，给米贮营中，至者与之食，自是生全者大半。措置于纤微之间，而人已受赐，如此之比，所至多矣。先生常云："一命之士[16]，苟存心于爱物，于人必有所济。"

仁宗登遐，遗制官吏成服，三日而除。三日之朝，府尹率群官将释服[17]。先生进曰："三日除服，遗诏所命，莫敢违也。请尽今日。若朝而除之，所服止二日尔。"尹怒，不从。先生曰："公自除之，某非至夜不敢释也。"一府相视，无敢除者。

茅山有龙池[18]，其龙如蜴蜥而五色。祥符中，中使取二龙，至中途，中使奏一龙飞空而去。自昔严奉以为神物。先生尝捕而脯之[19]，使人不惑。其始至邑，见人持竿道旁，以粘飞鸟，取其竿折之，教之使勿为。及罢官，舣舟郊外[20]，有数人共语，自主簿折粘竿，乡民子弟不敢畜禽鸟。不严而令行，大率如此。

再期，就移泽州晋城令[21]。泽人淳厚，尤服先生教命。民以事至邑者，必告之以孝弟忠信，入所以事父兄，出所以事长上。度乡村远近为伍保[22]，使之力役相助，患难相恤，而奸伪无所容。凡孤茕残废者[23]，责之亲戚乡党，使无失所。行旅出于其途者，疾病皆有所养。诸乡皆有校，暇时亲至，召父老而与之语。儿童所读书，亲为正句读。教者不善，则为易置。俗始甚野，不知为学。先生择子弟之秀者，聚而教之。去邑才十余年，而服儒服者盖数百人矣。

乡民为社会，为立科条，旌别善恶，使有劝有耻。邑几万室，三年之间，无强盗及斗死者。秩满，代者且至，吏夜叩门，称有杀人者。先生曰："吾邑安有此？诚有之，必某村某人也。"问之果然。家人惊异，问何以知之，曰："吾常疑此人恶少之弗革者也。"

河东财赋窘迫，官所科买，岁为民患。虽至贱之物，至官取之，则其价翔踊，多者至数十倍。先生常度所需，使富家预储，定其价而出之。富室不失倍息，而乡民所费，比常岁十不过二三。民税常移近边，载往则道远，就籴则价高。先生择富民之可任者，预使购粟边郡，所费大省，民力用纾。县库有杂纳钱数百千[24]，常借以补助民力。部使者至，则告之曰："此钱令自用而不敢私，请一切不问。"使者屡更，无不从者。先时民惮差役，役及则互相纠诉，乡邻遂为仇雠。先生尽知民产厚薄，第其先后，按籍而命之，无有辞者。

河东义勇[25]，农隙则教以武事，然应文备数而已。先生至，晋城之民遂为精兵。晋俗尚焚尸，虽孝子慈孙，习以为安。先生教谕禁止，民始信之。而先生去后，郡官有母死者，惮于远致，以投烈火，愚俗视效，先生之教遂废，识者恨之。先生为令，视民如子。欲辨事者，或不持牒，径至庭下，陈其所以。先生从容告语，谆谆不倦。在邑三年，百姓爱之如父母。去之日，哭声振野。

用荐者，改著作佐郎[26]。寻以御史中丞吕公公著荐[27]，授太子中允[28]，权监察御史里行[29]。神宗素知先生名[30]，召对之日，从容咨访。比二三见，遂期以大用，每将退，必曰："频求对来，欲常相见尔。"一日，论议甚久，日官报午正[31]，先生遽求退。庭中中人相谓曰[32]："御史不知上未食邪？"前后进说甚多，大要以正心窒欲，求贤育材为先。先生不饰辞辨，独以诚意感动人主。神宗尝使推择人才，先生所荐者数十人，而以父表弟张载暨弟颐为首。所上章疏，子侄不得窥其稿。尝言，人主当防未萌之欲。神宗俯身拱手曰：“当为卿戒之。”及因论人才，曰：“陛下奈何轻天下士？”神宗曰：“朕何敢如是？”言之至于再三。

时王荆公安石日益信用[33]，先生每进见，必为神宗陈君道以至诚仁爱为本，未尝及功利。神宗始疑其迂，而礼貌不衰。尝极陈治道，神宗曰：“此尧舜之事，朕何敢当？”先生愀然曰[34]：“陛下此言，非天下之福也。”荆公浸行其说，先生意多不合，事出必论列，数月之间，章数十上。尤极论者，辅臣不同心，小臣与大计，公论不行，青苗取息，卖祠部牒[35]，差提举官多非其人及不经封驳[36]，京东转运司剥民希宠不加黜责，兴利之臣日进，尚德之风浸衰等十余事。荆公与先生虽道不同，而尝谓先生忠信。先生每与论事，心平气和，荆公多为之动。而言路好直者，必欲力攻取胜，由是与言者为敌矣。

先生言既不行，恳求外补，神宗犹重其去，上章及面请至十数，不许，遂阖门待罪。神宗将黜诸言者，命执政除先生监司[37]，差权发遣京西路提点刑狱[38]。复上章曰："臣言是，愿行之。如其妄言，当赐显责。请罪而获迁，刑赏混矣。"累请得罢。既而神宗手批，暴白同列之罪，独于先生无责。

改差签书镇宁军节度判官事[39]。为守者严刻多忌[40]，通判而下[41]，莫敢与辩事。始意先生尝任台宪[42]，必不尽力职事，而又虑其慢己。既而先生事之甚恭，虽筦库细务，无不尽心，事小未安，必与之辨，遂无不从者，相与甚欢。屡平反重狱，得不死者前后盖十数。

河清卒于法不他役[43]。时中人程昉为外都水丞[44]，怙势，蔑视州郡，欲尽取诸埽兵治二股河[45]，先生以法拒之。昉请于朝，命以八百人与之。天方大寒，昉肆其虐，众逃而归。州官晨集城门，吏报河清兵溃归，将入城。众官相视，畏昉，欲弗纳。先生曰："此逃死自归，弗纳必为乱。昉有言，某自当之。"即亲往，开门抚谕，约归休三日复役，众欢呼而入。具以事上闻，得不复遣。后昉奏事过州，见先生，言甘而气慑，既而扬言于众曰："澶卒之溃[46]，乃程中允诱之，吾必诉于上。"同列以告，先生笑曰："彼方惮我，何能尔也？"果不敢言。

会曹村埽决[47]，时先生方救护小吴[48]，相去百里。州帅刘公涣以事急告[49]，先生一夜驰至。帅俟于河桥，先生谓帅曰："曹村决，京城可虞。臣子之分，身可塞亦为之。请尽以厢兵见付[50]，事或不集，公当亲率禁兵以继之。"[51]帅义烈士，遂以本镇印授先生，曰："君自用之。"先生得印，不暇入城省亲，径走决堤，谕士卒曰："朝廷养尔辈，正为缓急尔。尔知曹村决则注京城乎？吾以尔曹以身捍之！"众皆感激自效。论者皆以为势不可塞，徒劳人尔。先生命善泅者衔细绳以渡，决口水方奔注，达者百一，卒能引大索以济众，两岸并进，昼夜不息，数日而合。其将合也，有大木自中流而下，先生顾谓众曰："得彼巨木横流入口，则吾事济矣。"语才已，木遂横，众以为至诚所致。其后曹村之下复决，遂久不塞，数路困扰，大为朝廷忧。人以为，使先生在职，安有是也？

郊祀霈恩[52]，先生曰："吾罪滌矣，可以去矣。"遂求监局[53]，以便亲养，得罢归。自是丑正者竞扬避新法之说。岁余，得监西京洛河竹木务[54]。荐者言其未尝叙年劳[55]，丐迁秩，特改太常丞[56]。神宗犹念先生，会修《三经义》[57]，尝语执政曰[58]："程某可用。"执政不对。又尝有登对者自洛至，问曰："程某在彼否？"连言佳士。其后彗星见翼轸间[59]，诏求直言，先生应诏论朝政极切。还朝，执政屡进拟，神宗皆不许。既而手批与府界知县，差知扶沟县事[60]。先生诣执政，复求监当[61]，执政谕以上意不可改也。数月，右府同荐[62]，除判武学[63]。新进者言其新法之初，首为异论，罢复旧任。

先生为治，专尚宽厚，以教化为先，虽若甚迂，而民实风动。扶沟素多盗，虽乐岁，强盗不减十余发。先生在官，无强盗者几一年。广济蔡河出县境，濒河不逞之民，不复治生业，专以胁取舟人物为事，岁必焚舟十数以立威。先生始至，捕得一人，使引其类，得数十人，不复根治旧恶，分地而处之，使以挽舟为业，且察为恶者。自是邑境无焚舟之患。

畿邑田税重[64]，朝廷岁常蠲除以为惠泽。然而良善之民惮督责而先输，逋负获除者皆顽民也[65]。先生为约，前料获免者[66]，今必如期而足，于是惠泽始均。司农建言[67]，天下输役钱，达户四等[68]，而畿内独止第三，请亦及第四。先生力陈不可，司农奏其议，谓必获罪，而神宗是之，畿邑皆得免。

先生为政，常权谷价，不使至甚贵甚贱。会大旱，麦苗且枯。先生教人掘井以溉，一井不过数工，而所灌数亩，阖境赖焉。水灾民饥，先生请发粟贷之，邻邑亦请。司农怒，遣使阅实。使至邻邑，而令遽自陈谷且登，无贷可也。使至，谓先生盍亦自陈，先生不肯，使者遂言不当贷。先生力言民饥，请贷不已，遂得谷六千石，饥者用济。而司农益怒，视贷籍户同等而所贷不等，檄县杖主吏。先生言，济饥当以口之众寡，不当以户之高下，且令实为之，非吏罪，乃得已。

内侍都知王中正巡阅保甲[69]，权宠至盛，所至凌慢县官，诸邑供帐，意务华鲜，以悦奉之。主吏以请，先生曰："吾邑贫，安能效他邑？且取于民，法所禁也。今有故青帐，可用之。"先生在邑岁余，中正往来境上，卒不入。

邻邑有冤诉府，愿得先生决之者，前后五六。有犯小盗者，先生谓曰："汝能改行，吾薄汝罪。"盗叩首愿自新。后数月，复穿窬[70]，捕吏及门，盗告其妻曰："我与大丞约[71]，不复为盗，今何面目见之邪？"遂自经。

官制改，除奉议郎[72]。朝廷遣官括牧地，民田当没者千顷，往往持累世契券以自明，皆弗用。诸邑已定，而扶沟民独不服。遂有朝旨，改税作租，不复加益，及听卖易如私田。民既倦于追呼，又得不加赋，乃皆服。先生以为不可，括地官至，谓先生曰："民愿服而君不许，何也？"先生曰："民徒知今日不加赋，而不知后日增租夺田，则失业无以生矣。"因为言仁厚之道。其人感动，谢曰："宁受责，不敢违公。"遂去之他邑。不逾月，先生罢去。其人复至，谓摄令者曰："程奉议去矣，尔复何悖而敢稽违朝旨？"督责甚急，数日而事集。

邻邑民犯盗，系县狱而逸，既又遇赦，先生坐是以特旨罢。邑人知先生且罢，诣府及司农丐留者千数。去之日，不使人知，老稚数百，追及境上，攀挽号泣，遣之不去。

以亲老，求近乡监局，得监汝州酒税[73]。今上嗣位[74]，覃恩[75]，改承议郎[76]。先生虽小官，贤士大夫视其进退，以卜兴衰。圣政方新[77]，贤德登进，先生特为时望所属，召为宗正寺丞[78]。未行，以疾终，元丰八年六月十五日也，享年五十有四。士大夫识与不识，莫不哀伤，为朝廷生民恨惜。

先生资禀既异，而充养有道，纯粹如精金，温润如良玉，宽而有制，和而不流，忠诚贯于金石，孝弟通于神明。视其色，其接物也，如春阳之温；听其言，其入人也，如时雨之润。胸怀洞然，彻视无间。测其蕴，则浩乎若沧溟之无际；极其德，美言盖不足以形容。

先生行己，内主于敬[79]，而行之以恕[80]；见善若出于己，不欲勿施于人[81]；居广居而行大道，言有物而动有常。

先生为学，自十五六时，闻汝南周茂叔论道[82]，遂厌科举之业，慨然有求道之志。未知其要，泛滥于诸家，出入于老、释者几十年[83]，返求诸《六经》而后得之[84]。明于庶物，察于人伦。知尽性至命，必本于孝悌；穷神知化，由通于礼乐。辨异端似是之非，开百代未明之惑，秦、汉而下，未有臻斯理也。谓孟子没而圣学不传，以兴起斯文为己任[85]。其言曰："道之不明，异端害之也。昔之害近而易知，今之害深而难辨。昔之惑人也，乘其迷暗；今之入人也，因其高明。自谓之穷神知化，而不足以开物成务；言为无不周遍，实则外于伦理；穷深极微，而不可以入尧舜之道。天下之学，非浅陋固滞，则必入于此。自道之不明也，邪诞妖异之说竞起，涂生民之耳目，溺天下于污浊，虽高才明智，胶于见闻，醉生梦死，不自觉也。是皆正路之蓁芜[86]，圣门之蔽塞，辟之而后可以入道。”

先生进将觉斯人，退将明之书，不幸早世，皆未及也。其辨析精微，稍见于世者，学者之所传尔。先生之门，学者多矣。先生之言，平易易知，贤愚皆获其益，如群饮于河，各充其量。

先生教人，自致知至于知止，诚意至于平天下，洒扫应对至于穷理尽性，循循有序，病世之学者舍近而趋远，处下而窥高，所以轻自大而卒无得也。

先生接物，辨而不间，感而能通。教人而人易从，怒人而人不怨，贤愚善恶咸得其心，狡伪者献其诚，暴慢者致其恭，闻风者诚服，觌德者心醉[87]。虽小人以趋向之异，顾于利害，时见排斥，退而省其私，未有不以先生为君子也。

先生为政，治恶以宽，处烦而裕。当法令繁密之际，未尝从众，为应文逃责之事。人皆病于拘碍，而先生处之绰然；众忧以为甚难，而先生为之沛然。虽当仓卒，不动声色。方监司竞为严急之时，其待先生，率皆宽厚，设施之际，有所赖焉。先生所为纲条法度，人可效而为也。至其道之而从，动之而和，不求物而物应，未施信而民信，则人不可及也。

彭夫人封仁和县君[88]，严正有礼，事舅以孝称，善睦其族，先一年卒。子曰端懿，蔡州汝阳县主簿[89]；曰端本，治进士业。女适假承务郎朱纯之[90]。卜以今年十月乙酉，葬于伊川先茔。谨书家世行业及历官行事之大概，以求志于作者。谨状。元丰八年八月日，弟颐状。

---

① 尚书：指尚书省，封建国家的最高行政机构。虞部：尚书省所属工部的下属机构之一，掌管山泽、苑囿、场冶等事务。员外郎：各司的次官。北宋前期，此类官为“寄禄官”，不是实职。 ② 县君：妇女的封号。 ③ 开府仪同三司：唐宋文散官的最高官阶，一品。吏部：尚书省下属六部之一，掌管官吏选任。尚书：六部的负责人。 ④ 太中大夫：北宋前期为四品上阶的文散官。 ⑤ 大司马：掌管军政的大臣。 ⑥ 程：古邑名，在今陕西咸阳东。 ⑦ 中山之博野：中山郡之博野县，今河北蠡县。 ⑧ 太子少师：辅导太子的高级官员，也用作封赠。 ⑨ 翊（yì）：辅佐。 ⑩ 户部：尚书省下属六部之一。侍郎：六部的副长官。彭思永：1000—1070，字季长，庐陵（今江西吉安）人。 ⑪ 京兆府鄠（hù）县：今陕西户县。 ⑫ 茇（bá）舍：草屋。⑬ 避亲：宋代任命官员亲属做官有一定的回避制度，这里指回避程珦。 ⑭ 江宁府上元县：其地今属江苏南京。 ⑮ 漕司：即转运

司。 ⑯ 命：官阶。周朝官员从一命到九命，一命是最低一级的官。 ⑰ 府尹：掌管一府的行政负责人。 ⑱ 茅山：在江苏省句容市，为道教胜地。 ⑲ 脯（fǔ）：晾成肉干。 ⑳ 舣（yǐ）：使船靠岸。 ㉑ 泽州晋城：今山西晋城。 ㉒ 伍保：指民间基层户籍编制。 ㉓ 茕（qióng）：孤独。 ㉔ 杂纳钱：除正税以外，以各种名目征收的捐税钱。 ㉕ 义勇：地方民兵。 ㉖ 著作佐郎：史官名，辅助修史书、日历等。 ㉗ 御史中丞：监察机构御史台的负责人，是宰相以下的要职。吕公著：1018—1089，字晦叔，寿州（今安徽凤台）人，仕至宰相，王安石新法主要反对者之一。 ㉘ 太子中允：太子的属官，宋代多用以标志官阶。 ㉙ 监察御史里行：地位略低于监察御史的监察官。 ㉚ 神宗：即赵顼（1048—1085），英宗的儿子，在位十八年，积极支持王安石变法，内政外交多所改革。 ㉛ 日官：史官之一，掌管天文、历法等方面的事。 ㉜ 中人：指宫内太监、宦官等。 ㉝ 王荆公安石：王安石（1021—1086），字介甫，号半山，抚州临川（今江西抚州）人，封荆国公。神宗时任宰相，积极推行新政，史称“王安石变法”。 ㉞ 愀（qiǎo）然：不愉快的样子。 ㉟ 祠部：尚书礼部下属机构，掌管祭祀、祠庙、医药、释道等事务。牒：即度牒，官府发给僧人道士证明其身份的凭证。宋时度牒可以出售。 ㊱ 封驳：对认为不妥当的诏令加封驳还。 ㊲ 除：任官。监司：各路转运使、提点刑狱等官统称监司。 ㊳ 权发遣：宋代对资格低而任职高的官员所加的一种名目，意思是“暂时派遣”。神宗时任官多加“权发遣”名目。京西路：北宋至道十五路之一，辖境包括今河南、安徽、陕西、湖北部分地区，治所在今洛阳市。提点刑狱：各路提点刑狱司的长官，主管刑法、监督官吏等事务。 ㊴ 镇宁军：澶州（今河南濮阳），为镇宁军节度使的节镇。此种州称为节度州。节度判官:节度州的判官,掌审判案件。由京官以上充任州府判官叫签书判官厅公事。 ㊵ 守:指澶州的知州。 ㊶ 通判:即通判州事,是知州的副手。 ㊷ 台宪:指御史台的监察官。 ㊸ 河清卒:专门负责治理黄河的士兵。 ㊹ 程昉:开封(今属河南)人。熙宁初,受王安石之命治水利。外都水丞:即外都水监丞,在外掌管河梁水利的官员。外都水监官署在澶州。 ㊺ 埽(sào):护岸和堵水的工事。二股河:古时黄河的一支,宋时流经今河南北部濮阳一带。 ㊻ 澶(chán):指澶州,今河南北部,州治在今河南濮阳。当时外都水监设在这里。 ㊼ 曹村:在今河南濮阳西。 ㊽ 小吴:即小吴埽,也在今濮阳西。 ㊾ 州帅:驻州的统兵主将,这里指镇宁军节度观察留后。刘涣:保州保塞(今河北保定市清苑区)人。历官至镇宁军节度观察留后。《宋史》卷324有传。 ㊿ 厢兵:各州从民间招募,留驻地方的非正规军,供劳役,不作战。 (51) 禁兵:北宋的正规军。这里指驻州的正规军。 (52) 郊祀:古代在京城郊外祭天或祭地的一种典礼。霈(pèi)恩:普遍给予臣民加官赏赐等恩惠。 (53) 监局:监督某一政府机构的工作。 (54) 西京:北宋都开封,称东京,以洛阳为西京。洛河:黄河支流,在河南省西部。竹木务:掌管竹木贸易税收的机构。 (55) 年劳:官员任官的年数及劳绩。 (56) 太常丞:太常寺属官,协助太常卿掌管礼仪事务。 (57)《三经义》:即《三经新义》,三经指《尚书》《诗经》《周官》。王安石主持修撰,作为推行新法的理论根据。 (58) 执政:指王安石等。 (59) 翼、轸(zhěn):都是星宿名,分别为二十八宿中南方朱鸟七宿的第六、七宿。 (60) 扶沟:今河南扶沟。 (61) 监当:宋代掌管茶盐酒税场务及冶铸事务的官员总称监当官。 (62) 右府:即掌管军政事务的枢密院。 ⑬ 判:以高官兼任较低的职事。武学:朝廷设立的学习军事的学校。 ⑭ 畿(jī):指京畿,国都及其附近的地区。⑮ 逋(bū):拖欠。 ⑯ 料:量词,以若干数目为一单位叫一料。⑰ 司农:指司农寺,掌粮储、仓廪等事务,熙宁中推行新法,凡青苗、免役、农田水利、保甲等法均由司农寺主持推行。 ⑱ 四等:北宋按贫富程度把纳税户分为五等,四、五等为贫困户。 ⑲ 内侍都知:掌宫廷杂役的机构内侍省的主管宦官。王中正:1029—1099,字希烈,开封(今属河南)人,有战功。保甲:宋代乡兵组织和乡村基层组织,十家为一保。 ⑳ 窬(yú):翻墙。 ㉑ 大丞:程颢此时的官位是太常丞,因此尊称"大丞"。 ㉒ 奉议郎:元丰三年改革官制后的文臣阶官之一。 ㉓ 汝州:在今河南北汝河、沙河流域,治梁县(今河南汝州)。 ㉔ 今上:指宋哲宗(1077—1100)赵煦。哲宗于元丰八年三月即位,在位十六年。 ㉕ 覃恩:朝廷有大庆典时,皇帝对臣下普遍进行封赠、赏赐、赦免等。 ㉖ 承议郎:文臣阶官之一。 ㉗ 圣政方新:指哲宗前期,太后执政,废弃神宗新法。 ㉘ 宗正寺丞:宗正寺属官,协助掌管陵庙祭祀和皇族名籍等事。 ㉙ 主于敬:宋代理学家修养方法,指专一。 ㉚ 恕:儒家伦理思想,就是要将心比己。 ㉛ 不欲勿施于人:语出《论语·卫灵公》:"己所不欲,勿施于人。" ㉜ 汝南:今属河南。周茂叔:周敦颐(1017—1073),字茂叔,号濂溪,道州营道(今湖南道县)人,北宋大理学家。 ㉝ 老:老子,指道家。释:佛家。 ㉞《六经》:《周易》《尚书》《诗经》《礼经》《乐经》《春秋》。 ㉟ 斯文:指儒家的礼乐教化。 ㊱ 蓁芜(zhēn wú):乱草丛生的样子。 ㊲ 觌(dí):见。 ㊳ 彭夫人:程颢的夫人,彭思永的第三个女儿。仁和:今浙江杭州。 ㊴ 蔡州汝阳县:今河南汝南。　⑩ 假承务郎：暂时任命的承务郎。承务郎是文臣阶官之一。

翻译

曾祖父程希振，任尚书虞部员外郎；曾祖母，高密县君崔氏。祖父程遹，追赠开府仪同三司、吏部尚书；祖母，孝感县太君张氏，长安县太君张氏。父亲程珦，现任太中大夫退休；母亲，寿安县君侯氏。先生名颢，字伯淳，姓程。程氏的祖先叫作乔伯，是周朝的大司马，封在程这个地方，以后便用它作为姓氏。先生五世以上，居住在中山郡的博野县。高祖父赠官太子少师，名羽，太宗朝因为辅助皇上功劳显赫，在京城赐给住宅，在那里住了两代。曾祖父以下，死后葬在河南，现在是河南人。

先生一生下来就神气清朗，和一般孩子不同。还不会说话的时候，叔祖母任氏太君抱着他在路上走，不小心把钗掉在地上，过了好几天才想起去找。先生用手指出掉东西的地方，随着他指的方向去找，果然把钗找到了，人们都觉得很惊奇。几岁的时候，就开始诵读诗书，强记过人。到十岁，就能写作诗文了。十二三岁时，和学生们一起住在学校里，像成年人一样，看到他的人没有不喜爱看重的。已故户部侍郎彭思永先生因为谢客来到学校，一见先生就觉得他不凡，于是答应把女儿嫁给他。

二十出头，考上了进士，调任京兆府鄠县的主簿。县令因为先生很年轻，对他并没有印象。有个老百姓借他哥哥的住宅居住，把地下埋藏的钱挖出来了。他哥哥的儿子上诉说："这是父亲埋藏的。"县令说："这件事又没有凭证，怎么断决？"先生说："这个很容易弄明白。"于是问哥哥的儿子说："你父亲埋藏钱多久了？"答道："四十年了。""你叔叔借房子住有多久了？"答道："二十年了。"于是就派吏人拿一万枚铜钱来看，对借房子的人说："现在公家铸造的钱，不到五六年就遍布天下。这些钱都是你没有住这个房子以前几十年铸造的，这是为什么？"那人只好承认了。县令对此大为惊奇。

南山佛寺有一尊石佛，相传它的头部每年都要放光，远近男女聚集观看，昼夜混在一起，当官的怕触犯神灵，没有人敢禁止。先生刚到的时候，问寺里的僧人说："我听说石佛每年放光，有这回事吗？"答道："有。"先生吩咐说："等再放光的时候，必须先告诉我，如果公务繁忙不能前去观看，我就要把它的头取来就近观看。"从此以后，石佛不再放光了。府境遇到水灾，仓促兴建水利工程，各县都狼狈不堪。只有先生管辖的地区，生活食宿都很稳定方便。当时正是酷暑的时候，痢疾到处流行，死亡的人极多，只有鄠县的人没有死亡的。每到一处负责兴建工程，百姓都不感到疲劳而事情已经办成。先生曾经对人说："我管理工程，是用管理军队的办法。"

当权的人想举荐先生，总是问他愿意做什么工作。先生说："推荐士人应该根据他的才能胜任什么，不应当问他想干什么。"过了两年，因为避亲属的嫌罢官，又调任江宁府上元县主簿。当地田税不平均，比其他县更厉害。因为靠近府治的良田，都被富贵人家用高价压低田税买去，小百姓贪图一时的利益，天长日久却备受其害。先生给县令出主意，百姓没有受到骚扰，一县田税就完全平均了。开始，富裕人家觉得对自己不利，常常编造一些虚无不实之辞，想要改变阻止均田税这件事，但过后没有一个人敢不服从。后来各路实行均税法，本县官吏人手不够，又调其他官吏来协助，经年累月，文书案卷堆积如山，却还有上诉田税不平均的人。所花的气力，比上元不只千百倍。

正碰上县令罢官离去，先生便代理县里的事务。上元是一个政事繁重的县，诉讼案件每天不下两百起。当官的人审阅案卷，疲惫不堪，哪里还有时间顾及治理之道！先生处置有方，不到一个月，民间诉讼便大大减少了。江南的稻田，全靠水塘来灌溉。盛夏的时候，水塘堤坝到处都被冲垮，计算起来，没有上千民工，不能堵塞。按规定应该上报府里，府里上报转运司，然后根据需要的劳动力调配民工，没有一个多月的时间不能动工。先生说："等到这样，禾苗早就枯死了，老百姓吃什么？为了拯救人民而背上罪名，我也在所不辞。"于是调民工堵塞堤坝缺口，这年获得了大丰收。

江宁正当水上运输的要冲，以往驾船的士兵有生病的，就把他们留下来，修建营房让他们居住，叫作小营子，每年收留的不下数百人，到这里的人动辄死亡。先生了解其中的原由，是因为收留士兵之后才向府里申请，府里发给凭证，才能得到口粮，等到官府的文书办妥，这些士兵在饥饿中挣扎已经好几天了。先生请示转运司，给一些米贮存在营中，来住的人供给他口粮，从此病人大半能生存下来。在一些细小的地方采取措施，而别人已经领受到所带来的好处，像这一类的事情，所到之处多了。先生常常说："即使是官位最低的人，只要存心爱人，对人们也必定有所帮助。"

仁宗皇帝逝世，遗诏吩咐官吏穿戴丧服，三天以后就可以脱掉。第三天的早上，府尹带着官员们准备脱下丧服。先生劝阻说："三天以后除下丧服，是遗诏所规定的，没有人敢违背。请把今天穿过。如果早上就脱掉丧服，那么着丧服就只有两天。"府尹很生气，不肯听从。先生说："你脱你的，我不到晚上是不敢脱的。"一府官员你看我，我看你，没有谁敢脱下丧服。

茅山有一个龙池，里面的龙像蜥蜴一样，身上五颜六色。大中祥符年中，宫里派来的使者带走了两条龙，到途中，使者上奏说有一条龙飞到天上去了。自来把它们奉若神明。先生曾经抓来晾成肉干，让人们消除疑惑。先生刚到县的时候，看见有人拿着竹竿站在路旁，用来粘飞鸟，就把竹竿拿过来折断了，教育他们不要这样做。等到罢官的时候，船停在郊外，听到有几个人在一起谈话，说自从主簿折断粘鸟的竹竿，乡民子弟不敢再养鸟了。无须严加约束而政令通行，先生处事大多像这样。

过了两年，调任泽州晋城县令。泽州人淳朴厚道，特别服先生管教。老百姓有事情到县里，必定告诉他们孝悌忠信的道理，在家里要这样对待父兄，在外面要这样对待长上。根据乡村的远近建立伍保，让乡民们服劳役时互相帮助，有患难时互相关心，奸恶欺诈的人无处藏身。凡是孤独残废的人，把他们托付给亲戚乡亲，使他们不致生活无着。外来经过县境的人，如果生病了，都能得到照料。各乡都有学校，空闲的时候亲自到那里去，召集父老，和他们谈话。儿童所读的书，先生亲自为他们纠正句读。教师不好，就为他们另找别人。当地风俗原先十分粗野，不知道学习。先生选择子弟中比较优秀的人，把他们聚在一起进行教育。离县才十余年，穿儒服的人就已经有数百人了。

乡民们结社，先生为他们设立条规，辨别善恶，让他们能得到鼓励，有耻辱心。全县差不多有几万户人家，三年之中，没有强盗发生，没有斗殴致死的人。任期满，继任的人将要到来，官吏半夜来敲门，说有杀人的人。先生说："我县里怎么会有这种事？真有的话，那必定是某村的某人。"一问，果然是这样。家里的人很惊异，问先生怎么知道，先生说："我常常怀疑这个人是个没改好的恶少年。"

河东财政拮据，官府规定收买的物品，每年都成为民间的大害。就是很便宜的东西，只要公家一收买，马上就价格飞涨，多的达到数十倍。先生经常根据需要，让富裕人家预先储备，定价出售。这样富裕人家保住了一倍的利润，而乡民的花费，比起往年来只不过十分之二三。民间所纳的税经常移用到边境一带，用车运去，道路太远，在当地买粮，价钱又太高。先生选择富人中可以信赖的人，预先让他们在边远州郡买粮，花费大大节省，百姓负担得以减轻。县库存有杂纳钱数十万，常常借以补助民力。部里的使者到来，先生就告诉他们说：“这个钱县令自己使用，但不敢据为己有，请一切事情不要过问。”使者多次更换，没有不依从先生的。原先百姓害怕差役，轮到服役就互相产生纠纷而上诉，乡邻于是变成仇人。先生完全了解百姓财产的多少，排列出先后顺序，按名册差使，就没有人推辞了。

河东的义勇，农闲的时候就教他们武艺，但只是应付公文，凑数而已。先生到来，晋城的民兵便成为精兵。晋城的习俗讲究焚尸，就是孝顺子孙，也习以为常。先生教育人们，禁止火葬，百姓开始信服。但先生离开后，州官中有人母亲死了，怕远道归葬麻烦，把尸体投入烈火，愚昧的人跟着效法，先生的教导于是被废弃，有识之士感到十分遗憾。先生作县令，把人民看作自己的子女。想要辨白事情的人，有的不拿公文，直接到县衙院子里，陈述自己的理由。先生慢慢地把道理告诉他们，谆谆不倦。在县三年，百姓爱先生如父母。离开的时候，哭声振动四野。

根据朝臣的推荐，先生改任著作佐郎。随即因为御史中丞吕公著的推荐，被授予太子中允，暂任监察御史里行的职务。神宗素来知道先生的名字，召他上殿对答的时候，从容地向他询问。等到见过两三次，便打算重用先生，每到要退出的时候，总是说：“可以不时要求上殿对答，想经常和你相见。”一天，和皇上议论了很久，日官报告已到正午，先生赶快请求退下。院子里的太监对他说：“御史不知道皇上还没吃饭吗？”先生前后向皇上进言很多，主要是把端正心术，杜绝私欲，寻求贤人，培养人才放在首位。先生不讲究言辞的修饰，议论的雄辩，只用诚心感动君主。神宗曾经让他推选人才，先生所推荐的有数十人，其中以表叔张载和弟弟程颐为首。上呈的奏章，儿子侄儿也不允许看到底稿。曾说，君主应当提防还没有萌发的私欲。神宗俯身拱手说："我将按你的意思加以戒备。"到论及人才的时候，先生说："陛下怎么能轻视天下的士人？"神宗说："我怎么敢这样？"一连说了好几遍。

当时荆国公王安石日益得到信任和重用，先生每次进见，必定向神宗陈述作君主的道理，应当至诚仁爱为根本，从不谈到功利。神宗开始怀疑先生迂腐，但对先生的礼遇还是没有减少。先生曾经详尽地陈述治国之道，神宗说："这是尧舜的事业，我怎么敢当？"先生神色黯淡地说："陛下这个话，不是天下的福气。"王荆公渐渐推行他的主张，先生意见多与他不合，每一件事出台，必定一一论述，几个月之中，数十次呈上奏章。特别详尽论述的，有辅佐大臣不齐心，小官参与国家大计，公论得不到伸张，青苗收取利息，卖祠部度牒，差遣提举官多半不是合适的人，又没有经过封驳的程序，京东转运司盘剥百姓来讨好上级，却不加以罢黜，谋取功利的官吏一天天得到进用，崇尚道德的风气渐渐衰落等十几件事。王荆公和先生虽然看法不同，但也曾经说先生忠心诚实。先生每次和他谈论事情，总是心平气和，荆公常常被他打动。但谏官中好胜的人，一心想要大肆攻击先生来取胜，由此先生就和谏官为敌了。

先生的主张既然得不到实行，便恳求担任外地官职，神宗还把先生离开朝廷这件事看得很重，先生上呈奏章以及当面请求达数十次，还是不准许，于是闭门待罪。神宗准备罢免那些上言的谏官，命令执政大臣任命先生担任监司官职，派他任权发遣京西路提点刑狱。先生又呈上奏章说："我的意见对，就请实行它。如果是乱说，就应当加以公开处罚。请罪却得到升迁，赏罚就混乱了。"多次请求，得以作罢。接着神宗亲自批示，公布共事官员的罪，只是对先生没有进行斥责。

改派先生签书镇宁军节度判官事。那里的知州严厉刻薄，多猜忌，通判以下官员，没有谁敢和他争辩事情。开始他认为先生曾经担任过御史台监察官，必定不肯尽力做好职事，又担心先生怠慢自己。既而先生对他很恭敬，就是管理库房之类的小事，也无不尽心去做，事情稍有不妥，必定和知州分辩，最终知州没有不听从的，相处很愉快。先生多次平反大案，得以不死的人前后数以十计。

专门治理黄河的士兵按规定不用做其他劳役。当时宦官程昉任外都水监丞，仗势，蔑视州郡，想调所有各埽的士兵去治理二股河，先生依法拒绝了。程昉向朝廷请示，朝廷命令给他八百人。天正当大寒，程昉大肆虐待，众人逃了回来。州里的官员清早在城门上集中，官吏报告治水的士兵溃散逃回，将要入城。官员们你看我，我看你，畏惧程昉，想不让士兵进城。先生说："这些士兵死里逃生，擅自跑回来，不让他们进城，必定要作乱。程昉问起，我自己担待。"便亲自前去，开门抚慰劝说，约定回来休息三天再回去上工，众人欢呼着进入城中。先生又把事情原原本本地报告朝廷，士兵得以不再派遣。后来程昉上奏事情经过州城，见到先生，说了些好听的话，有畏惧的神色，接着又对众人扬言说："澶州士兵溃散，是程中允唆使的，我一定要报告皇上。"同事把这些话告诉先生，先生笑道："他正害怕我，怎么敢这样做？"程昉果然没敢上报。

恰巧曹村埽堤决，当时先生正在救护小吴埽，相隔百里。镇宁军节度观察留后刘涣告知事情危急，先生连夜骑马赶到。刘涣等候在河桥边，先生对刘涣说："曹村埽崩溃，京城岌岌可危。作臣子的本分，身子可以堵塞也愿意去做。请把厢兵全部交给我，事情没办好，大人就亲自率领禁兵接着干。"刘涣是个忠义节烈的人，便把本镇的印交给先生，说："你自己用吧。"先生得到大印，顾不上进城看望父母，直接赶往决堤处，告诉士兵们说："朝廷养你们，正是为了应付紧急情况。你们知道曹村埽崩溃，大水就冲向京城吗？我和你们用自己的身躯来保卫大堤！"众人都被感动了，各自尽力。出主意的人都以为水势无法堵塞，白白浪费人力罢了。先生命令善于泅水的人衔着细绳子游过去，决口的大水正在奔流，到达对岸的只有百分之一，终于能够牵引大绳索，让众人渡过去，两岸并进，昼夜不停，几天的功夫，决口堵住了。将要合拢的时候，有一根大木头从中流直冲而下，先生回头对众人说："能让那根大木头横流进入决口，我们的事就好办了。"话音刚落，木头便横了过来，众人认为是至诚之心所导致的。后来曹村下游又决口，很久不能堵塞，几路被困扰，成为朝廷极大的忧患。人们认为，如果先生在职，哪里会有这种情况？

朝廷郊祀，推广恩泽，先生说："我的罪过涤除了，可以离开了。"于是请求作监当官，以便能赡养父母，得以罢官回乡。从此丑化正人的人竟相宣扬说先生躲避新法。过了一年多，得到监西京洛河竹木务的官职。举荐的人说先生还没有评定过任官年限和劳绩，请求晋升官阶，于是特别改授太常丞。神宗还在挂念先生，正碰上修撰《三经义》，神宗曾对执政大臣说："程某人可以用。"执政大臣不回答。又曾经有上殿对答的人从洛阳来，神宗问道："程某人在那里没有？"连声说是佳士。后来彗星出现在翼、轸之间，下诏征求直言，先生响应诏令，议论朝政极为恳切。回到朝廷，执政大臣屡次推荐，想要任用先生，神宗都不同意。随即亲自批示给府内的知县，派先生知扶沟县事。先生去见执政大臣，再请求任监当官，执政大臣告诉他皇上的意旨不可改变。过了几个月，枢密院官员共同举荐，任命先生判武学。新提拔的人说先生在实行新法之初，首先提出异议，于是罢官，恢复旧职。

先生治理百姓，专门崇尚宽厚，把教化放在首位，虽然好像很迂阔，但百姓确实闻风而动。扶沟素来强盗很多，就是丰年，强盗发生也不下十余起。先生在职，几乎一年没有强盗。广济河、蔡河流经县境，沿河不法之徒，不从事正当职业维生，专门用威胁手段来劫取船上人的财物，每年必定要烧掉十来只船来示威。先生刚到任，捉到一人，让他招出同党，捕捉到数十人，不再追究以前的罪行，把他们分别安置在各地，让他们以拉船为业，并伺察作恶的人。从此县境内再没有烧船的祸患了。

京城周围的县田税很重，朝廷每年常常免除田税，以此作为恩惠。然而那些善良的百姓害怕上边催促处罚而已事先交纳，拖欠田税得以免除的人都是刁顽的人。先生约定，前一批田税得以免除的人，眼下必须按期交足，于是朝廷的恩惠开始平均了。司农寺提出，天下交纳劳役钱，实行到第四等户，但京城周围只是到第三等，请求也实行到第四等。先生极力陈述不能这样，司农寺上报先生的意见，认为肯定要被加罪，但神宗同意先生的意见，京城周围各县都得以免征到四等。

先生施政，常常平衡谷价，不让它太贵太贱。碰到大旱，麦苗将要枯死。先生教人们打井灌溉，一口井不过花几个工，却可以灌溉好几亩地，全县都依靠它。遇到水灾，百姓缺粮，先生请求开仓借贷，相邻的县也请求这样做。司农寺官员火了，派使者核实。使者到相邻的县分，县令马上自己报告谷子将要成熟，不借贷也行。使者来到扶沟县，说先生何不也自己提出无须借贷，先生不肯，使者便说不应当借贷。先生极力陈说百姓饥饿，请求借贷不已，于是得到谷子六千石，饥饿的人得以救济。但司农寺更加生气，看到借贷的名册上户等相同而借贷的数量不同，便用公文命令县里将主办官吏打棍子。先生说，救济饥荒应当按人口的多少，不应当按户等的高低，而且实际上是县令主张这样做的。不是下面官吏的过错，才作罢。

内侍都知王中正巡视保甲，朝廷宠信，权势极大，所到之处对县官盛气凌人，十分傲慢，各县设立接待的帐幕，竞相追求华丽鲜艳，以便取悦和奉承他。主管官吏请求也如法炮制，先生说："我县贫穷，怎么能效法其他县分？况且取之于民，是法律所禁止的。现在有旧青帐幕，可以使用。"先生在县一年多，王中正在县境上往来，始终没有到县里来。

邻近县犯人有冤情上诉到府里，愿意请先生断决的，前后有五六起。有一个犯小偷罪的人，先生告诉他说："你能改正，我就减轻你的罪。"小偷叩头，愿意自新。过了几个月，这个人又挖洞翻墙入室，捕捉官吏到门前，小偷告诉他的妻子说："我和大丞约好，不再当盗贼，现在还有什么脸去见他呢？"于是上吊死了。

官制改革后，授予先生奉议郎。朝廷派官征用用作放牧的土地，民田应当包括在内的有上千顷，百姓纷纷拿着几代的契约来自我证明，都不管用。各县已经确定，只有扶沟百姓不服。于是有圣旨，把田税改成田租，不再增加租额，以及听凭买卖更换，像私田一样。百姓既已厌倦官吏的追逼传唤，又能不增加田赋，便都接受了。先生认为不能这样，征地官到来，对先生说："百姓愿意接受，你却不准许，为什么？"先生说："百姓只知道现在不增加田赋，却不知道以后加租夺田，就失去职业，无法生存了。"于是对征地官讲解仁爱宽厚的道理。那个人被感动了，谢道："宁愿受处罚，不敢违背先生的意思。"于是离开，到其他县去了。不到一个月，先生罢官离去。那个人又来，对代理县令的人说："程奉议走了，你还依仗什么，敢于延误和违背圣旨？"催促逼迫得很急，几天就把事情办成了。

邻近县分有人犯盗窃罪，关在县的监狱里，后来逃跑了，接着又遇到赦免，先生因此被降特旨罢免。县里的人知道先生将要罢官，前往府里和司农寺请求留下的人上千。离开的时候，不让人知道，老幼数百人，追到县境上，拉着先生痛哭失声，打发不走。

因为双亲年老，请求在靠近故乡的地方做监当官，得到监汝州酒税的官职。当今皇帝继承帝位，广施恩惠，改授承议郎。先生虽然是小官，但正派的士大夫看他的进退，来预测时局的兴衰。正当国家政治更新，有德才的人得到进用的时候，先生尤其为众望所归，被召到朝廷任宗正寺丞。还没动身，因病逝世，时间是元丰八年六月十五日，享年五十四岁。士大夫不论认识不认识，没有谁不哀伤，为朝廷和人民感到遗憾和惋惜。

先生天资既不同于常人，又修养有方，像真金一样纯粹，像美玉一样温和润泽，宽厚而能自制，随和而不同流合污，忠诚贯穿金石，孝悌和神明相通。看他的容颜，待人接物，像春天的阳光一样温暖；听他的话语，深入人心，就像及时雨滋润万物一样。胸怀光明磊落，让人一眼就能看透。但窥测胸中所蕴含的，却浩瀚广博，像大海一样无边无际；穷究他的道德，美妙的语言也不足以形容。

先生持身，内心做到专一，而以恕的道理指导自己的行动；见到别人的长处，就像自身具有的一样，自己不愿做的事，决不施加到他人身上；就像居住在宽大的屋子里，行走在广阔的大道上，说话有根据，举止有常规。

先生治学，从十五六岁时，听汝南周茂叔论述圣人之道，便厌倦科举方面的学业，慨然有寻求道的志向。但不得要领，盲目地观览各家学说，徘徊在道家、佛家之间，差不多花了十年，回过头来在《六经》之中寻求，然后找到了圣人之道。先生懂得各种事物的道理，明了人与人之间的关系。知道充分体现人的本性来顺应天命，必须以孝悌为根本；认识天理的神妙，懂得事物变化的奥秘，需要通晓礼乐方面的事情。辨别异端似是而非的学说，消除千百年来没有弄明白的疑惑，秦、汉以来，没有人达到这样的理论高度。先生认为孟子死后，圣人的学问就失传了，便以复兴圣人之道为己任。他说道："圣人之道没有得到发扬光大，是异端的危害造成的。昔日危害浅，容易看到，今天危害深，难于分辨。昔日异端迷惑人们，是利用他们的愚昧无知；今天异端邪说被人们接受，是因为它的巧妙。它自称能够认识天理的神妙，懂得事物变化的奥秘，却不能揭示事物的道理，成就天下的事业；自称无所不包，其实与伦理道德背道而驰；自称穷究深奥，极尽微妙，却不符合尧舜的正道。天下的学问，不是浅陋拘执，就必然流入异端邪说。自从圣人之道得不到阐扬，邪僻荒诞、妖妄怪异的学说竞相兴起，混淆人们的视听，使天下陷入污泥浊水之中，就是具有高超才能、卓越智慧的人，也局限于所见所闻，醉生梦死，却不自知。这些都是正道上的荆棘，圣人殿堂门前的屏障，必须铲除它才能达到圣人之道。”

先生进将唤起人民，退将著书立说来阐明圣人之道，不幸早死，都没能办到。那些辨析精微，稍稍被世人所了解的论述，只是学习的人所传述的。先生的门下，弟子很多。先生的话，平易好懂，贤人愚人都能从中得到益处，就像众人在河里饮水，各人可以尽自己的肚量。

先生教育人，从获取知识到行为的善始善终，从诚意到治理天下，从洒扫应对的小事到穷尽事理、体现本性，循循有序，反对世上做学问的人舍近求远，起点很低，眼光却很高，所以轻狂自大，最终一无所得。

先生待人接物，有分寸而没有间隔，感情融洽，心心相通。教育别人，别人乐于听从，对人发怒，对方也不怨恨，贤人愚人、善人恶人都心悦诚服，狡诈虚伪的人变得真诚，蛮横傲慢的人变得恭敬，听到先生言论的人心悦诚服，目睹先生道德的人如醉如痴。虽然某些小人因为趣向的不同，顾及利害关系，时常排斥先生，但回到家里扪心自问，没有谁不把先生看作君子。

先生施政，以宽厚治理邪恶，日理万机而应付裕如。当法令繁琐细密的时候，从不附和众人，干应付公文、逃避责任的事。人人都为碍手碍脚感到头痛，先生的处置却游刃有余；众人忧愁，觉得很难办的事，先生做起来却很顺当。就是在忙乱的时候，也不动声色。当监司竞相对官吏严加监视，苛刻要求的时候，对待先生，却都很宽厚，规划处置的时候，常常靠先生出主意。先生所制定的条令法规，人们可以效法去做。至于先生引导人们，人们乐于听从，使用他们，他们愿意效劳，不对人们提出要求，人们却自动响应，不表白自己讲信用，人民却完全信服，却是别人所达不到的。

彭夫人封仁和县君，严肃端庄，懂礼节，服侍公公以孝顺闻名，又能使亲族和睦相处，比先生早一年去世。先生的儿子叫作程端懿，任蔡州汝阳县主簿；另一个儿子叫程端本，从事考进士的学业。女儿嫁给假承务郎朱纯之。定于今年十月二十四日，把先生安葬在伊川祖坟。谨记述先生的家世、德行事业和历官行事的梗概，以便向人求写墓志铭。谨状。元丰八年八月某日，弟颐状。

明道先生墓表

这是程颐为程颢所作的墓表。墓表，就是墓碑，也专指刻在墓碑上的文字。二程兄弟共同奠定了理学的基础，程颐对程颢是十分推崇的。程颢死后，程颐先后撰写了《明道先生行状》《明道先生门人朋友叙述序》《明道先生墓表》等文，又写信向韩维等人求写墓志铭，通过这些来宣扬程颢的事迹。在墓表中，程颐认为程颢在“圣人之道”失传了一千四百年之后出现在世上，使“圣学”重新得以流传于天下，他的名字将“亘万世而长存”，对程颢的评价达到了无以复加的高度。

先生名颢，字伯淳，葬于伊川。潞国太师题其墓[①]，曰“明道先生”。弟颐序其所以而刻之石曰：周公没，圣人之道不行；孟轲死，圣人之学不传。道不行，百世无善治；学不传，千载无真儒。无善治，士犹得以明夫善治之道，以淑诸人[②]，以传诸后；无真儒，天下贸贸焉莫知所之，人欲肆而天理灭矣。先生生千四百年之后，得不传之学于遗经，志将以斯道觉斯民。天不慭遗[③]，哲人早

世。乡人士大夫相与议曰：道之不明也久矣。先生出，倡圣学以示人，辨异端，辟邪说，开历古之沉迷，圣人之道得先生而后明，为功大矣！于是帝师采众议而为之称④，以表其墓。学者之于道，知所向，然后见斯人之为功；知所至，然后见斯名之称情。山可夷，谷可湮，明道之名亘万世而长存！勒石墓旁，以诏后人。元丰乙丑十月戊子书。

---

① 潞(lù)国太师：指文彦博(1006—1097)。文彦博仕仁、英、神、哲宗四朝，任将相五十年，封潞国公，以太师的官职退休。程颢墓碑的碑额是他题写的。 ② 淑(shū)：善良美好。这里指把善道留给人们。 ③ 慭(yìn)：愿。《左传》哀公十六年载鲁哀公哀悼孔子，说："旻天不吊(善)，不慭遗一老，俾屏余一人以在位。"是说老天爷不愿留给我一个老人。后世多用"天不慭遗"作为哀悼大臣之辞。 ④ 帝师：太师是辅导皇帝的官，所以称帝师。

翻译

先生名颢，字伯淳，葬在伊川。潞国太师为先生的墓碑题写碑额，称"明道先生"。弟颐记述称"明道"的原由，把它刻在石上，文字如下：周公死后，圣人之道不再实行；孟轲死后，圣人的学问不再传授。道不实行，以至百代没有好的政治；学问失传，致使千年没有真正的儒者。没有好的政治，士人还可以明白实现善政的途径，把善道留给人们，以传于后代；没有真正的儒者，天下茫茫然不知所从，人欲横流而天理泯灭了。先生生在一千四百年之后，从圣贤遗留的经典中发掘出失传的学问，立志要用圣人之道来唤醒人民。老天不肯留下他，哲人早早死去。同乡士大夫在一起议论说：圣人之道不明已经很久了。先生出来，提倡圣人的学问，用它教导人们，辨别异端，批驳邪说，拨开历代的沉沦迷惑，圣人之道由于先生而得到阐明，功绩太伟大了！于是文太师博采众人意见，为先生拟定称号，题写在墓碑上。治学者对于圣人之道，知道方向，然后能看到这个人的功绩；知道目标，然后能看出这个名称的合乎情理。山可平，谷可填，明道这个名号将千秋万代永存！刻石立在墓旁，以此告诉后人。元丰八年十月二十七日写。

上谷郡君家传

这是程颐为他的母亲侯氏所作的传记。上谷是地名,今属河北。郡君是古代妇女的封号,侯氏死后,封在上谷。家传,是记载先辈事迹的私家传记。程颐记述他母亲的一生,选取的全是他认为一个妇女应该做的和做得好的事情,可见即使评价自己的母亲,他也是完全依据封建伦理道德的尺度。而呈现在人们眼前的,也确实是一个“三从四德”的典范。本文叙述生动,特别善于通过一件件小事和细节来展示记叙对象的内心世界和言行,而不过多加以议论,这就使主人公形象鲜明,呼之欲出,给人以深刻的印象。

先妣夫人姓侯氏,太原盂县人①,行第二。世为河东大姓②。曾祖元。祖暠③,当五代之乱,以武勇闻。刘氏偏据日④,锡土于乌河川⑤,以控寇盗,亡其爵位。父道济,始以儒学中科第,为润州丹徒县令⑥,赠尚书比部员外郎⑦。母福昌县太君刁氏⑧。

夫人幼而聪悟过人,女功之事,无所不能,好

读书史，博知古今。丹徒君爱之过于子，每以政事问之，所言雅合其意，常叹曰：“恨汝非男子！”七八岁时，常教以古诗曰：“女人不夜出，夜出秉明烛。”自是日暮则不复出房阁。刁夫人素有风厥之疾[9]，多夜作，不知人者久之。夫人涕泣扶侍，常连夕不寐。

年十九，归于我公。事舅姑以孝谨称，与先公相待如宾客。德容之盛，内外亲戚无不敬爱。众人游观之所，往往舍所观而观夫人。先公赖其内助，礼敬尤至；而夫人谦顺自牧，虽小事未尝专，必禀而后行。

仁恕宽厚，抚爱诸庶[10]，不异己出。从叔幼孤[11]，夫人存视，常均己子。治家有法，不严而整。不喜笞扑奴婢，视小臧获如儿女。诸子或加呵责，必戒之曰：“贵贱虽殊，人则一也。汝如此大时，能为此事否？”道路遗弃小儿，屡收养之。有小商，出未还而其妻死，儿女散逐人去，惟幼者始三岁，人所不取。夫人惧其必死，使抱以归。时聚族甚众，人皆有不欲之色，乃别籴以食之。其父归，谢曰：“幸蒙收养，得全其生，愿以为献。”夫人曰：“我本以待汝归，非欲之也。”好为药饵[12]，以济病者。大寒，有负炭而撤者过门[13]，家人欲呼之。夫人劝止之曰："慎勿为此，胜则贫者困矣。"

先公凡有所怒，必为之宽解，唯诸儿有过，则不掩也。常曰："子之所以不肖者，由母蔽其过而父不知也。"夫人男子六人，所存惟二，其爱慈可谓至矣，然于教之之道，不少假也。才数岁，行而或踣[14]，家人走前扶抱，恐其惊啼，夫人未尝不呵责曰："汝若安徐，宁至踣乎？"饮食常置之坐侧，尝食絮羹[15]，皆叱止之，曰："幼求称欲，长当如何？"虽使令辈，不得以恶言骂之。故颐兄弟平生于饮食衣服无所择，不能恶言骂人，非性然也，教之使然也。与人争忿，虽直不右，曰："患其不能屈，不患其不能伸。"及稍长，常使从善师友游；虽居贫，或欲延客，则喜而为之具。其教女，常以曹大家《女戒》[16]。

居常教告家人曰："见人善，则当如己善，必共成之；视他物，当如己物，必加爱之。"先公罢尉庐陵[17]，赴调，寓居历阳[18]。会叔父亦解掾毗陵[19]，聚口甚众，储备不足。夫人经营转易，得不困乏。先公归，问其所为，叹曰："良转运使才也！”所居之处，邻妇里媪皆愿为之用[20]，虽劳不怨。始寓丹阳[21]，僦葛氏舍以居[22]。守舍王氏翁媪庸狡，前后居者无不苦之。夫人待之有道，遂反柔良。及迁去，王媪涕恋不已。

夫人安于贫约，服用俭素，观亲族间纷华相尚，如无所见。少女方数岁，忽失所在，乳媪辈悲泣叫号。夫人骂止之，曰：“在当求得，苟亡失矣，汝如是，将何为？”在庐陵时，公宇多怪，家人告曰：“物弄扇。”夫人曰：“热尔。”又曰：“物击鼓。”夫人曰：“有椎乎[23]？可与之。”后家人不敢复言怪，怪亦不复有，遂获安居。

夫人有知人之鉴。姜应明者，中神童第[24]，人竞观之。夫人曰：“非远器也。”后果以罪废。颐兄弟幼时，夫人勉之读书，因书线贴上曰：“我惜勤读书儿。”又并书二行，曰：“殿前及第程延寿。”先兄幼时名也；次曰“处士”[25]。及先兄登第，颐以不才罢应科举，方知夫人知之于童稚中矣。宝藏手泽，使后世子孙知夫人之精鉴。

夫人好文，而不为辞章，见世之妇女以文章笔札传于人者，深以为非。平生所为诗，不过三十篇，皆不存。独记在历阳时，先公觐亲河朔[26]，夜闻鸣雁，尝为诗曰：“何处惊飞起？雝雝过草堂[27]。早是愁无寐，忽闻意转伤。良人沙塞外[28]，羁妾守空房[29]。欲寄回文信[30]，谁能付汝将？”读史，见奸邪逆乱之事，常掩卷愤叹；见忠孝节义之士，则钦慕不已。尝称唐太宗得御戎之道[31]，其识虑高远，有英雄之气。夫人之弟可[32]，世称名儒，才智甚高，尝自谓不如夫人。

夫人自少多病，好方饵修养之术，甚得其效。从先公官岭外[33]，偶迎凉露寝，遂中瘴疠[34]。及北归，道中病革[35]，召医视脉，曰可治。谓二子曰：“绐尔也。”[36]未终前一日，命颐曰：“今日百五[37]，为我祀父母，明年不复祀矣。”夫人以景德元年甲辰十月十三日生于太原[38]，皇祐四年壬辰二月二十八日终于江宁[39]，享年四十九。始封寿安县君，追封上谷郡君。

---

① 太原盂县：今山西盂县。 ② 河东：指今山西南部一带。 ③ 暠(hào)：同“皓”。 ④ 刘氏：指北汉君主刘崇。刘氏于951年在晋阳(今山西太原)称帝。 ⑤ 乌河川：在今山西盂县西。 ⑥ 润州丹徒县：今属江苏镇江。 ⑦ 比部：尚书省下属机构。 ⑧ 福昌县：今河南宜阳县。太君：用于官员母亲的封号。 ⑨ 风厥：病名，见于

《黄帝内经·素问》。 ⑩ 庶：指庶子，非正妻所生的子女。 ⑪ 从叔：堂叔。 ⑫ 饵：指药物。 ⑬ 擞(qiào)：从旁边敲击。 ⑭ 踣(bó)：向前仆倒。 ⑮ 絮(qù)羹：在羹里调拌佐料。 ⑯ 曹大家(gū)：即班昭，东汉史学家班固的妹妹，曾参与续撰《汉书》。后为皇宫妃嫔的教师，因丈夫姓曹，人称曹大家。《女戒》是宣扬男尊女卑、三从四德的书。 ⑰ 庐陵：今江西吉安。 ⑱ 历阳：今安徽和县。 ⑲ 掾(yuàn)：属官。毗(pí)陵：今江苏常州。 ⑳ 姥(mǔ)：老年妇人。 ㉑ 丹阳：今江苏丹阳。 ㉒ 僦(jiù)：租赁。 ㉓ 椎(chuí)：捶击器，如木椎、铁椎等。 ㉔ 神童第：即童子科，科举名目之一。用经义考试十岁以下儿童，合格者赐官或出身。 ㉕ 处士：没有做官的读书人。 ㉖ 河朔：黄河以北地区。 ㉗ 雝雝(yōng)：鸟和鸣声。 ㉘ 良人：夫妻互称，这里指丈夫。沙塞：沙漠边塞。 ㉙ 羁：拘束。妾：妻子对丈夫的谦称。 ㉚ 回文：指回文诗，一种句子首尾回旋贯通，从任何一字开始都能成文的诗。《晋书·列女传》载，晋窦滔的妻子苏蕙因丈夫流放在外，用回文诗赠送他，悽婉动人。 ㉛ 唐太宗：599—649，姓李，名世民，唐朝第二个皇帝。 ㉜ 可：侯可(1008—1079)，字无可，仕至殿中丞。潜心于天人性命之学，为陕西学者所尊崇。 ㉝ 岭外：指五岭以南地区。 ㉞ 瘴疠(zhàng lì)：指潮湿地区流行的恶性疟疾等传染病。 ㉟ 革(jí)：通“亟”，危急。 ㊱ 绐(dài)：哄骗。 ㊲ 百五：指寒食节，在冬至后一百零五天。 ㊳ 景德：宋真宗年号，即1004—1007。太原：今山西太原。 ㊴ 皇祐：宋仁宗年号，即1049—1053。江宁：今江苏南京。

翻译

先母夫人姓侯，太原盂县人，排行第二。侯家世代都是河东的大姓。曾祖父侯元。祖父侯暠，在五代的乱世里，以威武勇猛闻名。刘崇割据一方的时候，把乌河川的土地赐给他，以便让他控制外寇和强盗，不知是什么爵位。父亲侯道济，开始凭借儒学在科举考试中被录取，任润州丹徒县令，死后追赠尚书比部员外郎。母亲是福昌县太君刁氏。

夫人幼小的时候就聪明过人，女子所做的事情，没有不会的，喜欢读书读史，了解古今事情很广泛。父亲爱他胜过儿子，经常问她政治方面的事，夫人所说的很合他的意，常常感叹道："可惜你不是男子！"七八岁的时候，父亲曾经教她一首古诗说："女人夜晚不出门，出门必持蜡烛行。"从此天晚便不再出门。刁夫人素来有风厥症，多在夜间发作，一发作就很久不省人事。夫人流着泪服侍，经常接连几个晚上不睡觉。

十九岁时，嫁给了我父亲。服侍公婆以孝顺谨慎著称，和先父相敬如宾。品德、仪容的美好，内外亲戚没有不敬爱的。在众人游览的地方，人们往往不去观看景物，却来观看夫人。先父靠夫人帮助他持家，对夫人特别敬重；但夫人谦逊温顺，自我约束，就是小事，也从不自己作主，必定禀告父亲以后再去做。

夫人仁慈宽厚，抚育慈爱偏房子女，就跟自己所生的一样。堂叔很小就成了孤儿，夫人关心照管他，常常同自己的儿子一样。

治家有方，不严厉而上下井井有条。不喜欢鞭打奴婢，把小家奴看作自己的儿女。儿子们有时呵斥他们，夫人总是告诫儿子们说："贵贱虽然不同，但同样是人。你们像这么大的时候，能做这样的事吗？"路上遗弃的小孩，夫人多次收养。有一个小商人，外出没回来妻子就死了，儿女离散，跟随别人走了，只有最小的一个才三岁，没有人要。夫人担心他必死无疑，叫人把他抱回来。当时会聚的族人很多，大家都有不想要的表情，夫人就另外买粮食来养活他。孩子的父亲回来，感谢说："幸好承蒙您收养，能够保全孩子的生命，我愿意把孩子送给您。"夫人说："我本来就想等你回来，不是想要孩子。"夫人喜欢制作药物，来救济病人。有一次大冷天，有人背着木炭，敲打叫卖经过家门前，家人想叫住他。夫人劝阻他们说："千万不要这样做，我们过分享受，贫穷的人日子就难过了。"

先父凡是生气，夫人总是为他宽解，只有儿子们有过错，却不加以掩饰。她常说："儿子之所以不成器，是因为做母亲的掩盖他的过错，因而做父亲的不知道。"夫人有六个儿子，活下来的只有两个，对他们的慈爱可以说是无微不至了，但在对他们的教育上，却一点也不宽容。儿子才几岁的时候，走路有时跌倒，家人跑上前去，扶起来抱在手里，怕他们受惊吓而啼哭，夫人总是呵斥孩子说："你如果安安稳稳慢慢地走，怎么会跌倒呢？"吃饭的时候常常让儿子坐在桌旁，如果儿子们尝食加调料的羹汤，夫人总是训斥并阻止他们，说："小时候就追求满足欲望，长大了怎么办？"就是供使唤的那些人，也不允许用凶狠的话语骂他们。因此我们兄弟俩平生对饮食衣服不加挑选，不会用凶狠的话骂人，不是本性就这样，是夫人的教育使我们这样的。孩子和人争吵，就是有理也不袒护，她说："怕你们不能屈，不怕你们不能伸。"到孩子们稍稍长大，常常让他们跟从良师益友一起来往；虽然处于贫困中，如果孩子想请客，就欢欢喜喜地为他们作准备。夫人教育女儿，常常用曹大家的《女戒》。

平时常常教育家人说："见到别人的长处，就应该当成自己的长处，必定共同成全它；对待别人的东西，应该像对待自己的东西一样，必定加以爱惜。"先父解除庐陵县尉职务，前去接受新任命，寄居在历阳。恰巧叔父也解除了毗陵属官的职务，居住在一起的人口很多，储备不足。夫人经营处置，辗转变易，使得衣食不致于缺乏。先父回到家里，问起夫人所做的事，感叹道："真是好转运使的才能！"凡是夫人居住的地方，邻里的妇人老太太都愿意为夫人效劳，就是劳累也没有怨言。刚寓居丹阳的时候，租葛家的屋子居住。守屋的姓王的老头和老太太庸俗狡诈，前后居住的人没有人不感到头痛。夫人对待他们有方，于是变得柔顺善良。到迁走的时候，王老太太还流了泪，留恋不已。

夫人安于贫穷简约，衣服器用节俭朴素，看到亲族之间竞相崇尚奢华，就像没看见一样。小女儿刚几岁的时候，忽然走失，乳母们悲痛哭泣，大呼小叫。夫人呵骂并阻止她们，说："如果在自然能找到，如果确实丢失了，你们这样，又能怎么样？"在庐陵的时候，官舍里经常闹鬼怪，家人告诉说："有东西在弄扇子。"夫人说："天热嘛。"家人又说："有东西在敲鼓。"夫人说："有椎子吗？给它好了。"后来家人不敢再说鬼怪，鬼怪也不再出现，于是得以安居。

夫人有识别人的能力。有个叫姜应明的人，考上了童子科，人们争着去观看他。夫人说："不是成大器的人。"后来果然因为犯罪被罢免。我们兄弟小的时候，夫人鼓励我们读书，便在线贴上写道："我爱勤奋读书的孩子。"又并排写了两行字，一行写"殿前及第程延寿"，程延寿是先兄小时候的名字；次一行写"处士"。等到先兄考上进士，我自己因为没有本事放弃参加科举考试，才知道夫人在我们小的时候就已经知道我们的造化了。因此我们珍藏夫人的手迹，让后代子孙知道夫人精深的鉴别能力。

夫人喜欢诗文，但却不写文章，看到世上的妇女把文章笔札传给别人，认为很不妥当。平生所作的诗，不过三十篇，都已经不存在了，只记得在历阳的时候，先父到河朔探亲去了，夫人夜晚听到大雁鸣叫，曾经写了一首诗："不知从何处惊起一群大雁，嗈嗈地鸣叫着掠过了草堂。早已是忧愁驱走了睡意，忽听长空雁叫心中更加悲伤。丈夫远去那沙漠边塞，留下孤独寂寞的妻子守着空房。想像苏蕙寄回文诗一样捎去信息，雁儿啊，谁能托付你把它带到边疆？"读史书的时候，每当看到奸邪叛逆作乱的事，常常合上书本愤愤不平地感叹；看到忠孝节义的人，便钦佩仰慕不已。曾经称赞唐太宗抵御戎狄有办法，见识高明，谋虑深远，有英雄的气概。夫人的弟弟侯可，世人称为名儒，才智极高，曾经自以为不如夫人。

夫人从小多病，喜好方药养身的法术，很有效果。随先父在岭南做官，偶然因为乘凉而露天睡觉，于是染上了瘴疠。到返回北方的时候，在路上病危，叫来医生把脉，说可以治好。夫人对两个儿子说："骗你们的。"临终前一天，吩咐我说："今天是寒食节，你替我祭祀父母，明年不能再祭了。"夫人于景德元年甲辰十月十三日出生在太原，皇祐四年壬辰二月二十八日在江宁去世，享年四十九岁。最初封寿安县君，后来追封上谷郡君。

周易程氏传(节选)

《周易程氏传》四卷,是程颐对《周易》经文的注释。作者依次解说六十四卦的卦义,借此阐述他的自然哲学、人生哲学,体现了丰富的哲学思想、道德伦理思想和政治思想。程颐一生花费了几十年时间研究《周易》,在被流放的艰苦条件下完成了《易传》,又反复修改,倾注了大量心血,直到临终前才郑重地传授给门人。可以说,程颐的理学思想主要是从治《周易》中形成和得到发展的,这些思想又反过来体现在《易传》中,使这部书早已超出了注释的范围,而成为程颐的代表著作。《易传》成书后,一度成为官书,用作取士的教材,在当时有很大影响。在《易》学史上,它是继晋王弼《周易注》之后最重要的著作之一。这里节选了书中的部分条目,以见一斑。

资生之道[①],可谓大矣。乾既称“大”,故坤称“至”[②]。“至”义差缓[③],不若“大”之盛也。圣人于尊卑之辨,谨严如此。(《坤》卦)

---

① 资生:是说万物依赖坤(地)而生。 ② 乾:指天。坤:指地。《周

易》《坤》卦《彖》辞说“大哉乾元”，《坤》卦《彖》辞说“至哉坤元”，“至”也是极大的意思。 ③ 差：比较，略微。

翻译

万物依赖坤而生成之道，可以说大了。乾既然称“大”，所以坤称“至”。“至”的意义较缓和，不如“大”的强盛。圣人对尊卑的分辨，就像这样谨严。

未发之谓蒙，以纯一未发之蒙而养其正，乃作圣之功也。发而后禁，则扞格而难胜[①]。养正于蒙，学之至善也。（《蒙》卦）

---

① 扞格：互相抵触。

翻译

智慧未开叫作蒙，在心地单纯、智慧未开的童蒙时期培养其正确德行，是造就圣人的工作。懂事而后禁止，就抵触而难以完成这项工作。在童蒙时培养正确德行，是教育的最好方法。

天在上，泽居下[①]，上下之正理也。人之所履当如是，故取其象而为《履》。君子观《履》之象，以辨别上下之分，以定其民志。夫上下之分明，然后民志有定。民志定，然后可以言治。民志不定，天下不可得而治也。（《履》卦）

① 天在上，泽居下：《覆》卦的上卦是《乾》，乾为天；下卦是《兑》，兑为泽。

翻译

天在上，水泽居下，是上下的正理。人所履行的应当像这样，所以取这种形象而成为《履》卦。君子观察《履》卦的形象，来辨别上下的分别，来统一民心。上下的分别清楚，然后民心有所统一。民心统一，然后可以谈到治理。民心不统一，天下不可能得到治理。

无往不复，言天地之交际也。阳降于下，必复于上，阴升于上，必复于下，屈伸往来之常理

也。因天地交际之道，明否泰不常之理[1]，以为戒也。（《泰卦》）

① 否（pǐ）：恶劣，不通。泰：平安，亨通。

翻译

无往不回，是说天地的往来接触。阳降在下，必定返回到上，阴升到上，必定返回到下，这是屈伸往来的常理。借天地往来接触的规律，说明情况好坏不常的道理，以此为戒。

公侯上承天子，天子居天下之尊，"率土之滨，莫非王臣"[1]，在下者何敢专其有？凡土地之富，人民之众，皆王者之有也，此理之正也。（《大有》卦）

① "率土"二句：见《诗经·小雅·北山》。率：循。之：去，到。滨：海滨。"率土之滨"等于说四海之内。

翻译

公侯上承天子，天子居于天下之尊位，“四海之内，莫非王的臣子”，在下的人怎么敢专有？凡土地的富饶，人民的众多，都是王者所有，这是正理。

天道至神，故曰神道。观天之运行，四时无有差忒[1]，则见其神妙。圣人见天道之神，体神道以设教，故天下莫不服也。（《观》卦）

---

① 忒(tè)：差错。

翻译

天道最神妙，所以叫神道。观察天的运行，四季没有差错，就可见它的神妙。圣人见天道的神妙，体会神道来设立教化，所以天下没有不服的。

君子存心消息盈虚之理而能顺之[1]，乃合乎天行也[2]。理有消衰，有息长，有盈满，有虚损，顺

之则吉，逆之则凶。君子随时敦尚[3]，所以事天也。（《剥》卦）

① 息：滋生。 ② 天行：天的运行，指运行的道理，即天理。 ③ 敦：崇尚。

翻译

君子留心消长盈虚的道理而能顺应它，是合乎天理的。按理有消亡衰竭，有滋生成长，有盈满，有亏虚，顺应它就吉，违背它就凶。君子随时崇尚，就是用以尊奉天的行为。

女不能自处，必从男；阴不能独立，必从阳。二[1]，阴柔，不能自养，待养于人者也。天子养天下，诸侯养一国，臣食君上之禄，民赖司牧之养[2]，皆以上养下，理之正也。（《颐》卦）

① 二：指六二爻，即《颐卦》由下往上第二位阴爻。 ② 司牧：统治，这里指统治人民的官吏。

翻译

女子不能自处，必须依从男子；阴不能独立，必须依从阳。六二，阴柔，不能自我养育，是有待于别人养育的。天子养天下，诸侯养一国，臣子享用君王的俸禄，百姓依赖官吏的养育，都是以上养下，这是正理。

屈则有信[1]，信则有屈，所谓感应也[2]。故日月相推而明生，寒暑相推而岁成，功用由是而成，故曰“屈信相感而利生焉”[3]。感，动也，有感必有应。凡有动皆为感，感则必有应，所应复为感，感复有应，所以不已也。（《咸》卦）

---

① 信（shēn）：同“伸”。 ② 感应：一事物受他事物的影响而产生相应的变化。 ③“屈信”一句：见《周易·系辞下》。

翻译

有屈就有伸，有伸就有屈，就是所谓感应。因此日月相推移而光明产生，寒暑相推移而庄稼成熟，功用由此而成，所以说“屈伸相感应而利益产生于中”。感，就是动，有感必有应。凡有动都是感，感就必定有应，所应的又是感，感又有应，因此而循环不止。

天下之理一也，途虽殊而其归则同，虑虽百而其致则一。虽物有万殊，事有万变，统之以一，则无能违也。（《咸》卦）

翻译

天下的道理是同一个，途径虽不同而其归宿却相同，想法虽多而其结论却一致。虽然物有千差，事有万变，用一统摄，便没有能违背的了。

天地之所以不已，盖有恒久之道。人能恒于可恒之道，则合天地之理也。（《恒》卦）

翻译

天地之所以不终止，因为有永恒长久的道理。人能始终立于可以永恒的道理中，就合于天地之理了。

天下之理，未有不动而能恒者也。动则终而复始，所以恒而不穷。凡天地所生之物，虽山岳之坚厚，未有能不变者也。故恒非一定之谓也，一定则不能恒矣。唯随时变易，乃常道也。（《恒》卦）

翻译

天下之理，没有不动而能永恒的。动就终而复始，所以永恒而无穷。凡是天地所生的事物，即使是山岳的坚固厚重，没有能不变的。因此永恒不是静止不动的意思，静止不动就不能永恒了。只有随时变易，才是常理。

日月，阴阳之精气耳，唯其顺天之道，往来盈缩①，故能久照而不已。“得天”②，顺天理也。四时，阴阳之气耳，往来变化，生成万物，亦以得天，故常久不已。圣人以常久之道，行之有常，而天下化之以成美俗也。“观其所恒”③，谓观日月之久照、四时之久成、圣人之道所以能常久之

理。观此，则天地万物之情理可见矣。天地常久之道，天下常久之理，非知道者，孰能识之？（《恒》卦）

① 往来：指日出日落。盈缩：指月满月缺。 ② 得天：见《恒》卦卦辞。 ③“观其所恒”：见卦辞。

翻译

日月，阴阳的精粹之气罢了，只因它顺应天道，往来盈亏，所以能永久照耀而不止。“得天”，就是顺天理。四季，阴阳之气罢了，往来变化，生成万物，也因为顺天理，所以永恒不止。圣人凭借永恒之道，实行不变，而天下感化，形成美好的风俗。“观其所恒”，指观察日月久照、四季久成、圣人之道所以能永恒之理。观察这一点，天地万物的情理就可见了。天地永恒之道，天下永恒之理，不是懂道的人，谁能认识它？

父子之亲，夫妇之义，尊卑长幼之序，正伦理，笃恩义，家人之道也。（《家人》卦）

翻译

父子的亲情，夫妇的正当关系，尊卑长幼的次序，端正伦理，使恩义笃厚，就是家人之道。

夫人有诸身者则能施于家[1]，行于家者则能施于国，至于天下治。治天下之道，盖治家之道也，推而行之于外耳。（《家人》卦）

---

① 夫(fú)：发语词。

翻译

人自身具备的就能施行于家，施行于家的就能施行于国，至于天下治理。治天下之道，就是治家之道，推广而实行于外罢了。

物理极而必反，以近明之：如人适东，东极矣，动则西也。如升高，高极矣，动则下也。既极，则动而必反也。（《睽》卦）

翻译

事物之理极而必反，用身边的事说明：如人往东，东尽了，再动就往西了。如登高，高尽了，再动就往下了。已经到了极点，再动就必定相反。

天高地下，其体睽也[①]，然阳降阴升，相合而成化育之事则同也。男女异质，睽也，而相求之志则通也。生物万殊，睽也，然而得天地之和，禀阴阳之气，则相类也。物虽异而理本同，故天下之大，群生之众，睽散万殊，而圣人为能同之。（《睽》卦）

---

① 睽（kuí）：违背，不合。

翻译

天高地低，他们的态势不同，但阳降阴升，相合而完成造化之事却相同。男女不同资质，是不合，但互相需要之心却相通。事物千差万别，是不合，然而得天地的和谐，禀承阴阳之气，却相类似。事物虽不同而道理本来相同，所以天下之大，众生之多，违背离散，千差万别，而圣人能同样看待它们。

天下之害，无不由末之胜也[①]。峻宇雕墙[②]，本于宫室；酒池肉林[③]，本于饮食；淫酷残忍，本于刑罚；穷兵黩武[④]，本于征讨。凡人欲之过者，皆本于奉养，其流之远，则为害矣。先王制其本者，天理也；后人流于末者，人欲也。“损”之义，损人欲以复天理而已。（《损》卦）

---

① 末：与“本”相对，指不重要的，非根本的。 ② 峻宇：高屋。雕墙：有彩画装饰的墙。 ③ 酒池肉林：《史记·殷纪》载，商纣王以酒为池，悬肉为林，通夜宴饮。 ④ 黩（dú）武：滥用武力。

翻译

天下之害，无不由末占了上风。高屋彩墙，本源于居室；酒池肉林，本源于饮食；酷虐残忍，本源于刑罚；穷兵黩武，本源于征讨。凡是人的欲望中过分的，都本源于生活必需，走得远了，就成为祸害了。先王整治其本，是天理；后人流于末，是人欲。“损”的意义，减损人欲以恢复天理而已。

虽在困穷艰险之中，乐天安义[1]，自得其说乐也[2]。时虽困也，处不失义，则其道自亨，困而不失其所亨也。能如是者，其唯君子乎！若时当困而反亨，身虽亨，乃其道之困也。（《困》卦）

① 安义：安于正义，做当做的，不做不当做的。 ② 说（yuè）：同“悦”。

翻译

虽在窘迫艰险之中，乐于天命，安于正义，自然得其快乐。虽处于穷困之时，处置不失掉义，则为人之道自然亨通，穷困而不失掉亨通之道。能像这样的，恐怕只有君子吧！如果应当处于困境却反而亨通，身虽然亨通，却是做人之道的困迫。

君子当困穷之时，既尽其防虑之道，而不得免，则命也。当推致其命，以遂其志。知命之当然也，则穷塞祸患不以动其心，行吾义而已。苟不知命，则恐惧于险难，陨穫于穷厄[1]，所守亡

矣，安能遂其为善之志乎？（《困》卦）

---

① 陨穫（yǔn huò）：丧失志气。厄（è）：困苦。

翻译

君子遇到困穷的时候，已经用尽了防范的办法，而不能免，就是命了。应当推求自己的命，以实现自己的意志。知道命该这样，就不因困穷祸患动摇自己的心，做我该做的而已。如果不懂得命，就会艰难时恐惧，困苦时丧气，操守失掉了，怎么能实现自己行善的志向呢？

君子之道，贵乎有成，所以五谷不熟，不如荑稗[①]；掘井九仞而不及泉[②]，犹为弃井。有济物之用，而未及物，犹无有也。（《井》卦）

---

① 荑（tí）：稗子一类的草。 ② 仞（rèn）：古代八尺或七尺为一仞。

翻译

君子之道，贵于有所成就，所以五谷不熟，不如稗子；掘井九仞而没挖到地下水，还是废井。有成就事物的功用，而没有用于事物，等于没有。

推革之道，极乎天地变易，时运终始也[1]。天地阴阳推迁改易而成四时，万物于是生长成终，各得其宜，革而后四时成也。时运既终，必有革而新之者。王者之兴，受命于天，故易世谓之革命。汤、武之王[2]，上顺天命，下应人心，顺乎天而应乎人也。天道变改，世故迁易[3]，革之至大也。（《革》卦）

---

① 时运：宿命论者认为时世的变迁是由天命或气数决定的，称为“时运”。这里“时运终始”意指朝代更替。 ② 王（wàng）：成为王。③ 世故：世道。

翻译

推移变革之道，莫大于天地变易、朝代更替。天地阴阳之气推移改变而形成四季，万物于是产生、成长、成熟、灭亡，各得其宜，这就是变革而后四季形成。旧时代的气运已经终结了，必定有变革而更新的人。王者的兴起，受命于天，所以改朝换代叫作革命。商汤、周武王成为王，上顺天命，下应人心，是顺于天而应于人。天道改变，世道迁移，是变革中最大的。

夫有物必有则，父止于慈，子止于孝，君止于仁，臣止于敬，万物庶事莫不各有其所，得其所则安，失其所则悖[1]。圣人所以能使天下顺治，非能为物作则也，唯止之各于其所而已。（《艮》卦）

① 悖(bèi)：违背。

翻译

有事物必有法则，父亲处于慈祥，儿子处于孝顺，君主处于仁慈，臣子处于恭敬，万物百事无不各有其适当的位置。得其所就安宁，失其所就牴牾。圣人所以能使天下顺从治理，不是能为事物制造法则，只不过使万物各自处在应有的位置而已。

人之所以不能安其止者[1]，动于欲也。欲牵于前而求其止，不可得也。故艮之道[2]，当“艮其背”[3]。所见者在前，而背乃背之，是所不见也。止于所不见，则无欲以乱其心，而止乃安。“不获其身”[4]，不见其身也，谓忘我也。无我则止矣，不能无我，无可止之道。“行其庭不见其人”[5]，庭除之间[6]，至近也。在背，则虽至近不见，谓不交于物也。外物不接，内欲不萌，如是而止，乃得止之道，于止为无咎也[7]。（《艮》卦）

① 止：停止，无所作为，与世无争。 ② 艮（gěn）：止。 ③ 艮其背：停止在背面。这是卦辞。 ④“不获其身”：这是《艮卦》的卦辞。⑤“行其庭”一句：也是卦辞。 ⑥ 庭除：庭院。除：台阶。 ⑦ 咎（jiù）：过失。

翻译

人之所以不能安于其停止，是因为被欲念所驱动。欲念纠缠于前而想做到停止，是不可能的。因此止的办法，应当“止于背面”。所见的在前面，而背却背向它，这是看不见的地方。停止在看不见的地方，就没有欲念来扰乱其心，而停止就安心了。“不获其身”，就是不见其身，指忘我。无我就停止了，不能无我，没有可以停止的办法。“行其庭不见其人”，庭院之间，是很近的。在背面，就虽然很近也看不见，是说不接触于外物。外物不接触，内心欲念不萌生，像这样来停止，就找到了止的办法，在止上面算是没有过失了。

动静相因，动则有静，静则有动。物无常动之理，《艮》所以次《震》也。（《艮》卦）

翻译

动静相依，动就有静，静就有动。事物没有总是动的道理，这就是《艮》卦排在《震》卦之后的原因。

一阴一阳之谓道。阴阳交感，男女配合，天地之常理也。《归妹》[①]，女归于男也，故云天地之大义也。（《归妹》卦）

①《归妹》:《周易》卦名。归:女子出嫁。妹:少女。

翻译

一阴一阳叫作道。阴阳交相感应,男女配合,是天地的不变之理。《归妹》,是女子嫁给男子,所以说是天地的大义。

男女有尊卑之序,夫妇有倡随之礼[①],此常理也。(《归妹》卦)

① 倡:倡导,又写作"唱"。夫唱妇随,指妻子对丈夫绝对服从。

翻译

男女有尊卑的次序,夫妇有唱随的礼节,这是不变之理。

人之处患难,知其无可奈何,而放意不反者[①],岂安于义命者哉?(《未济》卦)

① 放意：任凭自己的意愿，执意。

翻译

人处于患难，知道无可奈何，而执意不回头的，哪里是安于义和命的人呢？

河南程氏经说(节选)

《河南程氏经说》共八卷，是二程对《周易》《尚书》《诗经》《礼记》《春秋传》《论语》《孟子》《中庸》八种儒家经典的解说和发挥。其中《孟子解》是后人纂集程颐的语录编成，《中庸解》是出自吕大临之手。除卷五有一篇《明道先生改正大学》是程颢所作外，其他都是程颐写的。《经说》在一定程度上反映了二程的思想，这里节录的，是程颐对《周易·系辞》的解说，即《易说·系辞》，选自《经说》卷一。

“天尊，地卑”，尊卑之位定，而《乾》《坤》之义明矣。高卑既别，贵贱之位分矣。阳动阴静，各有其常，则刚柔判矣。事有理，物有形也。事则有类，形则有群，善恶分而吉凶生矣。象见于天，形成于地，变化之迹见矣。阴阳之交相摩轧，八方之气相推荡，雷霆以动之，风雨以润之，日月运行，寒暑相推，而成造化之功。

翻译

"天尊,地卑",尊卑的位置定了,《乾》卦和《坤》卦的意思就清楚了。高卑一经区别,贵贱的位置划分了。阳动阴静,各有其常规,则刚柔判别了。事有道理,物有形体。事则有类,形体则有群,善恶区分而吉凶产生了。天象出现于天,形体形成于地,变化的轨迹表现出来了。阴阳互相摩擦挤压,八方之气互相推动鼓荡,用雷霆震动它,用风雨滋润它,日月运行,寒暑相推移,而成就造化之功。

在理为幽[1],成象为明。"知幽明之故",知理与物之所以然也。原究其始,要考其终[2],则可以见死生之理。聚为精气,散为游魂。聚则为物,散则为变。观聚散,则见鬼神之情状。万物始终聚散而已,鬼神造化之功也。以幽明之故、死生之理、鬼神之情状观之,则可以见天地之道。

---

① 幽:暗,隐晦。 ② 要:察核。

翻译

在理是幽，成为形象是明。“知幽明之故”，就是知道理和事物的所以然。探究其始，察考其终，就可以见死生的道理。聚集起来是精粹之气，离散了就是游移之魂。聚集起来就是物体，离散了就是变化。观察聚散，就可见鬼神的情状。万物的始终不过是聚散而已，这是鬼神造化的功劳。从幽明的缘故、死生的道理、鬼神的情状来观察，就可以见天地之道。

顺乎理，“乐天”也[①]；安其分，“知命”也。顺理安分，故无所忧。

---

① 乐天：乐于天命的安排。

翻译

顺于理，是“乐天”；安于本分，是“知命”。顺理安分，所以无所忧愁。

道者，一阴一阳也，动静无端，阴阳无始。

非知道者，孰能识之？动静相因而成变化，顺继此道，则为善也。成之在人，则谓之性也。在众人，则不能识，随其所知，故仁者谓之仁，知者谓之知，百姓由之而不知。故君子之道，人鲜克知也。

翻译

道，就是一阴一阳，动静没有开端，阴阳没有起始。不是懂道的人，谁能认识它？动静相依而成变化，遵循而继续这个道，就是善行。使道成就在人身上，就叫作性。在众人，就不能认识，随他们所知道的，所以仁者叫作仁，智者叫作智，百姓遵循它却不知道。所以君子之道，人很少能懂得。

有理则有气，有气则有数①。行鬼神者②，数也。数，气之用也。

---

① 气：构成万物的原始材料。数：《周易》中卦爻的数量和位置关系，泛指事物的数量关系。 ② 行鬼神：使鬼神支配万物变化的作用体现出来。

翻译

有理就有气，有气就有数。体现鬼神作用的，是数。数，是气的功用。

语录

程颐的语录收在《河南程氏遗书》(以下简称《遗书》)、《河南程氏外书》(以下简称《外书》)、《河南程氏粹言》(以下简称《粹言》)中。其中《遗书》卷十五至卷二十五是程颐的语录,卷一至卷十以及《外书》中标明“伊川先生”“正”“正叔”等字的条目也是他的语录。《粹言》及《遗书》《外书》中“二先生语”部分,也有不少是程颐的话,但不容易确定。这里译注的语录,是从《遗书》中选取的。

尝问先生:“其有知之原①,当俱禀得。”先生谓:“不曾禀得,何处交割得来②?”又语及太虚③,曰:“亦无太虚。”遂指虚曰:“皆是理,安得谓之虚?天下无实于理者。”(《遗书》卷三)

---

① 原:根源。 ② 交割:移交。 ③ 太虚:张载认为气的清虚无形的状态叫“太虚”。程颐认为无形即理,没有这种既是气又无形的太虚。

翻译

曾经问先生："认识能力的根源，应当都是禀承得来的。"先生说："没有禀承，什么地方交割得来？"又谈到太虚，说："也没有太虚。"于是指着虚空说："都是理，怎么能叫作虚？天下没有比理更实在的。"

大而化[①]，则己与理一，一则无己。（《遗书》卷十五）

① 大而化：语本《孟子·尽心下》。大：指大人，德才次于圣人的人。化：指善性和自己的精神水乳交融的圣人境界。

翻译

大而化，自己就和理融而为一，融而为一就无我。

物则事也，凡事上穷极其理，则无不通。（《遗书》卷十五）

翻译

物就是事，凡是事上穷究它的道理，就没有不通达的。

视、听、言、动，非理不为，即是礼。礼即是理也。不是天理，便是私欲，人虽有意于为善，亦是非礼。无人欲即皆天理。（《遗书》卷十五）

翻译

视、听、言、动，不合理不做，就是礼。礼就是理。不是天理，就是私欲，人虽然有意于行善，也是不合礼。没有人欲就都是天理。

人恶多事，或人悯之。世事虽多，尽是人事。人事不教人做，更责谁何？（《遗书》卷十五）

翻译

有人讨厌多事，有的人同情他。世上事情虽多，都是人的事。人事不叫人做，又求哪个去做？

凡物有本末，不可分本末为两段事。洒扫应对是其然，必有所以然[①]。（《遗书》卷十五）

① 洒扫应对：泛指日常生活和待人接物。然：如此。所以然：之所以如此。“然”指最终的现象或结果，“所以然”指本来的原因。这两句是承上句的“本”“末”来说的。

翻译

凡是事物都有本末，不可以分本末为两段事。洒扫应对是其然，必定有所以然。

若谓既返之气复将为方伸之气[①]，必资于此，则殊与天地之化不相似。天地之化，自然生生不穷，更何复资于既毙之形、既返之气以为造化？

近取诸身，其开阖往来[②]，见之鼻息[③]，然不必须假吸复入以为呼[④]。气则自然生，人气之生，生于真元[⑤]。天之气，亦自然生生不穷。至如海水，因阳盛而涸[⑥]，及阴盛而生，亦不是将已涸之气却生水，自然能生。往来屈伸，只是理也。盛则便有衰，昼则便有夜，往则便有来。天地中如洪炉[⑦]，何物不销铄了[⑧]？（《遗书》卷十五）

---

① 既返之气复将为方伸之气：这是张载《正蒙·大和篇》的观点。
② 阖（hé）：关闭。 ③ 鼻息：鼻子出入的气息。 ④ 假：借。
⑤ 真元：原为道家用语，指元气。 ⑥ 涸（hé）：干枯。 ⑦ 洪：大。
⑧ 销铄（shuò）：熔化。

翻译

如果说已经返回的气重新成为正在伸展的气，必须借助于这样，就尤其和天地的造化不相似。天地的造化，自然生生不穷，又何必再借助于已死的形体、已返回的气来作为造化？就近用我们自身来做比譬，气的开合往来，见之于鼻息，但不必借助把已呼出的气吸回来作为呼。气是自然产生的，人气的产生，生于元气；天的气，也自然生生不穷。再比如海水，因阳兴盛而干枯，到阴兴盛而产生，也不是拿已经干枯的气再生水，而是自然能产生。往来屈伸，只是理。盛便有衰，昼便有夜，往便有来。天地中就像大炉子，什么东西不熔化了？

敬只是主一也。主一，则既不之东，又不之西，如是则只是中。既不之此，又不之彼，如是则只是内。存此，则自然天理明。（《遗书》卷十五）

翻译

敬只是专一。专一，就既不往东，又不往西，像这样就只是中。既不往此，又不往彼，像这样就只是内。保持这样，就自然明白天理。

天地之化，虽廓然无穷，然而阴阳之度，日月寒暑昼夜之变，莫不有常，此道之所以为中庸。（《遗书》卷十五）

翻译

天地的变化，虽然广阔无穷，然而阴阳的分寸，日月寒暑昼夜的变化，无不有常规，这就是道之所以是中庸的原因。

“率性之谓道”，率，循也。若言道不消先立下名义，则茫茫地何处下手？何处著心？（《遗书》卷十五）

翻译

“率性之谓道”，率，就是遵循。如果说道不用先确定名称和含义，那么茫茫然从什么地方下手？从什么地方留心？

天地之间，只有一个感与应而已，更有甚事？（《遗书》卷十五）

翻译

天地之间，只有一个感和应而已，还有什么事？

人于天地间，并无窒碍处[①]，大小大快活！（《遗书》卷十五）

① 窒（zhì）：阻塞。

翻译

人在天地间，并没有阻塞不通的地方，多么快活！

冲漠无朕[①]，万象森然已具[②]，未应不是先，已应不是后[③]。如百尺之木，自根本至枝叶[④]，皆是一贯，不可道上面一段事无形无兆，却待人旋安排引入来[⑤]，教入途辙[⑥]。既是途辙，却只是一个途辙。（《遗书》卷十五）

① 冲漠：淡泊。这里指广漠而沉寂。朕（zhèn）：先兆。 ② 万象：宇宙间一切景象。森然：繁盛的样子。以上二句说物质世界的一切在它出现之前，已经由“理”安排定了。 ③ 应：感应。“未应”二句

说不论已经感应而产生的事物或是尚未感应而生的东西，都已被“理”事先安排定了，没有先后之分。 ④ 本：树干。 ⑤ 旋：临时。 ⑥ 途：道路。辙：车辙。“途辙”比喻轨道。

翻译

广漠沉寂而没有先兆，万象森然已经具备，没有感应不是在先，已经感应不是在后。如百尺高的树木，从根干到枝叶，都是贯通的，不可以说上面一段事情无形体无征兆，却等人临时安排引进来，使它进入轨道。既然是轨道，就只是一个轨道。

“道二，仁与不仁而已”①，自然理如此。道无无对，有阴则有阳，有善则有恶，有是则有非，无一亦无三。故《易》曰：“三人行则损一人，一人行则得其友。”②只是二也。（《遗书》卷十五）

---

① “道二”二句：见《孟子·离娄上》。 ② “三人行”二句：见《周易·损卦》六三爻辞。

翻译

“道有二:仁和不仁而已”,自然道理是这样。道没有无对立面的,有阴就有阳,有善就有恶,有是就有非,无一也无三。所以《周易》说:“三人行走就减少一人,一人行走就得到朋友。”只是二罢了。

“合而言之道也”[①],仁固是道,道却是总名。(《遗书》卷十五)

---

① “合而言”一句:见《孟子·尽心下》。

翻译

“合起来说是道”,仁固然是道,道却是总名。

“大而化之”,只是谓理与己一。其未化者,如人操尺度量物,用之尚不免有差。若至于化者,则己便是尺度,尺度便是己。颜子正在此,若化则便是仲尼也。(《遗书》卷十五)

翻译

“大而化之”，只是说理和自己合而为一。那些没化合的，像人拿尺度量东西，用起来还不免有差错。如至于化合了的人，则自己就是尺度，尺度就是自己。颜子正在这种程度，如果化合就便是仲尼了。

格物穷理[①]，非是要尽穷天下之物，但于一事上穷尽，其他可以类推。至如言孝，其所以为孝者如何。如一事上穷不得，且别穷一事。或先其易者，或先其难者。各随人深浅[②]。如千蹊万径皆可适国[③]，但得一道入得便可。所以能穷者，只为万物皆是一理。至如一物一事虽小，皆有是理。（《遗书》卷十五）

---

① 格：程颐解释为“穷”，“穷物”，就是穷究事物，彻底认识事物。

② 深浅：指学识的高低。 ③ 蹊（xī）：小路。径：也是小路。国：都城。

翻译

认识事物，穷尽事理，不是要穷究天下的全部事物，只要在一件事上透彻了解，其他可以类推。比如说孝，要弄清所以为孝是怎样的。如果一件事上认识不到，姑且另外认识一件事。或者先认识容易的，或者先认识困难的，各自随人们学识的高低。比如千万条小路都可以通向国都，只要找到一条路进得去就行。所以能够认识的原因，只因为万物都是一个理。比如一物一事虽然小，也都有这个理。

物理须是要穷。若言天地之所以高深，鬼神之所以幽显，若只言天只是高，地只是深，只是已辞，更有甚？（《遗书》卷十五）

翻译

事物的道理必须要透彻认识。如说天地之所以高深，鬼神之所以隐晦明显，如果只说天只是高，地只是深，只是断语，还有什么？

"赞天地之化育"[①]，自人而言之，从尽其性

至尽物之性，然后可以赞天地之化育，可以与天地参矣。言人尽性，所造如此。若只是至诚，更不须改。所谓“人者天地之心”，及“天聪明自我民聪明”[2]，止谓只是一理，而天人所为，各自有分。（《遗书》卷十五）

---

①“赞天地”一句：见《礼记·中庸》。　②“人者天地”二句：见《尚书·皋陶谟》。

翻译

“参与天地的造化养育”，从人来讲，从完全了解自己的本性到完全了解事物的本性，然后可以参与天地的造化养育，可以与天地并列为三了。说人完全了解本性，是指他能达到这样。如果只是至诚，再不必说。所谓“人是天地之心”，及“天聪明出自我人民的聪明”，只是说天与人只是一个理，但天、人所做的事，各自有本分。

“一阴一阳之谓道”，此理固深，说则无可说。所以阴阳者道，既曰气，则便是二。言开

阖，已是感，既二则便有感。所以开阖者道，开阖便是阴阳。老氏言虚而生气[1]，非也。阴阳开阖，本无先后，不可道今日有阴，明日有阳。如人有形影，盖形影一时。不可言今日有形，明日有影。有便齐有。（《遗书》卷十五）

---

① 老氏：指老子，姓李，名耳，字伯阳，谥聃（dān），春秋末楚国苦县（今河南鹿邑）人，思想家，道家学派创始人。

翻译

“一阴一阳叫作道”，这个理固然深，说却无可说。支配阴阳的是道，既说气，就便是二。说开合，已经是交感，既是二便有交感。支配开合的是道，开合就是阴阳。老子说虚而生气，错了。阴阳开合，本无先后，不可以说今天有阴，明天有阳。如人有形影，形影同时，不可以说今天有形，明天有影，有就一齐有。

“寂然不动，感而遂通”[1]，此已言人分上事。若论道，则万理皆具，更不说感与未感。（《遗书》卷十五）

①“寂然”二句:见《周易·系辞》。

翻译

“寂然不动,感应便相通”,这已经是说人分上的事。如果说道,那么万理都具备,再不说感应和没感应。

匹夫至诚感天地[①],固有此理,如邹衍之说太甚[②]。只是盛夏感而寒栗则有之[③],理外之事则无。如变夏为冬,降霜雪,则无此理。(《遗书》卷十五)

① 匹夫:一般人。 ② 邹衍:即驺衍,约前305—前240,战国末齐国(今山东一带)人,阴阳家代表人物。传说燕惠王入狱,他仰天而哭,夏五月天降雪。 ③ 栗(lì):发抖。

翻译

普通人至诚感动天地,确实有这个道理,但像邹衍的传说就太过分了。只是盛夏感应而寒冷战栗是有的，理外的事则没有。如变夏为冬，降霜雪，却没有这个道理。

离了阴阳更无道，所以阴阳者是道也，阴阳，气也。气是形而下者，道是形而上者。形而上者则是密也[①]。（《遗书》卷十五）

① 密：指万物的根源。《遗书》卷十五："密者用之源。"

翻译

离了阴阳再没有道，支配阴阳的是道，阴阳，是气。气是有形体的东西，道是没有形体的东西。没有形体的东西就是根源。

知至则当至之，知终则当遂终之[①]，须以知为本。知之深，则行之必至，无有知之而不能行者。知而不能行，只是知得浅。饥而不食乌喙[②]，人不蹈水火，只是知。人为不善，只为不知。知至而至之，知几之事[③]，故可与几；知终而

终之，故可与存义。知至是致知，博学、明辨、审问、慎思[4]，皆致知、知至之事，笃行便是终之。如始条理，终条理[5]，因其始条理，故能终条理，犹知至即能终之。（《遗书》卷十五）

---

①“知至”二句：语本《周易·乾卦》文言。知至：懂得将要发生的事物。至之：根据将要发生的情况处置适宜。知终：懂得事物的终结。终之：使事物保持好的结果。 ② 乌喙（huì）：即乌头，一种有毒的植物。 ③ 几（jī）：同“机”，先机，先兆。 ④“博学”以下：见《礼记·中庸》。 ⑤“始条理”二句：语本《孟子·万章下》。

翻译

知道将要发生的事物，就应当根据将要发生的情况妥当处置；知道事物的结果，就要使它保持好的结果。在这里必须以知为根本。知道得深，就必定做得好，没有知道了却不能做的事。知道却不能做，只是知道得浅。饥饿而不吃乌头，人不踩水火，只是因为他们知道乌头有毒、水火能伤人。人做不善的事，只因为不知。知道未来而迎接未来，这是预知先机的事，因此可以参与预卜与应付先机。知道事物的终结而使之善终，因此可以处事得宜。知道未来是获得知识，广博地学习、明白地分辨、仔细地发问、慎重地思考，都是获得知识、知道未来的事，忠实实行就是使事情得以善终。如开始有条理，终结有条理，因为它开始有条理，所以能最终有条理，就像知道未来就能获得善终。

以物待物，不可以己待物。（《遗书》卷十五）

翻译

按事物的本来面目对待事物，不可用自己的标准对待事物。

真元之气[①]，气之所由生，不与外气相杂，但以外气涵养而已[②]。若鱼在水，鱼之性命非是水为之，但必以水涵养，鱼乃得生尔。人居天地气中，与鱼在水无异，至于饮食之养，皆是外气涵养之道。出入之息者，阖辟之机而已。所出之息，非所入之气，但真元自能生气；所入之气，止当阖时，随之而入，非假此气以助真元也。（《遗书》卷十五）

① 真元:指元气。 ② 涵养:滋养。

翻译

真元之气,是人体内的气从中产生的东西,不和外界的气相混杂,只以外界的气滋养而已。如鱼在水里,鱼的生命不是水给的,但必须用水滋养,鱼才能生存。人处于天地之气中间,和鱼在水里没有区别。至于饮食的调养,都是外界的气滋养的方法。出入的气息,只是开合的开关而已。呼出的气息,不是吸入的气,只是元气自然能生气息;吸入的气,只是当开的时候,随之而入,不是借这个气来帮助元气。

近取诸身,百理皆具。屈伸往来之义,只于鼻息之间见之。屈伸往来只是理,不必将既屈之气复为方伸之气。生生之理[1],自然不息。如《复》言“七日来复”[2],其间元不断继,阳已复生。物极必返,其理须如此。有生便有死,有始便有终。(《遗书》卷十五)

① 生生：语出《周易·系辞上》，指事物不断产生，变化。 ②“七日来复”：见《周易·复卦》卦辞。这句说阳气从衰亡到复生要经过七天。

翻译

就近向自身寻求，各种道理都具备。屈伸往来的道理，只在鼻息之间就能见出。屈伸往来都是理，不必把已屈的气息恢复为正在伸展的气息。生生的道理，自然不停息。如《复》卦说“七天来复生”，其中本来不间断，阳气已经复生。物极必反，它的道理必须这样。有生便有死，有始便有终。

学者先务，固在心志。有谓欲屏去闻见知思[①]，则是“绝圣弃智”[②]。有欲屏去思虑，患其纷乱，则是须坐禅入定[③]。如明鉴在此，万物毕照，是鉴之常，难为使之不照。人心不能不交感万物，亦难为使之不思虑。若欲免此，唯是心有主。如何为主？敬而已矣。有主则虚，虚谓邪不能入；无主则实，实谓物来夺之。今夫瓶罂[④]，有水实内，则虽江海之浸，无所能入，安得不虚？

无水于内，则停注之水[5]，不可胜注，安得不实？大凡人心不可二用，用于一事，则他事更不能入者，事为之主也。事为之主，尚无思虑纷扰之患，若主于敬，又焉有此患乎？所谓敬者，主一之谓敬。所谓一者，无适之谓一[6]。且欲涵泳主一之义[7]，一则无二三矣。（《遗书》卷十五）

---

① 屏（bìng）：同“摒”，排除。 ②“绝圣弃智”：语出《老子》。圣：聪明。 ③ 坐禅（chán）入定：佛教徒的修行方法，闭眼静坐，排除一切杂念，使心进入静止不动的状态。 ④ 罂（yīng）：小口大肚的瓶子。⑤ 停注：停蓄，盛放。 ⑥ 适：前往。无适：这里指心不想其他事。⑦ 涵泳：深入领会。

翻译

治学者的当务之急，确实在于心神。有人说要排除见闻知觉思虑，就是“断绝聪明，抛弃智慧”。有人想排除思虑，担心它的纷乱，就是需要坐禅入定。如明镜在这里，万物全照，是镜子的本性，难于使它不照。人心不能不感应万物，也难于使它不思虑。如果想避免这种毛病，除非是心里有主宰。怎样是主宰？敬而已。有主宰就虚，虚指邪念不能进入；无主宰就实，实指外物进来扰乱。现在有一个小口大肚的瓶子，有水装满内部，那么即使是江海的浸泡，没有地方可以进入，怎么能不虚？没有水在里面，则停蓄注入瓶中的水，不可胜注，怎么能不实？大凡人心不可二用，用于一件事，则其他事再不能进入，因为那件事做了心的主宰了。有一事做心的主宰，尚且没有思虑纷扰的顾虑，如果以敬为主宰，又哪里有这种担心呢？所谓敬，专一叫作敬。所谓一，没有分心的地方叫作一。现在想深入领会专一的含义，一就没有二三了。

“致知在格物”，格物之理，不若察之于身，其得尤切。（《遗书》卷十七）

翻译

“获得知识在于穷究事物”，穷究事物的道理，不如体察于自身，得到的认识特别切实。

人要明理，若止一物上明之，亦未济事，须是集众理，然后脱然自有悟处[①]。然于物上理会也得，不理会也得（且须于学上格物，不可不诣理也[②]）。（《遗书》卷十七）

① 脱然：超脱的样子。 ② 括号内是自注。诣（yì）：达到。

翻译

人要明白道理，如果只在一件事物上弄清，也不顶事，必须集中各种道理，然后超然自有领悟的地方。但在具体事物上懂得也行，不懂得也行（必须在学问上认识事物，不可不掌握理）。

孟子辨舜、跖之分[1]，只在义利之间。言“间”者，谓相去不甚远，所争毫末尔[2]。义与利，只是个公与私也。才出义，便以利言也。只那计较，便是为有利害。若无利害，何用计较？利害者，天下之常情也。人皆知趋利而避害，圣人则更不论利害，惟看义当为与不当为，便是命在其中也。（《遗书》卷十七）

① 跖（zhí）：即盗跖，相传为春秋末柳下屯（今山东西部）人，儒家称他为“盗”。 ② 争：相差。

翻译

孟子分辨舜、跖的区别，只在义和利之间。说“间”，指相差不很远，所差不过一丝一毫罢了。义和利，只是个公与私。才离开义，就从利上说话了。只看他那样计较，就是因为有利害。如果没有利害，哪里用得着计较？利害，是天下的常情。人们都知道趋利而避害，圣人却再不论利害，只看按照义当做和不当做，就是命在其中了。

或问：“如何学可谓之有得？”曰：“大凡学问，闻之知之，皆不为得。得者，须默识心通。学者欲有所得，须是笃，试意烛理。上知，则颖悟自别；其次，须以义理涵养而得之。”（《遗书》卷十七）

翻译

有人问：“怎样学才可以叫作有所得？”答：“大凡学问，听到知道，都不算有所得，有所得，必须心领神会。治学者想有所得，必须忠实，一心一意洞察事理。具有超凡智慧的人，则聪明自然不同；次一等的人，必须用义理滋润培养才能有所得。”

物有自得天理者，如蜂蚁知卫其君，豺獭知祭[1]。礼也出于人情而已。（《遗书》卷十七）

① 豺：豺狗。獭（tǎ）：指水獭。豺狗在深秋时多杀各种野兽预备过冬，陈列在四周；水獭贪吃鱼，常捕鱼陈列在水边，所以人们说它们是在祭奠。见《礼记·月令》。

翻译

事物有自然懂得天理的，如蜜蜂蚂蚁知道保卫它们的君主，豺狗水獭知道祭奠。礼也出于人情而已。

今人欲致知，须要格物。“物”不必谓事物然后谓之物也，自一身之中，至万物之理，但理会得多，相次自然豁然有觉处。（《遗书》卷十七）

翻译

假如人们想获得知识，必须要穷究事物。“物”不一定指事物然后叫作物，从一身之中，到万物之理，只要领会得多，逐渐自然豁然有领悟的地方。

问："仁与心何异？"曰："心是所主处，仁是就事言。"曰："若是，则仁是心之用否？"曰："固是。若说仁者心之用则不可。心譬如身，四端如四支[①]。四支固是身所用，只可谓身之四支。如四端固具于心，然亦未可便谓之心之用。"或曰："譬如五谷之种，必待阳气而生。"曰："非是。阳气发处，却是情也。心譬如谷种，生之性便是仁也。"（《遗书》卷十八）

① 四端：指恻隐之心、羞恶之心、辞让之心、是非之心四个方面，它们分别是仁、义、礼、智的表现。见《孟子·公孙丑上》。支：同"肢"。

翻译

问："仁和心有什么区别？"答："心是主宰的地方，仁是就事情说。"问："如果这样，那么仁是心的功用吗？"答："当然是。如果说仁的表现是心的功用却不行。心譬如身躯，四端像四肢。四肢固然是身躯所用，只可以说是身体的四肢。四端本来具备于心，但也不能就叫作心的功用。”有人说：“譬如五谷的种子，必须等到阳气才能生长。”答：“不对。阳气发生的地方，却是情了。心譬如谷种，生长的本性就是仁。”

“思曰睿”[①]，思虑久后，睿自然生。若于一事上思未得，且别换一事思之，不可专守著这一事[②]。盖人之知识于这里蔽著，虽强思亦不通也。（《遗书》卷十八）

---

①“思曰睿”：见《尚书·洪范》。睿（ruì）：明智。　②著：同“着”。

翻译

“思维要明智”，思虑久了以后，明智自然产生。如果在一件事上思考不通，暂且另换一件事思考，不可以专守着这一件事。因为人的知识在这里遮蔽着，即使勉强思考也不通。

问：“忠信进德之事固可勉强，然致知甚难。”曰：“子以诚敬为可勉强[①]，且恁地说[②]，到

底须是知了方行得。若不知，只是觑却尧学他行事[③]，无尧许多聪明睿知，怎生得如他动容周旋中礼[④]？有诸中，必形诸外，德容安可妄学[⑤]？如子所言，是笃信而固守之，非固有之也。且如《中庸》九经[⑥]，修身也，尊贤也，亲亲也。《尧典》'克明峻德，以亲九族'[⑦]，亲亲本合在尊贤上，何故却在下？须是知所以亲亲之道方得。未致知，便欲诚意，是躐等也[⑧]。学者固当勉强，然不致知，怎生行得？勉强行者，安能持久？除非烛理明，自然乐循理。性本善，循理而行是顺理事，本亦不难。但为人不知，旋安排著，便道难也。知有多少般数[⑨]，煞有深浅[⑩]。向亲见一人，曾为虎所伤，因言及虎，神色便变。傍有数人，见他说虎，非不知虎之猛可畏，然不如他说了有畏惧之色，盖真知虎者也。学者深知亦如此。且如脍炙[⑪]，贵公子与野人莫不皆知其美[⑫]，然贵人闻著便有欲嗜脍炙之色[⑬]，野人则不然。学者须是真知，才知得是，便泰然行将去也。某年二十时[⑭]，解释经义与今无异，然思今日，觉得意味与少时自别。"（《遗书》卷十八）

① 子：你。 ② 恁(nèn)地：这么。 ③ 觑(qù)：瞧。 ④ 怎生：怎么。动容：做出某种表情，指仪容。周旋：指举止。中(zhòng)：合乎。 ⑤ 德容：指有道之人的仪容。 ⑥《中庸》：《礼记》篇名，相传为战国时思想家、孔子之孙子思所作。九经：九种常行之事。《中庸》说“凡为天下国家有九经”。下面说的“修身”“尊贤”“亲亲”就是其中的三件。 ⑦《尧典》：《尚书》篇名。克：能。明：使显耀，宣扬。峻：高耸，指高尚。九族：同姓的九代亲族，如直系的有高祖、曾祖、祖、父、子、孙、仍孙、曾孙、玄孙。 ⑧ 躐(liè)等：超越等级。儒家认为道德修养要循序渐进，不能越等。 ⑨ 般数：样数、种类。⑩ 煞(shà)：很。 ⑪ 脍(kuài)：切得很细的肉。炙(zhì)：烤肉。⑫ 野人：指乡下人。 ⑬ 嗜(shì)：吃。 ⑭ 某：我。

翻译

问：“忠实真诚地提高道德修养的事情，固然可以尽力而为，但获得知识很难。”答：“你以为诚和敬可以尽力而为，暂且这么说，终究必须是知了才能行。如果不知，只是瞧着尧学他办事，没有尧的许多聪明智慧，怎么能像他仪容举止都合于礼？内心具有，必定表现于外面，仪容怎么可以乱学？像你所说，是笃信而固守这些，不是本来具有。比如《中庸》的九件常事，其中三件是自我修养，尊敬贤人，亲爱亲人。《尧典》说‘能宣扬高尚品德，来使九族亲睦’，亲爱亲人本应在尊敬贤人之上，为什么却在下？必须知道怎么样亲爱亲人的方法才行。没获得知识，就想诚心，这是超越等级。治学者固然应当尽力而为，但不获得知识，怎么能行动？勉强做的人，怎么能持久？除非洞察道理明白，自然乐于遵循道理。人性本来善良，循理而行是顺理的事，本来也不难，但因为人们不懂得，临时安排着，便说难了。知有很多种类，很有深浅。以往我亲自见过一个人，曾经被老虎所咬伤，因此说到虎，神色就变。旁边有几个人，见他们说老虎，不是不知道老虎的凶猛可怕，但不如他说了有畏惧的表情，因为他是真正了解老虎的人。治学者的深刻了解也像这样。比如肉末和烤肉，贵公子和乡下人没有谁不知道它的味美，但贵人听着便有想吃肉末和烤肉的神色，乡下人却不这样。治学者必须是真知，才知道对，便泰然做下去。我二十岁的时候，解释经书的意义和现在没有不同，但细想现在，觉得意味与年轻时自然不同。”

或问：“进修之术何先？”曰：“莫先于正心诚意。诚意在致知，致知在格物。格，至也，如‘祖考来格’之‘格’[①]。凡一物上有一理，须是穷致其理。穷理亦多端：或读书，讲明义理；或论古今人物，别其是非；或应接事物而处其当，皆穷理也。”或问：“格物须物物格之，还只格一物

而万理皆知？”曰：“怎生便会该通[2]？若只格一物便通众理，虽颜子亦不敢如此道。须是今日格一件，明日又格一件，积习既多[3]，然后脱然自有贯通处。”（《遗书》卷十八）

---

①“祖考来格”：见《尚书·皋陶谟》。考：父亲。这句说祖父和父亲的在天之灵到来。 ②该：包容。 ③习：练习，指反复接触认识事物。

翻译

有人问：“修养提高的办法什么为先？”答：“没有什么先于使心正，使意诚。使意诚在于获得知识，获得知识在于穷究事物。格，就是至，像‘祖考来格’的‘格’。凡是一件事物上有一个道理，必须穷究它的道理。穷究道理也有多种方法：或者读书，讨论清楚义理；或者评论古今人物，辨别其是非；或者处事接物而应付得当，都是穷究道理。”有人问：“穷究事物必须一件一件地穷究，还是只穷究一件事物而各种道理都知道？”答：“怎么就能贯通？如果只穷究一件事物就懂得各种道理，就是颜子也不敢这样说。必须今天认识一件，明天又认识一件，积累练习既多，然后超然自有贯通的地方。”

涵养须用敬，进学则在致知。（《遗书》卷十八）

翻译

修养必须用敬，使学业有进步则在于获取知识。

问：“观物察己，还因见物，反求诸身否？”曰：“不必如此说。物我一理，才明彼即晓此，合内外之道也。语其大，至天地之高厚；语其小，至一物之所以然，学者皆当理会。”又问：“致知先求之四端，如何？”曰：“求之性情，固是切于身，然一草一木皆有理，须是察。”（《遗书》卷十八）

翻译

问：“观察事物体察自己，还凭借见到的事物，反过来在自己身上寻求不？”答：“不必这样说。物与我一个道理，才明白彼就晓得此，是融合内外的方法。说到它的大，达到天地的高厚；说到它的小，达到一件事物的所以然，治学者都应该领会。”又问：“获取知识先在四端上寻求，怎么样？”答：“向性情上寻求，固然是切近自身。但一草一木都有理，必须考察。”

天下物皆可以理照[1]，有物必有则，一物须有一理。（《遗书》卷十八）

① 照：照见，比喻弄清楚。

翻译

天下事物都可以用理照见，有事物必定有法则，一件事物必有一个道理。

穷理、尽性、至命[1]，只是一事。才穷理，便尽性；才尽性，便至命。（《遗书》卷十八）

① 穷理：弄清道理。尽性：了解人性。至命：认识天命。

翻译

穷尽事理、了解人性、认识天命，只是一件事。穷尽了事理，也就了解了性；了解了人性，也就认识了天命。

问：“神仙之说有诸？”曰：“不知如何。若说白日飞升之类则无，若言居山林间，保形炼气以延年益寿[1]，则有之。譬如一炉火，置之风中则易过，置之密室则难过，有此理也。”（《遗书》卷十八）

---

① 形：形体，指身体。气：指元气，即所谓“真元”。

翻译

问：“神仙的说法有吗？”答：“不知如何。如果说白日飞升之类则没有，如果说居处山林间，保养身体，锻炼元气来延年益寿，那是有的。譬如一炉火，放在风中就容易燃过，放在密室就难于燃过，有这个理。”

释氏有出家出世之说[1]。家本不可出，却为他不父其父，不母其母，自逃去固可也。至于世，则怎生出得？既道出世，除是不戴皇天[2]，不履后土始得[3]，然又却渴饮而饥食，戴天而履地。（《遗书》卷十八）

① 释氏：指佛家，信奉释迦牟尼，故称释氏。 ② 皇天：天的尊称。

③ 履：踩。后土：对地的尊称。

翻译

佛家有出家、出世的说法。家本来不可以出，却因为他不把父亲当父亲，不把母亲当母亲，自己逃去当然可以。至于世，又怎么能出？既然说出世，除非不顶皇天、不踏后土才行，但又却渴饮而饥餐，顶天而踏地。

释氏言成、住、坏、空[1]，便是不知道。只有成、坏，无住、空。且如草木初生既成，生尽便枯坏也。他以谓如木之生，生长既足却自住，然后

却渐渐毁坏。天下之物，无有住者。婴儿一生，长一日便是减一日，何尝得住？然而气体日渐长大，长的自长，减的自减，自不相干也。（《遗书》卷十八）

---

① 成、住、坏、空：佛家所谓四劫。这里指事物生成、停住、毁坏、消灭无余的四种现象。

翻译

释氏讲成、住、坏、空，就是不懂道。只有成、坏，没有住、空。比如草木初生已成，生长完就枯萎毁坏了。他以为像树木的生长，生长够了便自己停住，然后再渐渐毁坏。天下的事物，没有停住的。婴儿一生，长一天就是减一天，哪里停住过？然而元气身体日渐长大，长的自己长，减的自己减，自然不相干。

问："恶外物，如何？"曰："是不知道者也。物安可恶？释氏之学便如此。释氏要屏事，不问这事是合有邪？合无邪？若是合有，又安可屏？若是合无，自然无了，更屏什么？彼方

外者苟且务静[①]，乃远迹山林之间，盖非明理者也。世方以为高，惑矣。”（《遗书》卷十八）

---

① 方外：世俗之外。

翻译

问：“厌恶外界事物，如何？”答：“这是不懂道的人。事物怎么可以厌恶？佛家的学说就这样。佛家要排除外界的事，不问这事是该有呢？不该有呢？如果是该有，又怎么可以排除？如果是不该有，自然没有了，还排除什么？那些世外的人苟且求静，便让自己的踪迹远藏于山林之间，这不是明理的人。世上却以为清高，太糊涂了。”

问：“释氏有‘一宿觉’‘言下觉’之说[①]，如何？”曰：“何必浮图[②]？孟子尝言‘觉’字矣，曰‘以先知觉后知，以先觉觉后觉’[②]。知是知此事，觉是觉此理。古人云‘共君一夜话，胜读十年书’。若于言下即悟，何啻读十年书？”[④]（《遗书》卷十八）

① 一宿觉、言下觉：都是禅宗的顿悟门法。一宿(xiǔ)：一夜。觉：豁然醒悟。言下：言谈之间。 ② 浮图：佛，梵语译音。这里指佛家。②“以先知”二句：见《孟子·万章上》。先知：认识事物先于众人的人。先觉：懂得道理先于众人的人。 ④ 啻(chì)：只，仅。

翻译

问：“佛家有‘一宿觉’‘言下觉’的说法，如何？”答：“何必佛家？孟子已经说过‘觉’字了，他说‘用先知者使后知者觉悟，用先觉者使后觉者觉悟’。‘知’是了解这件事，‘觉’是领悟这个理。古人说‘共君一夜话，胜读十年书’。如果在言谈之间就醒悟，何只读十年书？”

问：“魂魄何也？”曰：“魂只是阳，魄只是阴。魂气归于天，体魄归于地是也[①]。如道家三魂七魄之说[②]，妄尔。”（《遗书》卷十八）

①“魂只是阳”以下数句：古人认为附于气的神叫魂，属阳；附于形体的灵叫魄，属阴。程颐基本上沿用了这种说法。 ② 三魂七魄：道

家对魂魄的分类，见《云笈七籤》卷五十四。

翻译

问："魂魄是什么？"答："魂只是阳，魄只是阴。魂和气回到天上，形体和魄回到地下就是这样。像道家三魂七魄的说法，是荒诞的。"

苏季明问[①]："中之道与'喜怒哀乐之未发谓之中'[②]，同否？"曰："非也。喜怒哀乐未发是言在中之义，只一个中字，但用不同。"或曰："喜怒哀乐未发之前求中，可否？"曰："不可。既思于喜怒哀乐未发之前求之，又却是思也。既思即是已发（思与喜怒哀乐一般[③]）。才发便谓之和，不可谓之中也。"又问："吕学士言[④]，当求于喜怒哀乐未发之前。信斯言也，恐无著摸。如之何而可？"曰："看此语如何地下。若言存养于喜怒哀乐未发之时，则可；若言求中于喜怒哀乐未发之前，则不可。"又问："学者于喜怒哀乐发时固当勉强裁抑[⑤]，于未发之前当如何用功？"曰："于喜怒哀乐未发之前，更怎生求？只平日涵养

便是。涵养久，则喜怒哀乐发自中节。”[6]或曰：“有未发之中，有既发之中。”曰：“非也。既发时，便是和矣。发而中节，固是得中（时中之类[7]），只为将中和来分说，便是和也。”（《遗书》卷十八）

---

① 苏季明：即苏昞，字季明，世称武功先生，邠州武功（今陕西武功）人。始学于张载，后从学二程。 ②“喜怒哀乐之未发谓之中”：见《中庸》。 ③ 括号内是原注。 ④ 吕学士：指吕大临。 ⑤ 裁：控制。 ⑥ 中（zhòng）节：合乎规范。 ⑦ 括号内为自注。时中：指合乎时宜，无过不及。

翻译

苏季明问：“中的道理和‘喜怒哀乐没有激发叫作中’，相同吗？”答：“不同。喜怒哀乐没有激发是说处于心中的意思，只有一个‘中’字，但用处不同。”有人说：“喜怒哀乐没有激发之前要求做到中，可否？”答：“不可以。既想在喜怒哀乐没有激发之前要求做到中，又却是想。既想就是已经激发（想和喜怒哀乐一样）。才激发就叫作和，不可以叫作中。”又问：“吕学士说，应当要求于喜怒哀乐没激发之前。信这个话，恐怕没有捉摸的地方，怎么办才好?”答:“看这个断语怎么下。如果说修养于喜怒哀乐没激发的时候,便可以;如果说在喜怒哀乐没有激发之前要求做到中,便不可以。”又问:“治学者在喜怒哀乐激发的时候固然应当尽力抑制,在没激发之前应当怎样努力?”答:“在喜怒哀乐没激发之前,又怎么要求?只能平日修养就是了。修养久了,那么喜怒哀乐激发出来自然合于规范。”有人说:“有尚未激发的中,有已经激发的中。”答:“不对。已经激发的时候,便是和了。激发而合于规范,固然是做到了中(时中之类),只因为拿中与和来分开说,便是和了。”

问:“人之形体有限量,心有限量否?”曰:“论心之形,则安得无限量?”又问:“心之妙用有限量否?”曰:“自是人有限量。以有限之形,有限之气,苟不通之以道,安得无限量?孟子曰:‘尽其心,知其性。’[①]心即性也。在天为命,在人为性,论其所主为心,其实只是一个道。苟能通之以道,又岂有限量?天下更无性外之物,若云有限量,除是性外有物始得。”(《遗书》卷十八)

---

①“尽其心”二句:见《孟子·尽心上》。

翻译

问："人的形体有限量，心有限量吗？"答："说心的形体，又怎么能没有限量？"又问："心的妙用有限量吗？"答："自然是人有限量。以有限的形体，有限的气，如果不用道贯通它，怎么能没有限量？孟子说：'充分发挥自己心中的善，就可以知道自己的性。'心就是性。在天是命，在人是性，论其所主宰的是心，其实只是一个道。如果能用道贯通气和形体，又哪里有限量？天下再没有性外的东西，如果说有限量，除非是性外有东西才行。"

问："心有善恶否？"曰："在天为命，在义为理，在人为性，主于身为心，其实一也。心本善，发于思虑，则有善不善。若既发，则可谓之情，不可谓之心。譬如水，只谓之水。至于流而为派[1]，或行于东，或行于西，却谓之流也。"（《遗书》卷十八）

① 派：江河的支流。

翻译

问："心有善恶吗？"答："在天是命，在意义上是理，在人是性，主宰于身体的是心，其实质是相同的。心本来善，表现于思虑，就有善有不善。如果已经表现出来，就可以叫作情，不可以叫作心。譬如水，只叫作水。至于流而成为支流，有的流向东，有的流向西，却叫作流。"

问："喜怒出于性否？"曰："固是。才有生识，便有性。有性便有情，无性安得情？"又问："喜怒出于外，如何？"曰："非出于外，感于外而发于中也。"问："性之有喜怒，犹水之有波否？"曰："然。湛然平静如镜者①，水之性也。及遇沙石，或地势不平，便有湍激②；或风行其上，便为波涛汹涌。此岂水之性也哉？人性中只有四端，又岂有许多不善底事？然无水安得波浪？无性安得情也？"（《遗书》卷十八）

---

① 湛（zhàn）然：清澈的样子。 ② 湍（tuān）：湍急。

翻译

问："喜怒出于性吗？"答："当然是。才有生命知觉，便有性。有性就有情，没有性哪来情？"又问："喜怒产生于外界，怎么样？"答："不是产生于外界，是感受于外界而激发于心中。"问："性有喜怒，像水有波浪吗？"答："是这样。湛然平静像镜子的，是水的本性。等遇到沙石，或地势不平，便有湍急的水流；如果风刮过水面，就成为波涛汹涌。这哪里是水的本性呢？人性中只有四端，又哪里有许多不善的事？但没有水哪有波浪？没有性哪有情？"

问："人性本明，因何有蔽？"曰："此须索理会也[①]。孟子言人性善是也，虽荀、扬亦不知性[②]。孟子所以独出诸儒者，以能明性也。性无不善，而有不善者才也。性即是理，理则自尧舜至于涂人一也。才禀于气，气有清浊。禀其清者为贤，禀其浊者为愚。"又问："愚可变否？"曰："可。孔子谓上智与下愚不移，然亦有可移之理，惟自暴自弃者则不移也。"曰："下愚所以自暴弃者，才乎？"曰："固是也，然却道他不可移不得。性只一般，岂不可移？却被他自暴自弃，不肯去学，故移不得。使肯学时，亦有可移

之理。”（《遗书》卷十八）

---

① 须索：必须。 ② 荀：荀子（约前313—前238），名况，字卿，战国末思想家，教育家，赵国（今山西南部）人。扬：扬雄（前53—18），字子云，蜀郡成都（今属四川）人，西汉哲学家、文学家、语言学家。他们都属儒家。

翻译

问："人性本来明白，为什么有所遮蔽？"答："这点必须领会。孟子说人性善是对的，就是荀子，扬雄也不懂性。孟子之所以独自超出诸位儒者，是因为能明白性。性没有不善，而有不善的是才能。性就是理，理则从尧舜到路人都是相同的。才能禀受于气，气有清浊。禀受清的是贤人，禀受浊的是愚人。"又问："愚人可以改变吗？"答："可以。孔子说特别聪明的人和特别愚蠢的人不能改变，但也有可以改变的道理，只有自暴自弃的人才不能改变。"问："最愚蠢的人之所以自暴自弃，是因为才能吗？"答："固然是，但却不能说他不可改变。性只是一样，怎么不可改变？却被他自暴自弃，不肯去学，所以不能改变。假使肯学的话，也有可以改变的道理。"

问：“‘必有事焉’[①]，当用敬否？”曰：“敬只是涵养一事，‘必有事焉’须当集义[②]。只知用敬，不知集义，却是都无事也[③]。”又问：“义莫是中理否？”曰：“中理在事，义在心内。苟不主义，浩然之气从何而生？理只是发而见于外者。且如‘恭敬，币之未将也’[④]，恭敬虽因币帛威仪而后发见于外[⑤]，然须心有此恭敬，然后著见。若心无恭敬，何以能尔？所谓‘德’者，‘得’也。须是得于己，然后谓之德也。”（币之未将之时，已有恭敬，非因币帛而后有恭敬也[⑥]）问：“敬、义何别？”曰：“敬只是持己之道，义便知有是有非。顺理而行，是为义也。若只守一个敬，不知集义，却是都无事也。且如欲为孝，不成只守著一个孝字？须是知所以为孝之道，所以侍奉当如何，温清当如何[⑦]，然后能尽孝道也。”又问：“义只在事上，如何？”曰：“内外一理，岂特事上求合义也？”（《遗书》卷十八）

① 必有事焉：语出《孟子·公孙丑上》。东汉赵岐注把“事”解释为

“福”，意思是行仁义之事必有福在其中。 ② 集义：见《孟子·公孙丑上》，原文大意说浩然之气是集合“义”所产生的。 ③ 无事：无福，与上面的“有事”相对。 ④“恭敬”二句：见《孟子·尽心上》。币：用于祭祀、赠送等的一种布帛，泛指财物。将：奉，献。意思是对人恭敬，在献上礼物之前就应该做到。 ⑤ 威仪：庄严的仪容。⑥ 括号内为自注。 ⑦ 凊(qìng)：凉。温凊：古人侍奉父母的一种礼，冬天温被使之暖，夏天扇席使之凉。

翻译

问：“‘必有福在其中’，应当用敬吗？”答：“敬只是修养一件事，‘必有福在其中’，须要集合义。只知道用敬，不知道集义，却是都没有福。”又问：“义莫非是合理吗？”答：“合理在事情，义在心里。如果不用义主宰，浩然之气从哪里产生？理只是发出而表现在外面的东西。比如‘恭敬，在礼物没有献上之时’，恭敬虽然借礼物和庄严的仪容而后表现在外面，但必须心里有这种恭敬，然后表现出来。如果心里没有恭敬，怎么能这样？所谓‘德’，就是‘得’。必须得于自己，然后叫作德。”(礼物没献上的时候，已经有恭敬，不是因为礼物而后有恭敬)问：“敬、义有什么区别？”答：“敬只是持身之道，义便知道有是有非。顺理而行，这就是义。如果只守着一个敬，不知道集义，却是都没有福。比如想行孝，难道只守着一个孝字？必须知道用以行孝的方法，侍奉父母应当怎样，温凊之礼应当怎样，然后才能尽孝道。”又问：“义只在事情上，怎么样?”答:“内外一个道理,岂只事情上要求合于义?”

“‘性相近也,习相远也’[①],性一也,何以言相近?”曰:“此只是言气质之性。如俗言性急性缓之类,性安有缓急?此言性者,‘生之谓性’也[②]。”又问:“上智下愚不移是性否?”曰:“此是才,须理会得性与才所以分处。”又问:“‘中人以上可以语上,中人以下不可以语上’[③],是才否?”曰:“固是。然此只是大纲说,言中人以上可以与之说近上话,中人以下不可以与说近上话也。”“生之谓性。”“凡言性处,须看他立意如何。且如言人性善,性之本也;生之谓性,论其所禀也。孔子言性相近,若论其本,岂可言相近?只论其所禀也。告子所云固是[④],为孟子问他,他说便不是也。”(《遗书》卷十八)

---

①“性相近也”二句:见《论语·阳货》。 ②生之谓性:生叫作性,见《孟子·告子上》。这种“性”,程颐认为是“气质之性”,不是“天命之性”。 ③“中人”二句:见《论语·雍也》。 ④告子所云:指告子所说的“生之谓性”。

翻译

"'人性本来相近，由于习染不同，以致相差很远'，性是一样的，为什么说相近？"答："这里只是说气质的性。比如俗称性急性慢之类，性哪里有缓急？这里说性，是说'生叫作性'。"又问："'特别聪明的人和特别愚蠢的人不变'，是性吗？"答："这是才能。必须懂得性和才能所区别的地方。"又问："'中等智力以上的人可以同他说高深道理，中等智力以下的人不可以同他说高深道理'，这是才能吗？"答："固然是，但这只是大概说，说中等智力以上的人可以和他说接近上等智力的话，中等智力以下的人不可以和他说接近上等智力的话。""生叫作性。""凡是说性的地方，必须看他立意怎么样。比如说'人性善'，是说性的根本；'生叫作性'，是说人们所禀受的。孔子说性相近，如果论性的根本，怎么可以说相近？只是论人们所禀受的。告子所说的本来对，因为孟子问他，他说的就不对了。"

"乃若其情，则可以为善。若夫为不善，非才之罪。"[①]此言人陷溺其心者[②]，非关才事。才犹言材料，曲可以为轮，直可以为梁栋。若是毁凿坏了，岂关才事？下面不是说人皆有四者之

心[3]？或曰："人才有美恶，岂可言非才之罪？"曰："才有美恶者，是举天下之言也。若说一人之才，如因富岁而赖[4]，因凶岁而暴，岂才质之本然邪？"（《遗书》卷十八）

---

① "乃若"四句：见《孟子·告子上》。"乃若"的"若"意为顺。其：指上文提到的众人。 ② 溺（nì）：淹没，这里指堕落，沉沦。 ③ 下面：指《孟子》原文的下文。四者之心：即恻隐、羞恶、辞让、是非四端。 ④ 赖：善良。《孟子·告子上》："富岁子弟多赖。"

翻译

"顺应他们的感情，就可以行善。至于行不善，不是才能的罪过。"这是说人使他的心堕落，不关才能的事。才等于说材料，弯可以作轮子，直可以做栋梁。如果是砍削坏了，哪里关材料的事？下文不是说人都有四个方面的心吗？有人说："人的才能有美恶，怎么可以说不是才能的罪过？"答："才能有美恶，这是就天下的人来说。至于说一个人的才能，如因为丰年而善良，因为荒年而暴戾，哪里是才能资质本来就这样呢？"

问："孟子曰：'人之所以异于禽兽者几希[1]，庶民去之，君子存之。'且人与禽兽甚悬绝矣，孟子言此者，莫是只在'去之''存之'上有不同处？"曰："固是。人只有个天理，却不能存得，更做甚人也？"（《遗书》卷十八）

① 几希：很少，很微小。

翻译

问："孟子说：'人与禽兽的差别很小，百姓丢掉这种差别，君子保持这种差别'。人和禽兽太悬殊了，孟子说这个话，莫不是只在'去之''存之'上有不同的地方？"答："正是。人只有个天理，却不能保持住，还做什么人呢？"

如天地阴阳，其势高下甚相背，然必相须而为用也。有阴便有阳，有阳便有阴。有一便有二，才有一二，便有一二之间，便是三，已往更无穷。老子亦曰："三生万物。"此是"生生之谓易"，

理自然如此。"维天之命，於穆不已"[1]，自是理自相续不已，非是人为之。如使可为，虽使百万般安排，也须有息时。只为无为，故不息。（《遗书》卷十八）

①"维天"二句：见《诗经·周颂·维天之命》。维：语气词。於：叹词。穆：美。已：止。

翻译

比如天地阴阳，它们的形势高下很相反，但必须互相依赖而起作用。有阴就有阳，有阳就有阴。有一就有二，才有一二，就有一二之间，就是三，以下再也没有穷尽。老子也说："三生万物。"这是"生生叫作变易"，道理自然这样。"天命多么美好，延续不止"，自是天理自相延续不止，不是人为的。假如可以人为，就是百种万种安排，也肯定有停息的时候。只因为不是人为，所以不止息。

钻木取火，人谓火生于木，非也。两木相戛[1]，用力极则阳生[2]。今以石相轧[3]，便有火

出，非特木也。盖天地间无一物无阴阳。（《遗书》卷十八）

---

① 戛（jiá）：敲打。 ② 阳生：指因摩擦而发热。 ③ 轧（yà）：排挤，碾压。

翻译

钻木取火，人们说火生于木，不对。两根木头相敲打，用力极大就会产生阳气而起火。如果用石头相挤压，就有火出来，不只是木头。因为天地间没有一样东西没有阴阳。

问："格物是外物，是性分中物？"曰："不拘。凡眼前无非是物，物物皆有理。如火之所以热，水之所以寒，至于君臣父子间，皆是理。"又问："只穷一物，见此一物，还便见得诸理否？"曰："须是遍求，虽颜子亦只能闻一知十。若到后来达理了，虽亿万亦可通。"（《遗书》卷十八）

翻译

问："穷究事物是外界的事物，还是本性中的事物？"答："不论。凡是眼前的无非是物，物物都有理。比如火之所以热，水之所以寒，至于君臣父子之间，都是理。"又问："只穷究一件事物，认识到这一件事物，就算认识到了各种理吗？"答："必须普遍研求，就是颜子也只能闻一知十。如果到后来通达事理了，就是亿万也可以贯通。"

阴为小人，利为不善，不可一概论。夫阴助阳以成物者，君子也；其害阳者，小人也。夫利和义者，善也；其害义者，不善也。（《遗书》卷十九）

翻译

阴是小人，利是不善，不可一概而论。阴帮助阳来生成万物的，是君子；害阳的，是小人，利符合义的，是善；害义的，是不善。

凡顺理无害处便是利，君子未尝不欲利。然孟

子言“何必曰利”者，盖只以利为心则有害。如“上下交征利而国危”[①]，便是有害。“未有仁而遗其亲，未有义而后其君”，不遗其亲，不后其君，便是利。仁义未尝不利。（《遗书》卷十九）

---

①“上下交征”一句：见《孟子·梁惠王上》，下引同。征：取。

翻译

凡是顺理无害的地方就是利，君子未尝不想利。但孟子说“何必说利”，是因为只把利放在心上就有害。比如“上下交相取利而国家危险”，就是有害。“没有行仁而遗弃他的亲人，没有行义而把他的君主放在后面”，不遗弃他的亲人，不把他的君主放在后面，就是利。仁义未尝不利。

万物皆有良能，如每常禽鸟中做得窠子[①]，极有巧妙处，是他良能，不待学也。人初生，只有吃乳一事不是学，其他皆是学。人只为智多害之也。（《遗书》卷十九）

① 窠(kē):窝。

翻译

万物都有不学而会的能力,比如时常鸟儿中做得有窝,很有巧妙的地方,是它们的良能,不需要学。人刚生下来,只有吃奶一件事不是学,其他都是学。人只因为智慧多害了自己。

学佛者多要忘是非,是非安可忘得?自有许多道理,何事忘为[1]?夫事外无心,心外无事。世人只被为物所役[2],便觉苦事多。若物各付物,便役物也。世人只为一齐在那昏惑迷暗海中,拘滞执泥坑里,便事事转动不得,没著身处。(《遗书》卷十九)

① 何事:为什么。为:语气词。 ② 被:因为。

翻译

学佛的人多要忘掉是非，是非怎么可以忘掉？是非之中自有许多道理，为什么要忘掉呢？事外无心，心外无事。世上的人只因为被外物所役使，就觉得苦事多。如果事物各归事物，就役使事物了。世上的人只因为全都在那昏暗迷惑的海中，拘泥固执的坑里，就事事不能转动，没有立身的地方。

理也，性也，命也，三者未尝有异。穷理则尽性，尽性则知天命矣。天命犹天道也，以其用而言之则谓之命。命者，造化之谓也。（《遗书》卷二十一下）

翻译

理、性、命，三者未尝有区别。认识理就了解性，了解性就知道天命了。天命犹如天道，从它的功用而言就叫作命。命，就是造化的意思。

气有善不善[①]，性则无不善也。人之所以不

知善者，气昏而塞之耳。孟子所以养气者，养之至则清明纯全，而昏塞之患去矣。“或曰养心，或曰养气，何也？”曰：“养心则勿害而已，养气则在有所帅也。”（《遗书》卷二十一下）

---

① 气：指人所禀受于天地而成形的气，由它所决定的性叫作“气质之性”。

翻译

气有善和不善，性却没有不善。人之所以不懂得善，是因为气昏暗而闭塞了他们罢了。孟子之所以涵养气，是因为涵养得极好就清澈明亮，纯净完整，而昏暗闭塞的毛病就去掉了。“或说养心，或说养气，为什么？”答：“养心是使心不受危害而已，养气却在于有所统摄。”

《书》言天叙、天秩[①]，天有是理，圣人循而行之，所谓道也。圣人本天，释氏本心。（《遗书》卷二十一下）

① 天叙、天秩：见《尚书·皋陶谟》。天叙：天规定的次序。天秩：天规定的等级。

翻译

《尚书》说天的次序、天的等级，天有这个理，圣人遵循它而行动，就是所谓道。圣人本于天，释氏本于心。

又问：“《易》言‘知鬼神之情状’[①]，果有情状否？”曰：“有之。”又问：“既有情状，必有鬼神矣。”曰：“《易》说鬼神，便是造化也。”[②]又问：“如名山大川能兴云致雨，何也？”曰：“气之蒸成耳。”又问：“既有祭，则莫须有神否？”曰：“只气便是神也。今人不知此理，才有水旱，便去庙中祈祷。不知雨露是甚物，从何处出，复于庙中求耶？名山大川能兴云致雨，却都不说著，却只于山川外木土人身上讨雨露，木土人身上有雨露耶？”又问：“莫是人自兴妖？”曰：“只妖亦无，皆人心兴之也。世人只因祈祷而有雨，

遂指为灵验耳，岂知适然？某尝至泗州[3]，恰值大圣见[4]。及问人曰：'如何形状？'一人曰如此，一人曰如彼，只此可验其妄。兴妖之人皆若此也。昔有朱定，亦尝来问学，但非信道笃者。曾在泗州守官[5]，值城中火，定遂使兵士舁僧伽避火[6]。某后语定曰：'何不舁僧伽在火中？若为火所焚，即是无灵验，遂可解天下之惑。若火遂灭，因使天下人尊敬可也。此时不做事，待何时邪？'惜乎定识不至此。"（《遗书》卷二十二上）

---

①"知鬼神"一句：见《周易·系辞》。 ② 造化：指万物的创造者。③ 某：我。 ④ 大圣：即下文的僧伽。本唐初泗州普光王寺的高僧，死后被民间信奉为神，宋太宗时封为"大圣"。见（xiàn）：同"现"，现身。 ⑤ 守：级别低的人暂理高官的事叫守。 ⑥ 舁（yú）：抬。

翻译

又问："《周易》说'知鬼神之情状'，果真有情状吗？"答："有的。"又问："既然有情状，必定有鬼神了。"答："《周易》说鬼神，就是造化。"又问："如名山大川能够兴云致雨，为什么？"答："气蒸发而成罢了。”又问:“既然有祭祀,那么莫非有神吗?”答:“气就是神。现在的人不懂得这个道理,才有水旱灾,便去庙里祈祷。不知道雨露是什么东西,从什么地方出来,又能在庙里祈求吗?名山大川能兴云致雨,却都不说到,却只在山川之外的木人泥人身上乞求雨露。木人泥人身上有雨露吗?”又问:“莫非是人自己兴妖?”答:“就这妖也没有,都是人心里兴起来的。世上的人只因为祈祷而有雨,便指为灵验罢了,哪里知道碰巧这样?我曾经到达泗州,恰恰碰到僧伽大圣显现。问人说:‘什么形状?’一个人说像这样,一个人说像那样,只是这一点就可以证明其荒诞。兴妖的人都像这样。过去有个朱定,也曾经来向我问学业,但不是信道很深的人。他曾经在泗州守官,遇到城里失火,朱定便叫士兵抬僧伽的塑像避火。我后来告诉朱定说:‘怎么不抬僧伽在火里?如果被火焚毁,就是没有灵验,便可以消除天下人的迷惑;如果火便熄灭,因而使天下人尊敬他也可以。这个时候不做事,等什么时候呢?’可惜朱定见识不到这里。”

又问:“天道如何?”曰:“只是理,理便是天道也。且如说皇天震怒,终不是有人在上震怒?只是理如此。”(《遗书》卷二十二上)

翻译

又问："天道怎么样？"答："只是理，理就是天道。比如说皇天震怒，难道是有人在上面震怒？只是理如此。"

问："孀妇于理似不可取[①]，如何？"曰："然。凡取，以配身也。若取失节者以配身，是已失节也。"又问："或有孤孀贫穷无托者，可再嫁否？"曰："只是后世怕寒饿死，故有是说。然饿死事极小，失节事极大。"（《遗书》卷二十二下）

---

① 孀（shuāng）妇：寡妇。取：同"娶"。

翻译

问："寡妇按理似乎不可以娶，怎么样？"答："对。凡是娶妻，是用来匹配自己。如果娶失节的人来匹配自己，这是自己失节了。"又问："如果有孤单寡妇贫穷无依托的，可以再嫁吗？"答："只是后代怕冻饿而死，所以有这种说法。但饿死事情极小，失节事情极大。"

学者不可不通世务，天下事譬如一家，非我为则彼为，非甲为则乙为。（《遗书》卷二十二下）

翻译

治学者不可不通达世事，天下的事譬如一家人，不是我做就是他做，不是甲做就是乙做。

人心私欲[①]，故危殆[②]；道心天理[③]，故精微。灭私欲，则天理明矣。（《遗书》卷二十四）

① 人心：不合于天理的心。 ② 殆(dài)：危险。 ③ 道心：合于天理的心。

翻译

人心是私欲，所以危险；道心是天理，所以精深微妙。灭掉私欲，天理就明白了。

“生之谓性”与“天命之谓性”同乎？“性”字不可一概论。“生之谓性”，止训所禀受也；“天命之谓性”，此言性之理也。今人言天性柔缓，天性刚急，俗言天成，皆生来如此，此训所禀受也。若性之理也，则无不善。曰天者，自然之理也。（《遗书》卷二十四）

翻译

“生叫作性”和“天命叫作性”相同吗？“性”字不可一概而论。“生叫作性”，只解释所禀受的；“天命叫作性”，这是说性的道理。今人说天性柔弱和缓，天性刚直急躁，俗话说“天成”，都是生来这样，这是解释所禀受的。至于性的道理，却没有不善。说天，因为这是自然之理。

《大学》曰[①]：“物有本末，事有终始，知所先后，则近道矣。”人之学莫大于知本末终始。致知在格物，则所谓本也，始也；治天下国家，则所谓末也，终也。治天下国家，必本诸身，其身

不正而能治天下国家者无之。“格”犹穷也，“物”犹理也，犹曰“穷其理”而已也。穷其理，然后足以致之，不穷则不能致也。格物者适道之始，欲思格物，则固已近道矣。是何也？以收其心而不放也。（《遗书》卷二十五）

---

①《大学》:《礼记》篇名。

翻译

《大学》说:“物有本末,事有终始,知道先后,就接近道了。”人们的学习没有什么比知道本末终始更重要的了。获得知识在于穷究事物,就是所谓本,始;治理天下国家,就是所谓末,终。治理天下国家,必须本之于自身,自身不正而能治理天下国家的人是没有的。“格”犹如穷,“物”犹如理,等于说“穷究其理”而已。穷究其理,然后足以获得知识,不穷究就不能获得。认识事物是走向道的开始,想要穷究事物,就本来已经接近道了。这是为什么?是因为收住自己的心而不放纵。

致知在格物。“非由外铄我也，我固有之

也”[1]，因物有迁，迷而不知，则天理灭矣。故圣人欲格之。（《遗书》卷二十五）

---

①“非由”二句：见《孟子·告子上》。有之：指有仁义之心。

翻译

获得知识在于穷究事物。“不是由外界熔化我，我本来就有这些”，因为外物影响有所动摇，迷惑而不知道，于是天理泯灭了。所以圣人想要穷究它。

随事观理，而天下之理得矣。天下之理得，然后可以至于圣人。君子之学，将以反躬而已矣。反躬在致知，致知在格物。（《遗书》卷二十五）

翻译

随事情观察事理，而天下的道理就掌握了。天下的道理掌握了，然后可以达到圣人。君子的学习，将用来自我反省而已。自我反省在于获得知识，获得知识在于穷究事物。

闻见之知非德性之知，物交物则知之，非内也。今之所谓博物多能者是也[①]。德性之知，不假闻见。（《遗书》卷二十五）

---

① 博物：对事物知道得多。

翻译

由见闻获得的知识不是先天具有的知识，事物与事物接触就知道，不是内在的。现在所谓博学多能的人就是这样。先天具有的知识，不依靠见闻。

人皆可以至圣人，而君子之学必至于圣人而后已。不至于圣人而后已者，皆自弃也。孝其所当孝，弟其所当弟[①]，自是而推之，则亦圣人而已矣。（《遗书》卷二十五）

① 弟：同“悌”，敬爱兄长。

翻译

人都可以达到圣人，而君子学习必须达到圣人而后已。不达到圣人而后已的，都是自我抛弃。孝敬自己所应当孝敬的父母，敬爱自己所应当敬爱的兄长，从此类推，就也是圣人而已了。

性之本谓之命，性之自然者谓之天，自性之有形者谓之心，自性之有动者谓之情。凡此数者，皆一也。（《遗书》卷二十五）

翻译

性的本质叫作命，性的自然性叫作天，从性有形体来说叫作心，从性有活动来说叫作情。凡是这几种说法，都是相同的。

甚矣，欲之害人也！人之为不善，欲诱之也。诱之而弗知，则至于天理灭而不知反。故目

则欲色，耳则欲声，以至鼻则欲香，口则欲味，体则欲安，此皆有以使之然也。然则何以窒其欲？曰思而已矣。学莫贵于思，唯思为能窒欲。曾子之三省[1]，窒欲之道也。（《遗书》）卷二十五）

---

① 曾子：曾参，孔子弟子。三省（xǐng）：多次自我反省。《论语·学而》："曾子曰：'吾日三省吾身。'"

翻译

欲望害人太厉害了！人行不善，是欲望引诱他。引诱他而不知觉，就直到天理丧失而不知道回头。因此眼睛就追求美色，耳朵就追求音乐，以至鼻子就追求香气，嘴巴就追求美味，身体就追求舒适，这些都有原因使之这样。那么怎样杜绝人的欲望？回答是思考而已。学习没有什么比思考更可贵，唯有思考才能杜绝欲望。曾子的多次自我反省，就是杜绝欲望的方法。

君子以识为本，行次之。今有人焉，力能行之，而识不足以知之，则有异端者出，彼将流宕而不知反[1]。内不知好恶，外不知是非，虽有尾生之

信[2]，曾参之孝，吾弗贵矣。（《遗书》卷二十五）

---

① 流宕（dàng）：放荡，流入邪道。　② 尾生之信：《庄子·盗跖》载，有个叫尾生的人，和女子相约在桥下相会。女子失约不来，水涨了，尾生仍不离开，抱住桥柱而淹死。后用“抱柱”形容讲信用。

翻译

君子以认识为根本，实行在其次。假设这里有一个人，力量足以实行，而认识不足以懂得，那么如果有异端的学说出现，他就将流入邪道而不知回头。内不知道好恶，外不明白是非，就是有尾生的诚信，曾参的孝顺，我也不以为可贵。

学为易，知之为难。知之非难也，体而得之为难。（《遗书》卷二十五）

翻译

学习容易，知道难。知道不难，体会而透彻理解难。

至显者莫如事，至微者莫如理，而事理一致，微显一源。古之君子所谓善学者，以其能通于此而已。（《遗书》卷二十五）

翻译

最明显的莫过于事，最隐晦的莫过于理，而事与理一致，隐晦与明显同源。古代的君子所谓善于学的人，因为他们能通晓这点而已。

不深思则不能造于道[①]，不深思而得者，其得易失。然而学者有无思无虑而得者，何也？曰：以无思无虑而得者，乃所以深思而得之也。以无思无虑为不思而自以为得者，未之有也。（《遗书》卷二十五）

① 造：达到。

翻译

不深思就不能达到道，不深思而获得的，其得到的容易失去。然而治学的人有无思无虑而获得的，为什么？回答是：以无思无虑而获得的，就是经过深思而得到的。把无思无虑看作不思考而自以为得到的人，是没有的。

中华文史名著精选精译精注（全民阅读版）已出书目

书　名	导读人	审阅人
贾谊集	徐超、王洲明	安平秋
司马相如集	费振刚、仇仲谦	安平秋
张衡集	张在义、张玉春、韩格平	刘仁清
三曹集	殷义祥	刘仁清
诸葛亮集	袁钟仁	董治安
阮籍集	倪其心	刘仁清
嵇康集	武秀成	倪其心
陶渊明集	谢先俊、王勋敏	平慧善
谢灵运鲍照集	刘心明	周勋初
庾信集	许逸民	安平秋
陈子昂集	王岚	周勋初、倪其心
孟浩然集	邓安生、孙佩君	马樟根
王维集	邓安生等	倪其心
高适岑参集	谢楚发	黄永年
李白集	詹锳等	章培恒
杜甫集	倪其心、吴鸥	黄永年
元稹白居易集	吴大逵、马秀娟	宗福邦
刘禹锡集	梁守中	倪其心
韩愈集	黄永年	李国祥
柳宗元集	王松龄、杨立扬	周勋初
李贺集	冯浩菲、徐传武	刘仁清
杜牧集	吴鸥	黄永年

续表

书　名	导读人	审阅人
李商隐集	陈永正	倪其心
欧阳修集	林冠群、周济夫	曾枣庄
曾巩集	祝尚书	曾枣庄
王安石集	马秀娟	刘烈茂、宗福邦
二程集	郭齐	曾枣庄
苏轼集	曾枣庄、曾弢	章培恒
黄庭坚集	朱安群等	倪其心
李清照集	平慧善	马樟根
陆游集	张永鑫、刘桂秋	黄葵
范成大杨万里集	朱德才、杨燕	董治安
朱熹集	黄珅	曾枣庄
辛弃疾集	杨忠	刘烈茂
文天祥集	邓碧清	曾枣庄
元好问集	郑力民	宗福邦
关汉卿集	黄仕忠	刘烈茂
萨都剌集	龙德寿	曾枣庄
王阳明集	吴格	章培恒
徐渭集	傅杰	许嘉璐、刘仁清
李贽集	陈蔚松、顾志华	李国祥、曾枣庄
公安三袁集	任巧珍	董治安
吴伟业集	黄永年、马雪芹	安平秋
黄宗羲集	平慧善、卢敦基	马樟根
顾炎武集	李永祜、郭成韬	刘烈茂
王士禛集	王小舒、陈广澧	黄永年
方苞姚鼐集	杨荣祥	安平秋
袁枚集	李灵年、李泽平	倪其心
龚自珍集	朱邦蔚、关道雄	周勋初